2.

16873

ENTRETIENS LITTERAIRES

ET GALANS;

AVEC LES AVANTURES

DE

DON PALMERIN

ET

DE THAMIRE.

Par M. Du Perron de Castera.

TOME II.

A PARIS,

Chez la Veuve PISSOT, Quai de Conti,
à la descente du Pont-Neuf,
à la Croix d'or.

M. DCC. XXXVIII.

Avec Approbation & Privilege du Roi.

ENTRETIENS
LITTERAIRES
ET
GALANS.

SIXIE'ME CONFE'RENCE.

Sur les Critiques de la Traduction du Camoëns.

L se paſſa près de deux mois ſans que les trois Amis s'aſſemblaſſent. Eudoxe & Philinte eurent des affaires qui les retinrent l'un à Roüen, l'autre à Dieppe. Pendant leur abſence, Gelaſe alla s'amuſer chez une Dame qu'il connoiſſoit depuis pluſieurs années ; c'étoit une riche Veuve, qui dans ſa jeuneſſe, avoit cauſé de belles paſſions ; les

Tome II.   A

injures de l'âge lui avoient enlevé
ses attraits; malgré cela elle con-
servoit une humeur douce, un en-
joüement qui la rendoient encore
aimable.

Elle avoit deux filles qui posse-
doient au suprême degré tout ce
qu'il faut pour plaire; charmantes,
pleines d'esprit & de vertu : Leur
mérite attiroit dans leur Château
la meilleure compagnie de la Province; on y goûtoit mille plaisirs
innocens, Gelase n'eut pas le tems
de s'y ennuyer.

Lorsqu'il sçut que ses Amis é-
toient de retour, il alla les joindre; l'Assemblée se tint chez Eudoxe & dans sa Bibliotheque : J'ai
enfin reçu de Paris, dit-il à ses deux
Confreres, les Critiques que l'on a
faites contre la Traduction du Camoëns; les voilà, souhaitez-vous
que nous les examinions ? Avec
plaisir, répondit Gelase; mais de
qui sont-elles ?

L'une est de l'Auteur des Observations sur les Ecrits des Modernes, reprit Eudoxe; & nous devons l'autre à l'Auteur du Pour &
Contre. Ce dernier s'est acquis de

la réputation par differens Ouvrages que le Public estime ; tels sont les Mémoires d'un Homme de qualité & le Cleveland.

Il seroit à souhaiter, dit Gélase, que l'Observateur usât un peu plus modestement du droit qu'il s'est donné lui-même de décider sur toutes les nouveautés qui paroissent. Avant que nous nous retirassions dans cette solitude, j'ai lû quelques-unes de ses feüilles, & je n'y ai pas trouvé cette douceur dont la Critique a besoin pour ne point dégenerer en Satyre; c'est une grande entreprise que de s'ériger en Censeur éternel; on commence par être Aristarque, & l'on finit souvent par être Zoïle. *

Allons nous-mêmes doucement, interrompit Eudoxe, dépoüillons-nous des préjugés favorables que notre amitié nous suggere pour Philomuse, n'apportons dans no-

* Aristarque de Samos étoit un fameux Critique; il composa neuf Livres de corrections de l'Iliade & de l'Odyssée d'Homere : Sa Critique fut aussi douce que judicieuse ; les anciens l'estimerent, & son nom a passé jusqu'à nous avec éloge. Zoïle étoit un Rhéteur natif d'Amphipolis dans la Thrace ; il prit à cœur de noircir la réputation d'Homere, mais il n'a noirci que la sienne même.

tre Examen aucun fiel contre les Cenfeurs, & ne prenons que l'interét de la vérité.

Commencons, pourfuivit-il, par l'Obfervateur, voici fa Critique, lifez-la, mon cher Philinte, & vous vous arréterez aux endroits que j'ai marqués avec un crayon ; c'eft précifément fur ceux-là que nos réflexions doivent rouler ; nous avons ici l'Ouvrage de Philomufe, & nous le confulterons quand il en fera befoin.

Philinte lut, & s'arrêta comme fon Ami le fouhaitoit, dans tous les endroits fuivans.

Paroles de l'Obfervateur. *Vafco de Gama, le Chef de ces nouveaux Argonautes, dont le Camoëns partagea les périls & la gloire, eft le Héros du Poëme, & c'eft fur lui que rejaillit l'honneur de cette célebre expedition.*

Réponfe. Loüis Camoëns, dit Eudoxe, n'a jamais été aux Indes avec Vafco de Gama ; c'eft une faute contre la vérité de l'Hiftoire, & cette faute n'eft pas médiocre. Quand on veut raconter des faits, il femble qu'on doit s'en inftruire, fans quoi l'on s'expofe à tromper le Lecteur en fe trompant foi-même.

J'entrevois, ajouta Philinte, de quelle source provient l'erreur de M. l'Abbé des Fontaines; il a lû dans les réflexions de M. de Voltaire sur le Camoëns, que ce Poëte étoit intime Ami de Vasco, & qu'ils voyagerent ensemble : mais comme M. de Voltaire est le seul qui ait avancé cette particularité, l'Observateur ne devoit point l'en croire sur sa parole, surtout en voyant que la vie du Camoëns faite par Philomuse n'en disoit pas un mot ; & s'il refusoit d'ajouter foi au rapport de Philomuse, la prudence vouloit qu'il eût recours au témoignage des Originaux Portugais. *

Sans doute, dit Gelase ; & pour lors il auroit vû que le Camoëns s'embarqua sur le Vaisseau du Capitaine Fernand Alvarez - Cabral, pour aller aux Indes, long - tems après que Vasco en eut fait la découverte.

Une bonne regle d'Arithmetique va décider la question, poursuivit

* Les Auteurs Portugais qui ont fait la vie du Camoëns, sont Manuël Correa, Manuël Faria de Souza, Pierre Mariz, Gomez Tapia, Loüis Sylva de Brito.

A iij

Eudoxe en riant. Vafco arriva aux Indes l'an 1498. Le Camoëns mourut âgé de foixante-un ans & quelques mois en 1579. Calculez maintenant, & vous trouverez que l'Obfervateur lui fait paffer les mers environ vingt ans avant qu'il fût au monde : n'eft-ce pas là du merveilleux ?

Marge : Méprife de l'Obfervateur.

Les Matelots... pouffent de grands cris qui épouvantent les Barbares, & les mettent en fuite ; ce fpectacle deffille les yeux à Gama, & voyant le péril dont il avoit été menacé, il adreffe une prière pathétique au vrai Dieu, au Dieu Tout-Puiffant ; alors Venus quitte la mer, &c.

Marge : Paroles de l'Obferva- teur.

L'Obfervateur, dit Gelafe, jette mal-à-propos dans cette partie de fon extrait une ombre de ridicule fur le Camoëns. Il tâche d'infinuer que ce Poëte met le vrai Dieu des Chrétiens à côté de Venus ; le pauvre Portugais n'y a pas feulement fongé : Voici de quelle manière il s'exprime.

Marge : Réponfe.

Dieu puiffant, dont les regards percent tous les replis du cœur humain, daigne nous défendre ; & puifque notre vaine prudence ne peut év:-

ter *les embuches qu'on nous dresse, prends soin de garder des infortunés qui ne sçavent pas se garder eux mêmes. Ah! s'il est vrai que nos peines t'attendrissent, si les fatigues & la misere que nous essuyons touchent ta bonté paternelle, conduis-nous à quelque Port sûr & paisible, ou bien découvre-nous la terre où tendent nos désirs; c'est pour ta gloire seule que nous la cherchons. **

En vérité, continua Philinte, je ne vois pas qu'il s'agisse là précisément *du vrai Dieu des Chrétiens.* Ni moi non plus, interrompit Eudoxe, le Camoëns s'est fait un systéme Poëtique, & dans ce systéme il a choisi Jupiter pour sa Divinité dominante : C'est donc à Jupiter que s'adresse la priere de Gama ; l'expression de l'Auteur & celle de Philomuse n'y mettent aucun obstacle ; ainsi ce n'étoit pas la peine de tant appuyer *sur le vrai Dieu, sur le Dieu Tout-Puissant ;* car les plus excellens attributs ne désignent ici que l'Etre suprême, tel que le Portugais se l'est figuré dans son Plan.

* *Maf. pois saber humano,* &c. Luf. Cant. 1.

Mais écoutez, dit Gelafe, on vous contestera que le plan du Camoëns soit juste. C'est une autre question, reprit Eudoxe, nous l'examinerons dans la suite, quand l'occasion s'en présentera. Maintenant il ne s'agit que de voir si en admettant pour un moment son système, on doit lui reprocher de s'en être écarté dans la priere de Vafco. L'Obfervateur vife à nous donner cette opinion, est-ce par inadvertence, est-ce par une malice ingénieufe, dont les gens d'esprit font quelquefois capables ? Je ne déciderai pas le problême ; tout ce qu'il y a de vrai, c'est que les paroles du Camoëns & celles du Traducteur peuvent dans la fuppofition Poëtique s'appliquer fort bien à Jupiter, comme ces Vers de Virgile.

Toi qui du monde entier compofas la ftructure,

Pere des immortels, maître de la nature ! *

Paroles de l'Obfervateur. *Ce recit chargé d'érudition ne devoit guere interesser un Roi barbare ; mais tant de Guerres entreprifes pour*

* O Pater, ô hominum, &c. Æneid Lib. x.

conquerir des Etats, n'étoient-elles pas capables de donner à ce Prince de la défiance & de l'inquiétude?

Il faut l'avoüer, dit Eudoxe, je souhaiterois que le Camoëns eût répandu moins d'érudition dans sa Lusiade; non pas comme le prétend l'Observateur après M. de Voltaire, parce que cette érudition est au-dessus de la portée des Affricains & des Indiens; mais parce que le Poëme Epique ne s'accommode guere de pareils ornemens.

Réponse.

Quoi qu'il en soit, ajouta Gelase, l'Auteur Portugais s'est imaginé que des traits d'Histoire ancienne & de Mythologie embelliroient sa narration; étoit-ce au Traducteur à les supprimer? Lorsqu'on traduit un Ouvrage sérieux, qui peut nous développer le goût d'une Nation entiere, on ne doit point passer l'éponge sur les fautes de l'Original; cela n'est permis que dans les Romans & dans les Livres de bagatelles.

Dans les Ouvrages sérieux, un Traducteur ne doit point mutiler son Original.

Mais, continua Gelase, pourquoi M. l'Abbé des Fontaines juge-t-il que le recit de Gama ne devoit guere interesser le Roi de Me-

A v

linde ? Pour deux raisons, répondit Eudoxe ; premierement, parce que selon lui, le Roi de Melinde ne pouvoit rien comprendre aux traits d'érudition dont Gama brodoit ses discours ; en second lieu, c'est sans doute parce que l'Histoire abregée du Portugal ne contenoit que des faits peu dignes d'attention.

Il est cependant vrai que le Roi de Melinde pouvoit avoir de l'érudition sans miracle. Philomuse l'a prouvé dans ses notes, & nous le prouverons aussi en examinant un autre endroit où l'Observateur s'explique un peu plus ouvertement sur cette matiere.

D'ailleurs, poursuivit-il, quand même l'érudition de Gama seroit impénetrable au Roi de Melinde, cette érudition ne compose qu'une très-petite partie d'un long discours, elle n'empéche pas que le reste ne soit fort clair ; les faits y sont détaillés avec beaucoup de feu, l'Observateur en convient ; il avoue encore que l'Histoire d'Ynés de Castro s'y trouve racontée d'une maniere touchante; mais il oublie plufieurs autres particularités qui ne font pas moins d'honneur à la plume du Poëte ; telles que la defcription de la fameufe Bataille d'Aljubarrote , la Harangue de Nun-Alvare aux Troupes Portugaifes, & celle de la Reine Marie à fon Pere : Je penfe qu'il y a dans tout cela de quoi flater la curiofité du Roi de Melinde , & de quoi remuer fon cœur par des fentimens d'admiration , de tendreffe & de pitié : que lui falloit-il donc pour l'intereffer davantage ?

Vous êtes furieufemment obftiné, repliqua Gelafe ; tout cela devoit paroître froid au Roi de Melinde, on vous l'affure. Le mot eft bien-tôt lâché, dit Eudoxe ; mais quand il va fans preuve, on n'eft pas obligé de le prendre pour une décifion. Pardonnez-moi , ajouta Gelafe, c'eft une décifion prononcée cavalierement.

Meffieurs, interrompit Philinte, voyons préfentement s'il eft vrai que les difcours de Gama devoient inquiéter le Roi des Melindiens, comme l'Obfervateur fe le perfuade. Gama raconte plufieurs victoires gagnées par les Portugais, tant sur les Maures que sur les Espagnols.

Remarquez, s'il vous plaît, que toutes ces Guerres étoient justes. Alfonse VI. Roi de Castille, avoit donné le Portugal à titre de Comté au Prince Henry de Bourgogne ; mais cette Comté étoit presqu'entierement occupée par les Infidéles ; leur invasion ne formoit pas un droit légitime ; Henry & ses successeurs eurent donc raison de les chasser.

On dira peut-être que jusques là tout va bien, mais que Vasco ne devoit point parler des Guerres que les Rois de Portugal ont portées sur les Côtes d'Affrique ; cela découvroit une ambition qui pouvoit donner de l'ombrage.

Je crois qu'on peut répondre à cette difficulté, qu'il n'y avoit rien d'injuste dans les expeditions dont il s'agit. Les Maures, quoique chassés du Portugal, ne laissoient pas d'y faire souvent des courses ; on ne pouvoit mieux les corriger d'une pareille habitude qu'en les humiliant dans leurs propres foyers,

Justice des Guerres Portugaises racontées par Gama.

& en s'emparant de quelques For-
tereſſes qui les tiendroient en bride.

C'eſt dans cette idée, ajouta Gelaſe, que le Camoëns dit en parlant de Don Juan I. *Bien-tôt ſes
étendarts victorieux brillent ſur le
ſommet du Mont Abyla, bien-tôt la
noble Ceuta lui ouvre ſes portes ; le
Mauruſien qui n'a pu la défendre,
quitte ſes murs en fremiſſant de honte
& de rage : déſormais cette heureuse
conquête aſſure l'Eſpagne contre tous
les perfides qui voudroient imiter la
trahiſon de Julien.* ***

A l'égard des Guerres que les
Portugais ſoutinrent contre la Caſtille, continua Gelaſe, c'eſt pour
ſe défendre ou pour autoriſer des
droits qui n'avoient rien de commun avec les interêts des Maures ;
ainſi je ne ſens pas qu'il ſoit bien
prouvé que le Roi de Melinde dût
prendre l'allarme au récit qu'on lui
faiſoit ; c'étoit un Prince généreux,
ſuivant le portrait que nous en a
laiſſé l'Auteur de la Luſiade ; il
voyoit des étrangers qui avoient
beſoin de ſon ſecours, il n'avoit jamais eu aucun démélé avec leur

* Luſiad. Chant v.

Nation ; étoit-il naturel qu'il entrât dans une défiance indigne de son caractère ?

On pourroit chicaner sur vos raisons , dit Eudoxe , mais je pense qu'en voici une qui décide avantageusement pour le Poëte ; il n'introduit la flotte de Gama dans le Port de Melinde, qu'après avoir dit que Mercure par l'ordre de Jupiter , dispose le Roi & son Peuple à bien traiter les Portugais ; cette disposition favorable exclut tous les sentimens contraires qui peuvent s'élever dans les cœurs ; un Dieu s'en est rendu maître , il les tourne à l'amitié, l'amitié bannit la défiance & l'inquiétude.

L'intervention des Dieux justifie entiérement le Camoëns.

C'est ainsi que Virgile en use , quand il fait débarquer les Troyens sur la Côte de Carthage : Mercure les précede , ses soins réussissent.

L'indomptable Africain perd sa férocité ,
Telle est de Jupiter l'auguste volonté. *

Comparaison de la conduite du Camoëns avec celle de Virgile.

Sans cela les Carthaginois pouvoient avec beaucoup de fondement se défier des Troyens. Ceux-

* Ponuntque ferocia , &c. Æneid. Lib. 1.

ci paſſoient dans tout l'Univers pour un Peuple belliqueux. Enée leur Chef étoit un Guerrier ſi redoutable, que Virgile n'a pas craint de dire.

Si les champs d'Ilion dont il étoit l'appui,

Euſſent produit encor deux Héros tels que lui,

Bien-tôt on auroit vû les Toupes Phrygiennes

Subjuguer les Remparts d'Argos & de Mycenes,

Et la Grece ſoumiſe aux Troyens triomphans,

Pleureroit dans les fers ſes Dieux & ſes enfans. *

Avec un Général ſi fameux, que n'auroient pas fait les Troyens contre une Monarchie naiſſante, qui ne ſe ſoutenoit qu'à peine ? Convenons donc que le miniſtere des Dieux leve toute la difficulté ; c'eſt à quoi l'Obſervateur devoit prêter quelqu'attention.

Souvent l'amour & la Critique
Nous menent plus loin qu'il ne faut.

* Si Juno præterea, &c. Æneid. lib. ?.

Un Amant trop fougueux, un Cenſeur trop
  cauſtique,

Marchent d'un pas égal, & tombent en défaut.

Au reſte ſi vous n'aimez dans un Poëme que les Epiſodes liés avec l'action principale, vous goûterez peu les Hiſtoires Romaneſques que ſe content les Portugais : ce qu'ils racontent pour ſe déſennuyer, eſt aſſez ennuyeux.

Oh pour cela, j'en tombe d'accord, s'écria Gelaſe ; cette Hiſtoire des douze Champions Portugais m'a toujours déplu. Elle n'eſt guere du goût de Philomuſe, ajouta Philinte ; je lui ai ſouvent entendu dire qu'il ſouhaiteroit que le Camoëns ne l'eût pas inſerée dans ſa Luſiade.

Je ſuis du même ſentiment, dit Eudoxe ; j'avouë encore avec l'Obſervateur que cet Epiſode n'eſt pas lié à l'action principale ; mais quelle liaiſon peut-on trouver chez le Taſſe entre l'avanture d'Olinde & de Sophronie, & la délivrance de Jéruſalem ? Pour moi je crois qu'il n'eſt pas néceſſaire que les

Episodes tiennent toujours au fonds du sujet ; cela formeroit sans doute une grande perfection dans le Poëme Epique ; on peut cependant s'en passer, pourvû que d'ailleurs l'Episode soit bien amené, qu'il soit agréable & court : Tel est celui du Tasse, dont nous parlions tout-à-l'heure ; tel est celui d'Euryale & de Nisus dans Virgile.

Quoi qu'il en soit, je ne blâmerai point ici le goût de l'Observateur, il s'accorde avec notre manière de penser ; mais n'allons pas nous faire un droit de mépriser le Camoëns pour quelques fautes de cette trempe ; son Ouvrage étincelle de mille beautés merveilleuses, pardonnons-lui d'avoir été homme, & disons avec le plus délicat des Romains : *Avec quelle disposition d'esprit on doit lire les grands Auteurs.*

Dans un charmant Ouvrage où les fleurs du Permesse

Offriront à mes yeux leurs séduisans appas,

Où je verrai briller la force & la noblesse,

Quelques minces défauts ne m'offenseront pas. *

* Verum ubi plura nitent, &c. *Horat. de Art. Poët.*

Au reste, continua Eudoxe, quand l'Obfervateur écrivoit *que les Portugais pour fe défennuyer , racontent chez le Camoëns des Hiftoires affés ennuyeufes , il devoit rayer ce qu'il avoit écrit un peu plus haut , qui eft que ces mêmes Hiftoires font pleines d'une aimable galanterie ;* * cela jure , c'eft comme fi l'on difoit qu'une femme eft belle , & qu'un moment après on la dépeignît fous les traits les plus hideux.

Contradiction de l'Obfervateur.

Remarquons en paffant , dit Philinte , que ces Hiftoires ne fentent point du tout la galanterie , elles ne roulent que fur des Combats ; il n'y a pas un feul mot d'amourettes. Fernand Velofe qui les raconte, commence par ce prélude. *Les idées voluptueufes ne conviennent pas dans une fituation auffi dure que la nôtre ; un difcours efféminé fied mal dans la bouche d'un Soldat ou d'un Mâtelot ; les travaux de mer & ceux des armes n'admettent point ces vaines délicateffes , rappellons-nous des exemples de valeur , & que nos entretiens fervent à relever notre courage , nous en avons befoin ; il nous refte encore ,*

* Obfervat. Let. vii. pag. 154.

ſi mes preſſentimens ne m'abuſent , &
des fatigues à ſupporter , & des perils
à vaincre. *

Un grand Critique, repliqua Eudoxe , ne doit jamais tomber dans
de pareilles fautes d'attention ; c'eſt
donner trop beau jeu aux Ecrivains
que l'on cenſure : Hé , mon Dieu,
s'écria Gelaſe , vous autres Géo-
metres , qui voulez de la raiſon &
de l'exactitude partout , vous êtes
inexorables ! Entrez donc dans la
peine des gens , on s'eſt impoſé la
loi fatigante de regaler le Public,
& de lui préſenter chaque ſemai-
ne une feüille ; croyez - vous que
l'on a du tems de reſte ? C'eſt bien
aſſez qu'on rempliſſe ſes engage-
mens , n'importe à quel prix.

Venus , qui veut délaſſer agréable-
ment les Portugais , fait naître une — Paroles de
Iſle flotante où ſe rendent les Nym- l'Obſerva-
phes de la mer , que Cupidon a ren- teur.
düës amoureuſes.

Autre manque d'attention , dit — Réponſe.
Eudoxe ; cette Iſle eſt toute née,
Venus ne l'a point fait naître ; pour
nous en aſſurer , nous n'avons qu'à.

---

* Luſiad. Chant vi.

voir comment le Camoëns s'exprime.

*Après avoir murement reflechi
sur son projet & sur les moyens de
l'exécuter, Venus se détermine à conduire les Portugais dans l'une des
Isles qu'elle possede en Orient, Isles
parées des plus riches présens de Po-
mone & de Flore, & situées auprès
du séjour délicieux où naquit l'épouse
du premier homme.* *

Voyez-vous dans tout cela quelque mot, qui annonce que Venus
crée une Isle nouvelle? Non vraiment, répondit Gelase. Il s'en faut
beaucoup, ajouta Philinte. Hé bien
donc, dit Eudoxe, pourquoi lire
avec si peu de soin un Auteur fameux dont on fait l'extrait,& qu'on
veut censurer? N'est-ce pas se mettre au hazard de trahir également
la vérité dans l'extrait & dans la
Critique

Paroles de l'Observa-teur. *Mais il est bien ridicule d'entendre
Thetis raconter les miracles de S.Tho-
mas Apôtre des Indes.*

Réponse. L'Observateur a raison, dit Eudoxe; pendant que Philomuse tra-
duisoit la Lusiade, je lui conseillai

* Isto bem revolvido, &c. Luc. Cant. IX.

de supprimer cet endroit dont il étoit choqué lui-même, il n'osa me croire, & dans le fonds je trouve qu'il n'eut pas tort, ç'auroit été une infidelité trop marquée ; la traduction est une espece de portrait, dont la ressemblance forme le premier mérite ; cachez les défauts de l'Original, vous ne faites point un portrait, c'est tout au plus un joli tableau : Nous voulons connoître les Auteurs étrangers, ainsi l'on doit nous les représenter, non pas tels qu'ils devroient être, mais tels qu'ils sont ; sans cette exactitude nous ne sçaurions juger de leur prix.

Fidelité nécessaire dans la traduction.

L'intervention des Dieux dans ce Poëme est trop uniforme & presque toujours ridicule.

Paroles de l'Observateur.

Jules Scaliger, qui étoit un fameux Critique, dit Eudoxe, n'auroit pas donné une décision si formidable, sans l'appuyer par de bonnes preuves ; mais à présent ce n'est plus la mode, on s'érige dans le fond de son cabinet un Tribunal souverain ; on y prononce la Sentence, & si quelqu'incrédule ose en appeller, on lui criera sans doute comme Philoctete.

Réponse.

Un homme tel que moi,

Quand il a dit un mot, en est cru sur sa foi. §

N'importe, prenons la liberté d'examiner l'Oracle. Tant s'en faut que l'intervention des Dieux soit trop uniforme chez le Camoëns; au contraire elle est très-variée; les Dieux n'y agissent presque pas deux fois d'une même façon.

Variété de l'intervention des Dieux chez le Camoëns.

C'est ce que vous devez prouver, interrompit Gelase; sinon, l'on vous accusera de pécher contre vos regles. La preuve est facile, reprit Eudoxe, un simple extrait du merveilleux qui regne dans la Lusiade, vous démontrera la vérité de mon sentiment.

Ici les Dieux s'assemblent dans le Ciel pour décider sur les destins de l'Orient, & sur la fortune des Voyageurs Portugais; Jupiter les protege, Venus & Mars se déclarent aussi pour eux; Bacchus s'apprête à les persécuter, parce qu'il prévoit que l'honneur qu'ils vont acquerir dans les Indes, effacera

§ Oedip. de M. Volt. Act. II. Sc. IV. Il y a dans la Tragédie : *Mais un Prince, un Guerrier tel que vous, tel que moi, &c.*

fa gloire , & qu'ils ruiniront les Temples confacrés à fon culte. §

Là c'eft Bacchus, qui voit du haut des airs , que les Habitans de Mozambique font mal intentionnés contre les Portugais ; pour profiter de cette découverte , il prend la figure d'un vieux Maure , dont la prudence eft connuë & refpectée dans tout le Pays ; il perfuade au Gouverneur de tendre des embuches à Vafco de Gama & à fes Compagnons , & de leur donner , fi ce premier ftratagéme échoüe , un Pilote qui les faſſe perir. †

Peu de tems après Venus revient fur la Scene ; elle voit que les Vaiſſeaux Portugais courent à leur perte en prenant la route de Quiloa fur la foi du Pilote de Mozambique , & pour détourner ce malheur , elle fufcite des vents contraires qui les éloignent de cette Ifle dangereufe. §§

Un peu plus loin Bacchus pour tromper les deux Envoyés de Gama dans Mombaze,& pour y attirer les

§ Luf. ch. 1. p. 6. & fuivantes.
† Luf. ibid. p. 17. & fuivantes.
§§ Luf. ibid. p. 4.

Portugais par une pieté simulée, dresse un Autel somptueux, & prend la forme d'un Prétre vénérable. †

On vous dira, interrompit Gelase, que voilà deux déguisemens de Bacchus bien près l'un de l'autre. On pourra même dire qu'il y en a trois, reprit Eudoxe ; car dans le huitiéme Chant, Bacchus se présente en songe à un Maure sous la figure de Mahomet, & l'excite à s'armer contre les Portugais nouvellement arrivés dans les Indes. ﬞ

A cela je réponds que ces trois métamorphoses ne laissent pas d'offrir de la varieté, puisqu'elles se font sous trois figures différentes. On n'a jamais accusé Virgile d'uniformité dans l'intervention des Dieux ; cependant combien de fois les Dieux n'empruntent - ils pas chez lui des formes étrangeres pour traiter avec les Mortels ? ﬞﬞ Nous trouvons huit ou neuf de ces dé-

Merveilleux du Camoens comparé avec celui de Virgile.

† Luf. ch. 11 p. 86. & fuivantes.
ﬞ Luf. ch. viii. p. 25. & fuivantes
ﬞﬞ Venus prend dans l'Eneïde la figure d'une Chaffeufe de Sparte, Cupidon celle d'Afcagne, Iris celle de la vieille Beroé, Morphée celle de Phorbas, Alecton celle de la Prêtreffe Calybé, Juturne une fois celle de Camertus, & deux fois celle de Metifcus, & une Furie celle d'une Choüette.

guifemens

guifemens dans l'Eneïde, & une chofe que nous ne devons point oublier, c'eſt que la Nymphe Juturne y prend deux fois & coup ſur coup la reſſemblance de Metifcus. Qu'auroit dit l'Obſervateur, ſi l'on voyoit une répétition pareille dans la Luſiade ?

Accordons pour un inſtant, dit Philinte, une chofe qui n'eſt pas, & ſuppofons que les trois déguifemens de Bacchus ayent un air d'uniformité, s'enfuit-il de-là que tout le merveilleux du Poëme ſoit marqué de cette fletriſſure ?

Non certainement, repliqua Eudoxe, car cela ne fait qu'une très-mince partie des endroits où les Dieux interviennent dans l'Ouvrage, & le reſte eſt plein d'une variété prodigieuſe : Continuons notre extrait pour mettre la vérité au grand jour.

Venus penetre la conſpiration des Habitans de Mombaze, où le Pilote de Mozambique veut mener Gama, elle vient dans la mer, elle fend les flots montée ſur un Triton, qui s'enorgueillit fous un faideau ſi charmant ; une troupe d'aimables Neréïdes lui fert de cortége : toutes enfemble repouf-fent au large les Vaiffeaux Portu-gais. *

Obfervons en paffant , inter-rompit Gelafe , que le Camoëns connoiffoit le dégoût de l'unifor-mité , & qu'il s'en éloignoit avec adreffe ; un Pilote infidéle trame la ruine des Portugais ; tantôt il entreprend de les jetter dans le Port de Quiloa , & tantôt dans celui de Mombaze , toujours à deffein de les livrer aux fureurs d'un Peuple barbare. Voilà pour nos Voya-geurs deux funeftes fituations qui fe reffemblent ; Venus intervient dans l'une & dans l'autre ; mais les moyens qu'elle employe , font differens , & cette diverfité vous offre des images nouvelles. Là , les vents agiffent , Venus ne fe montre pas ; ici les vents fe taifent , & **la Reine** des Amours paroît avec tous fes charmes , fa belle main repouf-fe les Vaiffeaux , les Nymphes de la mer lui prêtent leur affiftance , quelle uniformité déteftable !

Enfuite , continua Eudoxe , Ve-

Le Camoëns fuyoit avec foin l'unifor-mité.

* Luf. Ch. 11. p. 90. & fuivantes.

nus monte au Ciel pour implorer Jupiter en faveur des Portugais, Jupiter l'écoute avec bonté, il lui annonce une partie des exploits fameux que cette Nation fera dans l'Orient. Un moment après il charge Mercure de ses ordres : celui-ci vole vers Melinde, la Renommée l'accompagne, tous deux disposent le Roi & le Peuple à bien recevoir Gama. De Melinde l'Envoyé des Dieux passe sur la flotte, & se laisse voir en songe au Capitaine, pour l'instruire de la route qu'il doit prendre. †

Dans un autre endroit, quelques Nayades pleurent la mort d'Inès de Castro, & pour éterniser sa mémoire, elles changent leurs larmes en une fontaine nommée par les Portugais la Fontaine des amours. §

Plus bas le Roi Don Manuël voit en songe un Pays délicieux ; deux Vieillards vénérables s'approchent de lui ; l'un est le Gange, & l'autre est le fleuve de l'Inde ; ils lui annoncent que leurs eaux couleront désormais dans son Empire.

---

† Lus. Ch. 11. p. 97. & suivantes.
§ Lus. Ch. 111. p. 138.

B ij

& que ſes Loix s'étendront ſur les terres fortunées qu'ils enrichiſſent. †

Voilà trois ſonges, interrompit Gelaſe, en comptant celui du Maure & celui de Gama. Il y en a bien d'autres dans Virgile, dit Eudoxe : ſ cet Auteur fait rêver Enée quatre ou cinq fois; au moins chez le Portugais, ce ſont trois perſonnes differentes qui rêvent, cela ne ſent pas tant la répétition. Le Camoëns n'aura-t-il pas lieu de ſe conſoler quand on ne lui reprochera que des fautes qu'on pourra trouver bien plus grandes chez le Prince des Poëtes Latins? Mais encore un coup dans l'un & dans l'autre, ces objets-là ſont peu conſidérables; il n'en réſulte pas aſſez d'uniformité pour exciter les cris de la Cenſure.

En faiſant l'extrait de l'intervention des Dieux dans la Luſiade, pourſuivit Eudoxe, nous ne devons point oublier le Phantôme d'Adamaſtor, qui concourt au merveilleux du Poëme ; ſſ c'eſt une fic-

Il y a beaucoup plus de ſonges dans Virgile que dans le Camoëns.

† Luſ. Ch. iv.

§ Il y a ſept ſonges dans l'Eneïde ; un de Didon, un de Turnus, & cinq d'Enée

§§ Luſ. Ch. v. p. 107. & ſuivantes,

tion toute neuve, l'Auteur ne la doit qu'à son génie ; les anciens ni les modernes n'ont rien de pareil; on y voit briller une noble audace, un sublime qui a mérité les éloges de M. de Voltaire ; & certainement M. de Voltaire s'y connoît. L'Observateur lui-même a trop d'esprit & de délicatesse pour ne pas sentir des beautés de cette nature ; la maniere dont il en dit sa pensée, est une preuve honorable de son bon goût.

Après la fiction d'Adamastor, Bacchus rentre dans la lice ; comme il voit avec douleur que les Portugais approchent de l'Orient, il prend le parti de descendre au fond de la mer, & d'aller solliciter Neptune contr'eux. Neptune par le ministere d'Eole, fait lâcher la bride aux Aquilons ; une tempête épouvantable met la flotte à deux doigts de sa ruine ; mais Venus en conduisant sur l'horison l'étoile du jour, apperçoit l'état où sont réduits les Voyageurs, qu'elle protége ; alors pénétrée d'une juste colere contre Bacchus, elle descend sur la mer avec plusieurs belles

Nymphes, qui sont attachées à son service ; par son ordre elles mettent toutes sur leurs têtes des guirlandes de roses ; elles entrelassent diverses autres fleurs dans leurs cheveux blonds, & sous cette agréable parure, elles se présentent aux vents déchaînés, elles leur parlent, ils s'appaisent, l'orage finit, & ils arrivent heureusement aux Indes. †

Dans le séjour des Indes, l'Auteur ne fait guere intervenir les Dieux ; on y trouve cependant une espece de sacrifice, où un Génie apprend aux Mages que les Portugais soumettront l'Orient à des Loix nouvelles ; Bacchus souleve les Maures qui habitent dans le Malabar ; Venus inspire Gama, & met sur ses lévres les douceurs de la persuasion, pour écarter les defiances du Samorin. ſ ††

Enfin les Portugais contens de leur découverte, partent de Calicut pour s'en retourner dans leur Pa-

---

† Luſ. Ch. VI. p. 150. & ſuivantes.
ſ Titre de l'Empereur du Malabar.
†† Luſ. Ch. VIII. p. 15. & ſuivantes.

trie ; Venus qui veut les récom-
penfer de leurs travaux , forme le
deffein de les recevoir dans une Ifle
agréable , & d'y attirer toutes les
plus belles Nymphes de la mer ,
qui prendront pour eux des fentimens d'amour. L'effet fuit la réfo-
lution; Venus montée fur fon char ,
qui eft traîné par des cygnes mélodieux , vole vers les Monts Ida-
liens , elle y trouve fon fils Cupidon, qui avec d'autres Amours purs
& celeftes comme lui , fe prépare
à corriger les erreurs des mortels :
Sa mere lui communique fon projet , il l'approuve , il prend fes fle-
ches d'or, & frappe le cœur des Divinités Marines.

Infpirées par Venus & conduites
par leur tendreffe , elle s'en vont
dans l'Ifle délicieufe : Les Voyageurs fortunés s'y rendent peu de
tems après ; & c'eft-là que le Poëte
leur fait goûter *des voluptés incon-
nuës au Vulgaire*. Thetis dans un
Palais magnifique donne un grand
feftin au Général & à fes Compagnons.

Pendant le repas une Sirene chante la gloire & les belles actions de
B iiij

plusieurs Héros , qui doivent un jour se signaler dans les Indes.

Après que les tables sont levées , Thetis mene les Portugais sur un Mont escarpé, dont le sommet leur offre une plaine charmante , où l'on voit briller les plus précieuses richesses de la nature : Dans cet endroit Thetis leur montre un globe qui se soutient en l'air sans s'abbaisser ni se hausser, quoique les cercles qui le composent , soient dans un mouvement perpétuel.

C'est la sphere du monde , Thetis en developpe la structure au Portugais , ensuite elle leur fait voir les Provinces qui seront le théatre de leurs exploits dans l'Amérique & dans l'Orient. Après cette derniere fiction , le Livre du Destin se ferme , & la Lusiade finit. †

Voilà, poursuivit Eudoxe, le merveilleux du Poëme , & ce merveilleux est accompagné de descriptions , tantôt terribles, tantôt agréables ; mais toujours vraies , toujours puisées dans le sein de la belle nature.

Je ne vois point là tant d'unifor-

† Luf. Ch. 1x. & Ch. x.

mité , dit Philinte , & l'Obfervateur auroit peine à nous prouver la
juftefſe de ſa Critique , ſans nous
donner des raiſons qu'on pourroit
facilement retorquer contre Homere , contre Virgile & le Taſſe.
Quant à ce qu'il ajoute, que l'intervention des Dieux eft preſque toujours ridicule chez les Camoëns ,
c'eſt un reproche qui n'eſt pas mieux
fondé.

En quoi confiſte ce ridicule , demanda Gelaſe ? Le Poëte ne nous
offre point de fictions qui ſentent la
baſſeſſe ni la puerilité; voit-on chez
lui que les Dieux faſſent parler des
chevaux comme dans Homere ? †
ou bien qu'ils prennent la figure
d'une Choüette , comme dans Virgile ſ, ou qu'ils ſoient bleſſés par des
mortels , ainfi que Mars & Venus
le font par Diomede dans l'Iliade.
ſſ L'Auteur Portugais obſerve les
convenances ; ſes Divinités ne ſe
montrent jamais ſans nobleſſe ni
hors de propos. *

† Iliad. Lib. xix.
ſ Æneid. Lib. xii.
ſſ Iliad Lib. v.
* Les trois exemples d'intervention divine que
Gelaſe emprunte ici de Virgile & d'Homere , peu-

B v

Quelques-unes des fictions dégradent le Héros, enfin le fonds de l'Ouvrage n'a rien de grand, de noble & d'intereſſant ; il ne s'agit que de la découverte de quelques Pays des Indes, d'où Gama revient en Portugal ſans avoir fait aucune Conquête,

Autre terrible déciſion, s'écria Gelaſe ! Et tant ſoit peu hazardée, dit Eudoxe. Premierement les fictions ne dégradent jamais le Héros d'un Poëme, quand elles n'obſcurciſſent pas ſa vertu, quand elles ne lui font pas faire des choſes indignes d'un grand homme ; enfin quand elles ne dérobent rien à ſa gloire, & qu'elles lui laiſſent le champ libre pour ſignaler ſon courage : Suivant ce principe, l'extrait que nous venons de donner, prouve certainement qu'aucune des fictions du Camoëns n'avilit Vaſco de Gama ; on le voit tantôt vaincre les Peuples de Mozambique par ſa prudence & par ſa valeur, tantôt montrer une compaſſion généreuſe pour les maux que ſon équipage ſouffre,

vent paroître ridicules aux yeux d'un homme qui ne conſultera que le goût moderne ; mais dans le ſyſtême Poëtique des Auteurs Grecs & Latins, ce ne ſeroit pas tout-à-fait la même choſe.

& dans un autre endroit se tirer habilement des piéges que lui tendent les Ministres de l'Empereur du Malabar ; s'il prend la parole, c'est avec dignité, & lorsqu'il invoque les Dieux, c'est sans foiblesse ; en un mot jamais ses vertus ne s'éclipsent, il est toujours infatigable dans les travaux d'une longue navigation, toujours zelé pour sa Patrie, fidéle à son Roi, & plein d'une noble ambition de s'illustrer.

Le Héros du Camoëns est toujours grand.

Non-seulement, interrompit Philinte, aucune des fictions de la Lusiade ne deshonore le Héros ; mais au contraire, il y en a plusieurs qui mettent ses belles qualités dans un jour merveilleux ; telle est la fiction qui roule sur Adamastor. Ce Géant déclare une Guerre éternelle aux Portugais ; il leur prédit des malheurs épouvantables, Gama lui répond froidement : *Qui es-tu ? Ta grandeur nous étonne, mais tes menaces ne nous effrayent pas.* † En pareille conjoncture, il me semble qu'un discours si simple & si laconique, annonce un cœur bien au-dessus du Vulgaire.

Plusieurs des fictions du Camoëns relevent la gloire de son Héros.

† Lus. Ch. v. p. 14.

B vj

Dans un autre endroit, la Sirene qui chante pendant le repas, prédit à Vasco qu'il sera Vice-Roi des Indes ; mais qu'une mort promte lui enlevera cette dignité. *J'apperçois ici*, pour me servir des termes de Philomuse, *une emphase admirable ; la Sirene persuadée que Gama est un Héros exempt de foiblesse, ne craint pas de l'apostropher en lui annonçant la fin de sa vie, & Gama qui l'écoute, ne donne aucun signe d'émotion, le festin continuë, la Sirene chante toujours ; si je ne me trompe, cela est vraiment grand.* *

Pour ce qui concerne le sujet de la Lusiade, dit Eudoxe, je ne vois pas qu'il soit inférieur au sujet de l'Odyssée ; j'oserai même ajouter que le premier paroît plus grand : l'Odyssée d'Homere n'est que le retour d'Ulysse dans sa Patrie ; la Lusiade du Camoëns est la découverte d'un Pays loingtain par Vasco de Gama ; comparons maintenant les choses.

Premierement l'Isle d'Ithaque est un objet bien moins considérable que les Indes.

Le sujet de la Lusiade n'est point inférieur au sujet de l'Odyssée.

* Notes sur la Lus. Tom. III. p. 241.

En second lieu la navigation de Gama est plus étenduë & plus surprenante que celle d'Ulysse.

Enfin le but du Héros Grec n'est pas aussi noble que le but du Héros Portugais. Celui-là veut aller passer tranquillement le reste de ses jours dans sa famille ; celui-ci abandonne la sienne pour servir son Roi : l'un se laisse mener par des intérêts personnels ; l'autre ne vole qu'après la gloire. Concluons donc que le Camoëns n'a pas mal choisi son sujet. Au surplus n'importe que Gama revienne sans avoir fait aucune Conquête dans l'Orient, Ulysse n'en fait pas davantage ; tous les deux trouvent quelques occasions de signaler leur valeur, & tous les deux en profitent, c'en est assez.

Philinte vouloit continuer de lire l'Ouvrage de M. l'Abbé des Fontaines ; mais Eudoxe l'arrêta en lui disant : Le reste de la Critique regarde plutôt Philomuse que le Camoëns ; c'est aussi sur Philomuse que tombent principalement les réflexions du Pour & Contre : Remettons à un autre jour l'examen de ce qu'ils penfent tous les deux fur les notes & le ftile du Traducteur : cela nous fournira la matiere d'une Conférence nouvelle. En attendant voyons la fuite de Don Palmerin.

LES AVANTURES
DE
DON PALMERIN
ET
DE THAMIRE.

LIVRE CINQUIE'ME.

DON Palmerin arriva bien-
tôt dans le Camp des Espagnols avec les Troupes victorieu-
ses ; son entrée fut un vrai triomphe, moins superbe que celui des
anciens Romains, mais aussi flateur. Les Officiers & les Soldats
couroient en foule au-devant de
lui, chacun s'empressoit à le voir,
chacun le combloit de loüanges ;
on l'appelloit le Bouclier de la Castille, & le fléau des Maures ; on
publioit que son retour alloit faire
tomber les murs de Grenade & que
la Guerre étoit achevée : Il em-

braſſoit les uns, il tendoit la main
aux autres & leur montroit à tous
une vive reconnoiſſance de l'affection qu'ils lui témoignoient.

Au milieu des applaudiſſemens
& des cris d'allegreſſe, il parvint
juſqu'au Quartier de Don Alfonſe,
qui moins jaloux de ſa grandeur,
qu'attentif aux égards de l'amitié,
ſe montra ſur la porte de ſa tente
pour le recevoir. Don Palmerin
mit un genoux à terre ſuivant la
coutume des Eſpagnols. Le Roi
l'ayant relevé, le ſerra dans ſes bras
avec tendreſſe, & lui dit : Soyez
le bien venu, mon cher Palmerin, la joye que j'ai de votre retour, ne ſçauroit être comparée
qu'à la douleur que j'ai reſſentie de
votre abſence, & des nouvelles
qu'on m'avoit données de votre
mort ; enfin je vous revois, & pour
ſurcroît de bonheur, je vous revois
triomphant de mes Ennemis.

Seigneur, répondit Don Palmerin, je rends graces au Ciel de m'a-
voir conſervé la vie pour l'employer au ſervice de Votre Majeſté : au reſte l'honneur de la victoire ne m'appartient pas ; il eſt entierement dû aux vaillans Guer-

riers que voici : En même-tems il présenta au Roi les Capitaines des Troupes Françoises, qui avoient si bien fait dans la Bataille d'Olivéra : c'étoit des personnes illustres par leur noblesse, leur rang & leur courage. Le Roi leur donna de grands éloges, & commanda qu'ils fussent traités dans sa Cour avec toute la distinction qu'ils méritoient.

Ensuite Don Alfonse ayant tiré Don Palmerin à l'écart, s'entretint avec lui des affaires du Siége, & lui dit que jusqu'alors on avoit fait peu de progrès, que les Ennemis se défendoient vigoureusement, qu'il n'y avoit guere d'esperance de prendre la Ville d'assaut, parce que les Fortifications n'étoient presque point entamées, & que la Garnison étoit nombreuse, & composée de gens d'élite ; que de croire qu'en traînant les choses en longueur, l'on obligeroit enfin les Maures à capituler, c'étoit se repaître d'une vaine illusion, puisqu'on n'avoit pas assez de Troupes pour former le blocus d'une si grande Place, & qu'on ne pouvoit empêcher les

Affricains d'y jetter du secours.

Le Roi ajouta que son idée étoit de tourner ses vûës vers les strata-gêmes, & d'essayer la voie de quelque intelligence secrette avec les Grenadins pour accelerer le succès de son entreprise.

Je me souviens, continua-t-il, que vous m'avez parlé plusieurs fois d'un certain Férondal qui est de la Faction des Zégris, & que vous mettez au rang de vos Amis les plus intimes; quelques Transfuges m'ont assuré qu'il est présentement dans Grenade ; n'y auroit-il pas moyen de le gagner par l'espoir des récompenses & des Dignités les plus propres à flater son ambition ? Cela me paroît d'autant plus possible, qu'il n'a guere lieu d'être content de son Roi ; car on dit que ce Prince montre beaucoup de partialité pour les Abencerrages, & sur-tout pour le brave Orcan, qui est le premier d'entr'eux, & l'un des plus cruels ennemis de Férondal.

Il est vrai, Seigneur, répondit Don Palmerin, que dans les Guerres d'Affrique nous avons contracté Férondal & moi une amitié mu-

tuelle qui me fera toujours chere ;
il est encore vrai que quand ma famille occupoit le Trône de Grenade, la sienne a reçu de mes an-
cétres des bienfaits dont les Zégris
ont confervé la mémoire ; mais
tout cela joint à ses mécontente-
mens particuliers, ne fuffira pas
pour l'engager à trahir fon Prince ;
je le connois, il a l'ame noble &
généreufe, il ne pourroit jamais fe
réfoudre à commettre une action
qui auroit la moindre teinture de
lâcheté : ainfi, Seigneur, je crois
que pour le préfent il ne faut s'attacher qu'à ferrer vivement les Grenadins ; vous avez trois mille hommes de Troupes Françoifes qui brû-
lent de fe fignaler, & ils ont parmi
eux quantité d'Ingénieurs habiles,
qui nous applaniront les difficultés
du Siége.

En cet endroit, le Roi interrompit Don Palmerin, pour lui demander où il avoit trouvé ces trois mille hommes qui l'avoient fecondé
fi vaillamment dans les plaines d'O-
livéra. Don Palmerin lui dit qu'il
les avoit rencontrés en Portugal,
où ils avoient été pouffés par la

tempête, & où ils avoient débar-
qué, dans le deſſein de ſe joindre
aux Caſtillans contre les Maures;
que c'étoit pluſieurs Cavaliers de
la premiere Nobleſſe de France;
entr'autres *un Montmorency, un Join-*
ville, un Simiane, & un Châtillon,
qui avoient formé cette Troupe,
& qui autant animés par leur zele
pour la foi que par leur amour pour
la gloire, venoient partager avec
les Eſpagnols l'honneur de vaincre
& de chaſſer les Sarrazins.

　　Le Roi loüa le Ciel, qui lui envoyoit un ſecours ſi imprévû & ſi
néceſſaire. Don Palmerin l'informa des avantures qui l'avoient re-
tardé dans ſon voyage, & ne lui
cacha que ce qui concernoit per-
ſonnellement le Duc Erneſte, dont
il avoit promis de ne point divulguer la ſolitude.

　　Lorſqu'il eut achevé ſon récit,
Don Alfonſe tâcha de le conſoler,
en l'aſſurant qu'il feroit lui-même
chercher Thamire dans l'Affrique
& dans toute l'Europe, & qu'en
quelqu'endroit qu'on pût la trouver, fût-elle entre les mains d'un
des plus grands Rois, il n'épargne-

roit ni ses forces ni son credit, ni
ses richesses pour la rappeller en
Espagne.

Ayant rendu ses respects à la
Reine, Don Palmerin se retira dans
une tente que l'on avoit dressée
pour lui ; il y reçut bien-tôt la visite d'un Cavalier que la Duchesse
d'Ampures lui envoyoit pour le
complimenter sur son heureux retour ; & il répondit que dans un
moment il iroit faire la reverence
à cette Dame, & lui témoigner
combien il étoit sensible à l'honneur de son souvenir.

Un instant après que le Messager de la Duchesse fut sorti du Pavillon de Don Palmerin, le Général Rodrigue y entra ; ces deux Amis
s'embrasserent tendrement, & se
donnerent mille marques récipro-
ques du plaisir qu'ils avoient de se
revoir.

Don Palmerin qui avoit sçu de
Virginio l'état des affaires de Rodrigue, lui dit en souriant après
les premieres civilités : Mon cher
Général, on voit à votre mine que
vous êtes amoureux. Oui, repartit
Rodrigue en riant à son tour, a-

moureux, & de plus très - jaloux ;
mais ce qui me fâche, c'est que je suis
jaloux d'un homme que j'aime , &
qui m'enleveroit ma Maitreffe fans
que je puffe me réfoudre à le haïr.
Voilà une fituation défagréable ,
reprit Don Palmerin fur le même
ton ; rien n'eft plus embarraffant
que de ne pouvoir pas haïr fes Rivaux;cependant une chofe doit vous
raffurer ; c'eft que votre Rival prétendu ne fonge en aucune maniere
à vous difputer le cœur de votre
Belle , & qu'il feroit au defefpoir
s'il vous caufoit le moindre chagrin.

Parlons franchement , continua-
t-il ; vous craignez que Madame
d'Ampures n'ait du penchant pour
moi ; je l'ai cru auffi pendant quelque tems lorfque j'étois à fa Cour ;
mais je ne tardai pas à reconnoître que je lui faifois tort , & que
je prenois mal-à-propos fes attentions & fon amitié pour une foibleffe.

Seigneur , interrompit le Général , vous en jugeriez autrement fi
vous aviez été témoin des larmes
qu'elle a verfées lorfqu'on a reçu

dans le Camp la fauſſe nouvelle
de votre mort , & ſi vous aviez
vû le trouble dont elle étoit agitée , quand on apprit dernierement
que le Ciel vous avoit conſervé la
vie , & que vous reveniez Vainqueur des Affricains.

Quoi qu'il en ſoit, repliqua Don
Palmerin , j'eſpere de ne vous point
nuire ; la Ducheſſe eſt naturelle-
ment orgueilleuſe , mes refus l'of-
fenſeroient , elle ne s'y expoſera
pas , dès qu'elle aura lieu de les ap-
prehender : je ſçaurai lui dépeindre
ſi vivement l'amour dont je brûle
pour un autre objet , que ſans doute elle n'oſera jamais me découvrir
ſon cœur , ſuppoſé qu'il ſoit prévenu pour moi de quelqu'inclination. Au reſte ma préſence ne vous
donnera pas de longues inquiétudes ; j'adore ma chere Thamire ,
les Maures me l'ont enlevée , &
pour la chercher , je n'attends que
la fin du Siége : Heureux , ſi je la
trouve , & déterminé à mourir , ſi
le Ciel ne me la rend pas ! Uniſ-
ſons donc nos efforts pour achever
promptement la Guerre , nos intérêts l'exigent , & notre gloire s'ac-

corde fur ce point avec votre paſſion & la mienne.

Rodrigue ſe retira très-content
des diſpoſitions de Don Palmerin,
qui partit fur le champ pour aller
rendre ſes devoirs à la Ducheſſe;
elle ſçavoit déja qu'il avoit perdu
Thamire, & dans le fonds de ſon
cœur, elle en reſſentoit une joye
extrême.

Elle ſe fit un plan raiſonné fur les
moyens qu'elle devoit employer
pour attirer Don Palmerin dans ſes
filets, & pour le mener doucement
de l'amitié à l'amour. Sa premiere
attention fut de lui diſſimuler, lorſqu'il entra chez elle, cette joye
baſſe qu'elle tiroit du malheur de
Thamire; elle en témoigna une
plus noble, en lui difant qu'elle
étoit charmée de le revoir après
tant de dangers qu'il avoit courus
fur les Côtes d'Affrique; & quand
elle vint à parler de ſa Rivale, ce
fut avec des ſentimens de compaſſion, avec des termes qui n'annon-
çoient que généroſité. Elle ajouta
qu'elle s'offroit de bon cœur à faire
chercher Thamire, & qu'elle s'ef-
timeroit heureuſe de contribuer à
la

la réunion de deux personnes dont la tendresse éclatoit par des preuves si rares & si brillantes.

Don Palmerin se laissa éblouir par les discours de la Duchesse, & ne la regardant que comme une véritable amie, il se confirma dans la pensée qu'il avoit que Rodrigue la soupçonnoit injustement.

Plein de sa passion, & charmé de trouver un cœur où il pouvoit répandre une partie de l'amertume dont le sien étoit abreuvé, il se mit à déplorer la disgrace de Thamire ; il exagera les services qu'il avoit reçus d'elle, sa douceur, sa prudence, les peines, les dangers qu'elle avoit essuyés pour l'amour de lui dans le Port de Massa & sur la Mer. Ensuite il ajouta que dans son malheur il avoit du moins la consolation de sçavoir que Thamire étoit Chrétienne, & selon toute apparence, d'une noblesse des plus relevées.

Les sentimens qu'il montroit, affligerent la Duchesse, mais ils ne la surprirent point ; elle s'y étoit attendue : ainsi loin de perdre cou-

rage, elle se fortifia dans ses résolutions.

Rodrigue & Don Palmerin à
l'envi l'un de l'autre, tâchoient de
hâter la fin du Siége; mais plus ils
pressoient la Place , & plus les
Maures la défendoient avec vigueur. On ne parloit chaque jour
que de combats où la victoire fa-
vorisoit tantôt les Castillans &
tantôt les Grenadins : ceux-ci firent
un soir une sortie , où le fier Orcan à la tête de deux mille hommes
des plus braves de la Garnison ,
donna sur le Quartier des Troupes
de Sardaigne , & les mit en dé-
sordre.

Surpris de cette attaque impré-
vue, les Chrétiens lâchent le pied
sans aucune resistance ; quelques-
uns perissent dans leur premier sommeil , & ne sentent pas le coup qui
les fait mourir; d'autres en voulant se sauver, se jettent aveuglé-
ment au milieu des Ennemis, où ils
trouvent le trépas qu'ils fuyoient ;
tel implore le secours de ses Compagnons, tel cherche ses armes ;
les cris des vainqueurs & les gé-

miſſemens des bleſſés ſe confon-
dent, & rendent le combat affreux. Orcan ſemble porter la foudre dans ſes mains, il frappe, il
taille, il renverſe tout ce qui s'op-
poſe à ſa furie, les Grenadins
comblent la tranchée & ruinent
les travaux.

Tout le Camp prend l'allarme,
une troupe d'Archers de Mayor-
que vient ſoutenir les Sardes ; mais
ce renfort ne ſert qu'à augmenter la
gloire d'Orcan & la défaite des
Chrétiens ; les Bandes Françoiſes
accourent & rétabliſſent le combat, la mêlée devient terrible, Orcan trouve enfin des ennemis qui
lui font tête.

La victoire commençoit à ſe déclarer pour les François, lorſque
Don Palmerin qui campoit dans un
Quartier reculé arriva ſur le champ
de bataille, & ſecondé de quelques
braves amis, prit les Maures en
flanc pour les couper & pour empêcher qu'ils ne ſe retiraſſent tous
dans la Ville.

Pendant qu'il faiſoit des prodi-
ges de valeur ſuivant ſa coutume,
la Lune qui étoit claire, ſe cou-
C ij

vrit tout d'un coup de nuages fi-
fombres, que l'on ne pouvoit plus
difcerner les objets. Comme fon
courage l'avoit emporté loin des
fiens parmi les Maures, il fe trouva malheureufement enveloppé de
toutes parts & dans une telle fituation, que la moindre difgrace qu'il
devoit craindre, c'étoit d'être prifonnier.

S'il n'eût pour lors moderé fon
ardeur, fes grands coups n'auroient
pas manqué de le trahir; il s'ar-
réta, & ne fit point de mal aux
Maures qui l'environnoient, la
confufion, le tumulte & les tenebres lui devinrent favorables.

Pendant qu'il fongeoit aux
moyens de s'évader, les Maures fe
trouvant trop preffés, fe replierent
impétueufement fur leur arriere-
garde, & Orcan fit battre la retraite. Don Palmerin qui étoit à
pied, fut entraîné par la foule ; tous
fes efforts pour fe mettre à l'écart
ne lui fervirent de rien, il fallut
entrer dans la Ville dont on fer-
ma la porte avec tant de précipitation, qu'on laiffa dehors une cen-
taine de Soldats, qui furent pris par
les François.

Les Chrétiens demeurerent vainqueurs. La joye & la tranquillité renaiſſoient dans le Camp, lorſqu'on s'apperçut que Don Palmerin manquoit. On jugea d'abord qu'il avoit été tué ; mais comme le lendemain on ne trouva point ſon corps ſur le champ de bataille, cette idée ſe diſſipa. Quelques-uns de ſes Amis rapporterent au Roy qu'il s'étoit mêlé dans la foule des Grenadins, & pour lors on conçut ou qu'il étoit priſonnier, ou bien que le torrent des fuyards l'avoit entraîné juſques dans la Place.

Le Roi en ſuppoſant ce dernier cas, qui paroiſſoit moins dur que l'autre, ſentoit que ſi Don Palmerin étoit inconnu dans Grenade, le plus grand bonheur qui pouvoit lui arriver, c'étoit d'être ignoré d'Albazar ; & ſur ce fondement, quoiqu'il ne ſçût pas trop de quelle maniere ſon Ami réuſſiroit à ſe cacher au milieu des Maures, il prit des meſures pour empêcher que les bruits du Camp ne le décelaſſent.

Sa premiere attention fut d'impoſer ſilence à Rodrigue, à Vir-

ginio & à tous ceux qui se dou-
toient du sort de Don Palmerin; ensuite il fit publier qu'il l'avoit envoyé dans une Cour étrangere pour
des négociations secretes; par ce
moyen il mit en défaut les espions
& les transfuges, & déroba aux
Troupes la connoissance d'une
avanture qui les auroit affligées.

La Duchesse qui sçavoit le malheur de Don Palmerin, en étoit au
desespoir; elle se renferma dans sa
tente avec Chymene & Virginio,
& jettant un regard triste sur cet
homme qui étoit pénétré de douleur : Hé bien, mon cher, lui dit-
elle, as-tu quelqu'esperance de revoir ton Maître! Hélas! Madame,
répondit-il, de quelle esperance
puis-je me flater, sinon que peut-
être il n'est pas mort ? Car j'ai remarqué qu'on n'a point fait de
bruit dans Grenade après que les
portes ont été fermées, c'est un signe que si les Maures l'ont reconnu, il s'est soumis sans vouloir inutilement se défendre contre la multitude ; ou bien s'il a pu les tromper dans l'obscurité de la nuit, il
aura cherché quelqu'azile pour se

dérober aux dangers où l'a jetté l'excès de son courage.

Mais, mon enfant, reprit la Duchesse, songe donc que quand il se seroit caché à la faveur des tenebres, le jour naissant n'aura pas manqué de le découvrir. J'en conviens, Madame, mais aussi en cé cas on peut se flater qu'il n'est que prisonnier ; les ennemis qui voyent que nous pourrions user cruellement de represailles contr'eux, ne sont pas assez dépourvus de raison pour le massacrer de sang froid. J'oserois même vous répondre de sa vie & de sa liberté, si j'étois assuré qu'il eût trouvé la maison de son bon ami Ferondal.

Et qui est ce Ferondal, interrompit la Duchesse ? Un des principaux Cavaliers de Grenade, repartit Virginio, un homme généreux qui est redevable de plusieurs grandes obligations à mon Maître. Crois-moi, ajouta-t-elle ; la reconnoissance est une vertu bien rare, & nous ne la pratiquons guere quand elle blesse nos interéts ; Ferondal se perdroit auprès d'Albazar, s'il cachoit chez lui Don Palmerin.

Madame, dit Virginio, permet-
tez-moi de vous repréfenter que votre jugement fait tort à Ferondal ;
c'eft un cœur plein de nobleffe,
les vertus les plus difficiles lui font
naturelles, & l'on le verroit fe fa-
crifier plutôt lui-même, que de fe
réfoudre à paffer pour ingrat.

Don Palmerin & Ferondal, continua l'Ecuyer, fe font connus en
Affrique, où j'ai admiré cent fois la
générofité qu'ils ont fait éclater
l'un pour l'autre.

Tu as donc été en Affrique avec
ton Maître, avant le dernier voyage qu'il y a fait, dit alors la Ducheffe ? Oui, Madame, reprit Virginio, je l'ai fuivi dans toutes les
guerres où il s'eft fignalé, j'ai été
témoin de fa valeur & de fes penfées les plus fecretes, furtout dans
les avantures bizarres qu'il a parta-
gées avec Férondal, & qui ont pro-
düit entr'eux une amitié capable
de réfifter aux épreuves les plus
fortes.

A ces mots la Ducheffe fe pro-
mena quelques momens dans fa
chambre en faifant diverfes reflexions ; enfuite s'étant affife, elle dit

à Virginio : Raconte-moi, je t'en prie, les avantures dont tu viens de parler; il me sera doux d'apprendre qu'on puisse esperer que Ferondal en agisse noblement avec Don Palmerin, si la fortune les rapproche l'un de l'autre.

Je vais, Madame, repliqua Virginio, tâcher de vous contenter du mieux qu'il me sera possible. Don Palmerin n'avoit que quinze ans lorsque charmé du bruit des exploits de Don Carlos son Pere qui commandoit les troupes d'Espagne en Affrique, il résolut d'imiter un exemple si beau; les délices de la Cour, ni les bontés du Roi & de la Reine qui le regardoient comme leur enfant, ne purent l'arrêter. Nous partîmes, & nous étant rendus au Port de Barcelonne, nous nous embarquâmes sur un Vaisseau qui nous remit en peu de jours dans le Royaume d'Alger, assés près du lieu où l'armée Chrétienne campoit.

Aussi-tôt que nous fumes descendus à terre, Don Palmerin se para de ses armes, c'étoit la premiere fois de sa vie qu'il arboroit cet équi-

C v

page , & quoi qu'il eût le cœur
d'un Heros nourri dans les combats , on l'auroit pris à la délicateſſe de ſon teint , & à la douceur
de ſes traits , plutôt pour une belle
Fille que pour un Guerrier.

Etant monté à cheval , nous prîmes le chemin de l'Armée , & vers
le déclin du jour nous nous trouvâmes auprès d'une Fortereſſe qui
étoit occupée par les Eſpagnols.
Don Palmerin réſolut d'y paſſer la
nuit ; nous parlions enſemble lorſque nos diſcours furent interrom-
pus par un homme qui étoit caché derriere un buiſſon , & qui diſoit d'une voix triſte : Hélas ! l'honneur & l'amour ne s'accorderont-
ils que pour me tyranniſer ?

Don Palmerin s'arrêta pour l'é-
couter , & l'infortuné continua
ainſi : L'amour m'invite à m'enfuir,
l'honneur me le défend , j'ai donné ma parole au Prince Don Carlos ; il eſt genereux , il ſe fie à
moi , me couvrirai-je de honte en
trahiſſant ſa confiance ? Mais ſi je
ne la trahis pas , je ne verrai point
Lindore à qui j'ai donné mon cœur,
& ſans qui je ne puis vivre. Ce-

pendant, ajouta-t-il, Don Carlos est prisonnier, sa prison ne pourroit-elle pas me dégager de mes promesses ? Hé quoi ! s'il y meurt, s'il n'en sort jamais, faudra-t-il que je renonce à ma liberté ? Non, non ; mais je dois ne me la procurer qu'avec le consentement de celui qui commande en ces lieux pendant l'absence de Don Carlos. Malheureux Ferondal, mon ame est dans le Château de Tambul auprès de ma chere Lindore, & mon corps dans les fers chez les Espagnols.

Par les discours de cet homme, Don Palmerin connut que son illustre Pere étoit prisonnier chez les Maures, & il falloit que ce fût depuis peu de tems ; car on n'en scavoit aucune nouvelle à la Cour d'Espagne lorsque nous en partîmes.

Curieux de s'instruire des particularités d'une avanture si chagrinante, Don Palmerin mit pied à terre, & trouvant un passage au travers du buisson, il courut joindre la personne que nous venions d'écouter.

C vj

C'étoit un jeune Maure vêtu magnifiquement à la mode des Grenadins, très-bien fait, & d'une physionomie des plus agreables. Don Palmerin le salua, & lui dit: Seigneur, j'arrive d'Espagne, je ne sçais point les nouvelles de l'Armée, j'ai entendu les plaintes que vous faisiez tout à l'heure, & j'en ai recueilli confusément que Don Carlos est prisonnier chez les Affricains, & vous chez les Espagnols; daignez, je vous supplie, m'apprendre comment notre General est tombé dans cette disgrace. Plût à Dieu que vous pussiez vous employer pour lui autant que je puis m'employer pour vous, vos chagrins finiroient bien-tôt, & vous ne gemiriez plus de voir que votre amour ne s'accorde pas avec votre honneur.

Mais, ajouta Don Palmerin, quand même vous ne pourriez rien faire en faveur de ce Prince, je ne laisserai pas de chercher à vous rendre tous les services qui dépendront de moi; la noblesse qui brille sur votre front, & l'attachement que vous témoignez pour la gloire, m'y engagent.

Le Maure écoutoit Don Palmerin avec plaisir, & le regardoit avec admiration. Seigneur, lui répondit-il, je ne me plaindrai plus de ma fortune, puisque dans mes fers elle m'a fait rencontrer un Cavalier si estimable, qui daigne m'honorer de ses bontés. Soit que vous ayez l'autorité de me renvoyer libre auprès de ma chere Lindore, soit que vous ne le puissiez pas, je conserverai toujours dans mon cœur le souvenir de vos offres genereuses, & si jamais je trouve l'occasion de vous en montrer ma reconnoissance, soyez sûr que je ne la laisserai point échaper.

Là-dessus ils se dirent plusieurs choses obligeantes, & comme ils étoient tous deux très-aimables, ils commencerent dès-lors à s'aimer. Si vous allez au Château que voilà, poursuivit le Maure, je vous y suivrai, car c'est-là ma prison, & il est tems que je me retire; je pourrai dans le chemin contenter votre curiosité sur le sort de Don Carlos.

Don Palmerin ne voulut point

remonter à cheval, parce que le Maure étoit à pied; ils marchoient doucement à côté l'un de l'autre, & je les suivois d'assez près pour entendre tous leurs discours.

Les affaires de Don Carlos doivent vous interesser plus que les miennes, disoit le Maure; ainsi je commencerai par vous raconter le malheur qui lui est arrivé dernierement. Son dessein étoit d'assieger la Ville de Medua, & dans cette idée, il résolut d'aller visiter lui-même quelques postes voisins; mais il ne put si bien faire, que les Ennemis ne fussent informés de sa démarche.

Il n'avoit pour escorte que vingt Chevaux legers, lorsqu'entre deux bois, il se vit attaqué par cent hommes. Connoissant que la partie n'étoit pas égale, il tourna la bride pour s'en retourner vers son Camp; mais à l'instant même cent autres ennemis sortirent d'une forêt où ils s'étoient embusqués, & lui fermerent le passage.

C'auroit été une folie que d'oser se défendre avec si peu de mon-

de, & la retraite paroiſſoit impoſ-
ſible ; cependant la plûpart des Eſpagnols qui accompagnoient le
Prince, eurent le bonheur de ſe ſauver ; pour lui & quatre des ſiens,
qui ſans doute étoient plus fidéles
& plus braves que les autres, ils
furent enveloppés & contraints à
ſe rendre.

On a mené les quatre Chevaux
legers en priſon dans Medua, &
Don Carlos dans le Château de
Tambul, qui eſt une Fortereſſe que
les Affricains eſtiment imprenable.

La perte d'un ſi grand General,
continua le jeune Maure, a dé-
concerté les projets des Chrétiens,
leurs ennemis en ſont devenus ſi
fiers, qu'ils ne craignent plus vos
armes. Je ſuis le ſeul qui ne ſçau-
rois me réjouir de l'avantage que
nos gens ont remporté dans cette
conjončture, parce que la déten-
tion du Prince ruine entierement les
interéts de mon amour.

En cet endroit Don Palmerin
ne put s'empêcher de s'écrier : Mon
Pere ſe précipitoit dans un peril
trop évident ; il auroit bien pu charger quelqu'un d'examiner ces poſ-

tes, & n'y pas aller lui-même!

Enfuite reflechiſſant aux paroles qui venoient de lui échaper , & prenant le Maure par la main : Oui , ajouta-t-il , vous voyez le fils du Prince Don Carlos ; c'eſt pourquoi vous pouvez eſperer que mes ſoins en votre faveur ne ſeront pas infructueux ; le chagrin que je reſſens de la diſgrace de mon Pere , ne me fera point oublier ce qu'on doit à un Cavalier de votre mérite.

Seigneur , répondit le Maure en faiſant une profonde reverence à Don Palmerin , ſi d'abord je vous ai rendu mes hommages , parce qu'il n'étoit pas poſſible de les refuſer aux qualités brillantes dont la nature a pris ſoin de vous orner ; j'ai maintenant d'autres titres pour vous renouveller les aſſurances de mon reſpect.

Pour lors ils ſe remirent à marcher , & le Maure continua ſon diſcours en ces termes : Vous ſçaurez, Seigneur , que je m'appelle Férondal de Zégri , & que je ſuis né dans Grenade , où vos illuſtres Ayeux ont toujours comblé les miens des faveurs les plus éclatantes qu'un Roi puisse verser sur ses sujets; notre famille s'en ressent encore; mon Pere m'en a souvent entretenu; j'ai eu le bonheur d'en témoigner ma reconnoissance au Prince Don Carlos, & c'est avec une joye infinie que je vous paye le même tribut en ce moment.

Albazar qui régne presentement dans Grenade, poursuivit le Maure, envoya l'année passée du secours aux Affricains; mon Pere qui commandoit nos Troupes, voulut m'avoir auprès de lui, nous passâmes la mer ensemble.

Après que la Campagne fut finie, nous prîmes mon Pere & moi notre quartier d'hyver dans le Château de Tambul dont le Bassa Mérodan est Gouverneur. Il a une fille qui n'est âgée que de seize ans, & qui se nomme Lindore, si belle qu'on ne peut la voir sans l'aimer.

La liberté que j'avois d'entrer à toute heure dans la maison du Bassa, & de m'entretenir avec Lindore, fut suivie d'un amour violent que je conçus pour elle; son Pere & le mien qui se connoissoient depuis long-tems , refolurent de nous marier ; ainfi je regardois déja Lindore comme mon époufe ; & quoi qu'elle ne témoignât guere d'empreffement pour cette union , je m'eftimois heureux , parce qu'elle ne m'oppofoit pas une repugnance déclarée.

Notre mariage devoit fe faire cette année-ci dans la Ville d'Alger , ou Mérodan fe rendra vers la fin de l'Automne avec toute fa famille ; je tâchois de hâter par mes vœux ce jour fi defiré ; mais , hélas ! le tems ne s'eft écoulé que trop rapidement pour moi.

L'Hyver qui me procuroit des plaifirs fi doux dans l'entretien de Lindore , a fait place au Printems ; les Troupes fe font mifes en Campagne , & malgré l'amour qui vouloit m'arréter auprès de ma Maitreffe , j'ai été contraint de fuivre mon Pere pour menager ma réputation.

Les Efpagnols m'ont fait prifonnier dans un Combat, j'ai été conduit à cette Forterefle où nous allons, & qui s'appelle le Château d'Agrican ; c'eft-là que j'ai eu l'honneur de rendre mes respects au Prince Don Carlos.

Heritier des bontés de ses Ancêtres pour ma Famille, & suivant sa générosité naturelle, il a daigné me promettre qu'il me renvoyeroit dès qu'il en trouveroit la moindre occasion ; en attendant il m'a laissé libre dans le Château sur ma parole, & même il m'a permis de me promener dans les champs d'alentour, à condition que je ne m'éloignerois pas plus d'une demie lieue.

Sa bienveillance adoucissoit les ennuis de ma captivité, j'esperois d'ailleurs qu'il romproit bien-tôt mes liens, & qu'il me mettroit en état d'aller revoir ma chere Lindore ; mais sa prison est venue à la traverse, j'en ressens un chagrin mortel, & s'il faut que je demeure long-tems dans ces lieux, j'y perirai malheureusement : L'absence de l'objet que j'aime est un supplice insuportable pour moi.

Don Palmerin tâcha de consoler Ferondal en l'assurant qu'il employeroit tous ses soins pour le remettre en liberté ; ils poursuivirent leur route; & quelques momens après ils entrerent dans le Château, où le Marquis d'Akala, qui en étoit Gouverneur, fit au jeune Prince l'accueil qu'exigeoient sa naissance & son rang.

Ferondal vint le jour suivant rendre visite à Don Palmerin, qui avoit rêvé toute la nuit aux moyens de sauver son Pere. J'étois present, ajouta Virginio, & j'entendis leur conversation.

Après les premieres politesses, Don Palmerin dit au Cavalier Maure : J'ai trouvé un expédient pour vous délivrer, sans que votre honneur en souffre, & sans qu'on me puisse reprocher d'avoir trahi les interêts de l'Espagne ; j'ai un violent desir de voir mon Pere, & d'apprendre par ses sages conseils la façon dont je dois me gouverner dans ce Païs-ci.

Pour ne point effaroucher la délicatesse de Ferondal, il ne voulut pas lui déclarer que son dessein étoit de tirer Don Carlos de la prison. Si vous pouvez, ajouta-t-il, m'introduire dans le Château de Tambul, & me procurer quelques

entretiens avec mon Pere , il n'en
faudra pas davantage , j'aurai un
prétexte fuffifant pour vous emmener hors d'ici , & pour vous rendre la liberté.

Ferondal n'hefita point fur le
parti qu'il devoit prendre , il témoigna qu'il étoit prêt à tenter tout ce que Don Palmerin
fouhaiteroit , mais qu'il y voyoit
quelques difficultés. Sous quel
pretexte mener un Chrétien dans
ce Château qui étoit gardé fi foigneufement en tems de guerre ?
Dire qu'on s'étoit fauvé de la prifon avec fon fecours , & qu'on
l'avoit engagé par l'efpoir des ré-
compenfes à trahir fon Prince &
fon honneur , c'étoit avancer une
chofe qu'on ne croiroit pas aifément d'un Cavalier qui portoit la
nobleffe & la grandeur écrites fur
fon front. Cacher Don Palmerin
fous des habits pauvres , c'étoit rendre le fuccès de l'avanture encore
plus douteux ; fa phifionomie dé-
mentiroit fon équipage & deviendroit fufpecte ; d'ailleurs quand
même on réuffiroit à le faire paffer pour un homme de la lie du

peuple , quel biais de l'aboucher dans cette situation avec Don Carlos sans éveiller l'humeur ombrageuse du Bassà Merodan ?

Toutes ces difficultés embarrassoient Ferondal & Don Palmerin , aucun d'eux ne pouvoit trouver le secret de les applanir ; enfin le premier reprit la parole , & dit en riant : Que ne vous déguisez-vous en fille ? Cette mascarade vous sieroit assez , nous ferons croire que vous êtes devenue amoureuse de moi , que vous m'avez tiré de prison , & que nous nous sommes sauvés ensemble.

Certainement , ajouta-t-il d'un air plus serieux , c'est-là l'unique moyen d'écarter les soupçons ; on vous recevra dans Tambul avec plaisir , lorsqu'on s'imaginera que je vous suis redevable de la liberté : Merodan aime le beau sexe , il aura des égards pour vous; croyez qu'il n'est point homme à vous fermer sa porte , sur-tout quand je lui representerai que vous seriez punie severement par les Espagnols , si vous tombiez entre leurs mains.

Cette idée ne me déplaît pas ,

dit Don Palmerin en riant à son tour, je sens bien qu'un pareil déguisement pourra me faciliter l'entrée du Château; mais il faut que je parle à mon Pere, & qu'ensuite je puisse me retirer.

Ne vous inquietez point, répondit Ferondal, j'aurai la liberté de voir Don Carlos sous prétexte de le remercier des bontés qu'il a eues pour moi, & je l'informerai de votre entreprise. D'un autre côté nous ferons entendre au Bassa que depuis peu de jours vous arrivez d'Espagne, où vous avez vu le fils du Prince; on ne vous refusera point la permission d'aller lui en dire des nouvelles. A l'égard de votre sortie du Château, je vous fournirai les moyens de vous échaper secretement, ou bien j'engagerai Lindore à témoigner de la jalousie contre vous; elle priera ses Parens de vous renvoyer, vous feindrez de vous y déterminer vous-même en connoissant qu'elle possede mon cœur, & Don Carlos vous donnera des Lettres adressées aux Generaux Chrétiens, comme pour marquer qu'il vous excuse d'avoir favorisé ma suite.

Don Palmerin approuvoit toutes les mesures du Maure, & dans son cœur, il se flatoit déja d'un succès des plus heureux, lorsque Ferondal en secouant la tête, lui proposa une nouvelle difficulté, qui du premier coup d'œil leur parut insurmontable.

C'étoit qu'on n'avoit besoin d'aucun secours pour se sauver quand on étoit prisonnier sur sa parole, & qu'on pouvoit s'aller promener des jours entiers dans la campagne sans avoir des Gardes à sa suite. Le Bassa Merodan & tous les principaux Officiers de l'Armée des Affricains sçavoient que Ferondal étoit sur ce pied-là dans le Château d'Agrican, il les avoit informés par ses Lettres de la douceur dont les Chrétiens en usoient à son égard ; ainsi l'on ne devoit pas trouver vrai-semblable que pour prendre la fuite, il eût mandié l'entremise d'une fille, cela n'étoit propre qu'à jetter les esprits dans la défiance.

Cette difficulté chagrinoit Don Palmerin & Ferondal, ils la regardoient comme un écueil dont

rien

rien ne pouvoit les garantir. Pendant qu'ils s'épuisoient en reflexions infructueuses, j'imaginai un moyen pour les tirer d'embarras. Je leur representai qu'en arrivant dans le Château de Tambul, Ferondal n'avoit qu'à dire que le Gouverneur d'Agrican l'avoit resserré dans une étroite prison depuis l'absence de Don Carlos ; c'en étoit assez pour justifier le secours de la fille. J'ajoutai qu'on supposeroit qu'elle avoit gagné un Soldat de la Garde , & qu'on me feroit passer pour ce meme Soldat , qui auroit pris la fuite avec eux. Mon conseil leur parut bon , ils ne songerent plus qu'à executer leur projet.

Don Palmerin découvrit ses intentions au Marquis d'Alcala , qui, comme j'ai eu l'honneur de vous le dire , Madame , étoit Gouverneur de la Forteresse d'Agrican ; c'étoit un Vieillard d'une prudence consommée. Il s'opposa beaucoup à cette entreprise qui lui paroissoit dangereuse ; mais toutes ses raisons ne purent dissuader mon Maître , qui brûloit de voir fon Pere, & de lui rendre la liberté.

On convint avec le Marquis qu'il défendroit foigneufement à tous fes Soldats de publier dans le Païs l'arrivée de Don Palmerin, & qu'il feroit enforte de n'en point laiffèr tranfpirer les nouvelles jufqu'à l'Armée Efpagnole, qui tenoit la campagne à quelques lieues du Château. Cette précaution étoit neceffaire pour appuyer les ftratagémes que nos deux jeunes Avanturiers méditoient.

Pendant le refte de la journée, mon Maître fe pourvut des habits dont il avoit befoin pour fon déguifement, & fans en parler à Ferondal, il me chargea d'une échelle de foye & de deux limes dont il crut devoir fe munir à tout hazard pour favorifer l'évafion de fon Pere.

Nous partîmes tous trois enfemble le lendemain dès la pointe du jour, & quand nous fûmes affez éloignés du Château, nous nous arrétâmes dans un bois, où Don Palmerin s'habilla fuivant le rôle qu'il devoit joüer; il avoit tant de graces, il étoit si beau sous ce déguisement, qu'on auroit juré que la nature s'étoit trompée en le faisant homme, & que son premier dessein avoit été d'en faire une fille. Ferondal l'embrassa, & lui dit en riant : Ma Princesse, puisque je trouve une si bonne fortune dans ces lieux sauvages, vous me permettrez d'en profiter ; au surplus, ajouta-t-il, je crois que je n'aurai pas besoin d'engager Lindore à témoigner de la jalousie contre vous, elle pourra bien s'y porter de son propre mouvement, & j'aurai peut-être beaucoup de peine à guerir son imagination, vous lui paroîtrez une Rivale dangereuse.

En badinant ainsi, nous poursuivîmes notre route : le soir nous rencontrâmes un détachement d'Affricains qui voulurent d'abord nous arrêter ; mais il se trouva que l'Officier qui les commandoit, étoit un Cavalier d'Alger nommé Abindarax, grand ami de Ferondal. Celui-ci ne manqua pas de raconter à l'autre tout le Roman dont il étoit convenu avec Don Palmerin ; on

le crut, on le félicita de son éva-
sion, & de l'agréable avanture qui
la lui avoit procurée.

Abindarax voulut voir Valentine ; tel étoit le nom que Don Palmerin avoit pris sous son déguisement ; elle parut fort aimable aux
yeux de cet Officier : Mon cher,
dit-il à Ferondal, l'amour te comble par-tout de ses faveurs ; Lindore te souhaite dans le Château de
Tambul, tu trouves une jolie Maitresse qui t'aide à sortir d'Agrican,
& qui pour rendre la chose plus
touchante, t'accompagne dans ta
retraite ; voilà ce qui s'appelle un
homme heureux, je courrois d'un
bout de l'Affrique à l'autre, sans
rencontrer rien de semblable ; en-
seigne-moi ton secret, ou pour
mieux faire, laisse-moi cette belle
Enfant-ci, tu vas épouser Lindore, & tant d'ouvrage . . . . .

Oh tu prends trop d'inquiétude,
interrompit Ferondal, j'ai des obligations à Valentine, & je veux lui
en témoigner ma reconnoissance ;
d'ailleurs quand je pourrois me résoudre à te la ceder, elle n'y consentiroit pas.

Après quelques autres difcours
de cette trempe, nous nous remî-
mes en chemin, & nous arrivâmes
bien-tôt dans la Fortereffe de Tambul. Merodan & fon époufe reçu-
rent Ferondal avec une joye infinie & fur les chofes qu'il leur dit
de Valentine & de moi, ils nous
regarderent comme les auteurs de
fa liberté, & nous accablerent de
careffes.

Merodan étoit fur le declin de
fon âge, mais il confervoit dans
le fonds de fon cœur tous les defirs
& la vivacité d'un jeune homme ;
le changement étoit de fon goût ;
& quelquefois il foupiroit pour des
objets qui ne le méritoient pas autant que Valentine. Sa femme qui
le connoiffoit de cette humeur, &
qui fe piquoit encore de beauté,
l'obfervoit fans ceffe avec des yeux
éclairés par la jaloufie. Comme elle
vivoit dans une défiance perpetuel-
le, il ne falloit prefque rien pour
lui donner l'allarme, & lorfqu'elle
furprenoit fon mari en faute, c'é-
toient des fureurs & des reproches
amers qui ne finiffoient point.

Le Baffa, tel que je viens de vous

D iij

le dépeindre , Madame , ne put
voir Valentine fans en devenir
amoureux ; il jetta d'abord fon plan,
& refolut de tenter la fortune auſſi-
tôt qu'il en trouveroit l'occaſion.
Malgré tous les foins qu'il prenoit
pour fe contraindre , fon époufe le
devina ; elle s'apperçut des regards
tendres qu'il lançoit à la dérobée
fur la belle Efpagnolette , & dès ce
moment elle s'attendit aux trahi-
fons les plus noires , bien determi-
née à ne les pas fupporter fans murmure.

D'un autre côté , quoique Lindore n'aimât que mediocrement Ferondal, ou que pour mieux dire elle
ne l'aimât point dutout , & qu'elle
n'eût confenti à l'époufer que par
obéiffance pour fes parens , elle ne
laiſſa pas de trouver mauvais qu'il
eût amené une étrangere dont la
beauté pouvoit le rendre infidele; il
lui fembloit que c'étoit manquer de
refpect & d'attention , fon orgueil
s'en offenfa , & fes plaintes n'an-
nonçoient pas moins d'aigreur ,
que fi elle avoit été veritablement
jaloufe.

Ferondal proteſtoit inutilement

qu'il n'aimoit pas Valentine, &
que s'il avoit profité de son secours,
c'étoit pour recouvrer la liberté,
pour revoir l'objet de sa tendresse,
& pour s'épargner les ennuis d'u-
ne absence rigoureuse qui le deses-
peroit; qu'au surplus il consentoit
de tout son cœur qu'on renvoyât
cette fille après qu'elle se seroit re-
posée quelques jours dans le Château, & que pendant qu'elle y de-
meureroit, il sçauroit montrer par
sa conduite qu'il se bornoit pour
elle à la reconnoissance du service
dont il lui étoit redevable. Lindore ne l'écoutoit point, Lindore vouloit qu'il fût criminel; il perdoit ses
paroles, & sa justification.

Mérodan, soit pour tranquilliser l'esprit de sa fille, soit pour
favoriser la passion qui naissoit dans
son cœur, dit en riant qu'il veille-
roit si bien sur Valentine, qu'elle
ne se trouveroit jamais seule auprès
de Férondal, & que pour plus
grande sureté, il alloit lui faire
préparer un lit dans la chambre où
il couchoit avec son épouse.

Valentine qui étoit présente,
baissoit les yeux sans prononcer une

feule parole ; Lindore crioit, Férondal foupiroit de douleur & de
triſteſſe ; l'épouſe du Baſſa rougiſ-
ſoit de depit & de rage, en ſon-
geant à la propoſition que ſon mari venoit de faire, & dont elle craignoit les ſuites. Pour moi, Madame, ſi vous daignez me permettre de vous dire dans quelle ſituation j'étois alors, j'aurai l'honneur
de vous avouer que la Scene me
paroiſſoit divertiſſante, & j'en aurois ri de bon cœur ſi je n'avois vû
mon Maître engagé dans un labi-
rinthe d'où il ne pouvoit ſortir qu'a-
vec beaucoup d'adreſſe.

Vous aurez la bonté, Madame,
de remarquer que la converſation
ſe faiſoit en langage Maure. Férondal ſçavoit bien que nous l'entendions, les autres ne s'en mé-
ſioient point, & nous ne perdions
pas un mot de tout ce qu'ils diſoient
entr'eux. Lorſqu'enſuite ils venoient à nous parler, c'étoit en Eſpagnol ; nous leur répondions de
même.

Quand les eſprits ſe furent un peu
calmés, Férondal pria le Gouverneur de lui permettre d'aller ſa-

lier Don Carlos, pour le remercier des bons traitemens qu'il en avoit reçus dans sa prison : Mérodan y consentit, & pour se dérober aux œillades fulminantes que sa femme lui lançoit, il accompana le jeune Grenadin.

L'appartement où l'on renfermoit Don Carlos, tenoit à celui du Bassa par un long corridor, dont l'entrée n'étoit interdite à personne de la maison ; mais pour l'enceinte de l'appartement même, on ne pouvoit y pénétrer sans l'aveu de Mérodan, car il en avoit toujours les clefs dans son cabinet.

Toutes les fenêtres du Prince étoient grillées ; il en avoit une qui donnoit sur le corridor, & par où il s'entretenoit avec ceux qui venoient le voir ; les autres regardoient partie la Place & partie les fossés de la Forteresse ; on ne mettoit point de Sentinelles autour de son appartement. Mérodan jugeoit que cette précaution étoit superflue, parce que la porte de sa maison & celle du Château étoient si bien gardées, qu'on ne pouvoit

D v

s'en sauver que par une espece de
prodige.

Telle étoit la prison du plus grand
Homme que l'Espagne eût alors ;
on le traitoit d'ailleurs fort humai-
nement ; le Bassa , son épouse & sa
fille lui rendoient de fréquentes vi-
sites , & s'appliquoient à le désen-
nuyer ; sur-tout Mérodan, qui é-
toit généreux, se faisoit un plaisir,
& même une gloire de lui témoigner des attentions.

Pendant que Mérodan & Fé-
rondal étoient allés voir Don Car-
lors, nous restâmes Valentine &
moi avec Lindore & sa mere, qui
nous questionnoient tour à tour sur
la façon dont nous nous étions
échappés du Château d'Agrican.

Valentine dans un intervalle de
silence, s'approcha d'une fenêtre,
d'où elle regardoit un parterre assez beau qui dépendoit de la maison : Dans cet instant même l'épouse du Gouverneur dit à sa fille qu'elle se défioit également, & de son
mari, & de Férondal, qu'ils pourroient bien tous deux succomber à
la tentation, si on leur en laissoit
la facilité, & que la bonne mine

de l'Espagnolette n'étoit que trop capable de les rendre infidéles.

Ainsi, ma chere Lindore, continua-t-elle, il faut que Valentine couche avec vous ; votre pere voudroit lui donner un lit dans ma chambre, mais je le connois ; l'expérience m'a souvent montré que je dois me défier de son humeur ; en-vain l'aurai-je à mes côtés, on s'endort tôt ou tard, & l'amour veille : Si nous logions cette fille dans un autre appartement , vous auriez lieu de soupçonner Férondal, & je ne veux pas vous exposer aux affronts que je crains pour moi-même : Lorsqu'elle passera la nuit auprès de vous , nous dormirons l'une & l'autre avec moins d'inquiétude : c'est l'unique moyen de prévenir la témérité de votre Amant & du Bassa. Lindore goûta la proposition , & ce fut une affaire concluë. Quoiqu'elles ne parlassent pas bien haut, j'entendois leurs discours , & je voyois avec chagrin que les choses prenoient une tournure qui ne pouvoit qu'augmenter l'embarras de mon Maître.

D'un autre côté , Don Carlos re-
D vj

çut avec joye la visite de Mérodan & de Férondal; mais son étonnement fut extréme, quand le Grenadin lui raconta qu'il devoit sa liberté à l'inclination d'une belle Espagnole, qui venoit de se refugier
dans le Château de Tambul.

Alors Férondal repeta tout ce
qu'il avoit déja dit au Gouverneur
& aux Officiers de la Garnison qui
lui avoient demandé par quelle
adresse il s'étoit sauvé. Don Carlos ne pouvoit dissimuler sa surprise; il assuroit qu'il ne connoissoit
dans Agrican aucune femme dont
la figure fût passable. Le jeune Maure ajouta que sa libératrice n'y étoit
arrivée que depuis peu de jours;
cette circonstance dissipa les doutes
du Prince.

Il témoigna qu'il seroit bien aise de voir Valentine, d'autant plus
que selon Férondal, elle pouvoit
lui dire comment Don Palmerin
se portoit. Merodan partit pour
aller la chercher lui-même, & son
Gendre demeura seul avec Don
Carlos.

Quoique le Bassa fût plein d'attentions pour son Prisonnier, l'em-

prefïement qu'il montroit dans cette conjonéture, n'étoit dû qu'à l'a-
mour, ou bien la complaifance n'y
avoit tout au plus qu'une foible
part.

Lorfqu'il arriva, fes yeux étin-
celloient de joye, parce qu'il fe flatoit de s'entretenir un moment tête à tête avec Valentine; mais il reconnut bien-tôt qu'il s'étoit trompé; fa femme n'étoit pas d'humeur
à le laifter libre de prendre l'effor :
Elle faifit mon Maître par la main,
& dit féchement à fon époux : Je
profiterai de cette occafion pour aller voir le Prince : Vous me le permettrez fans doute. Mérodan ne
répondit pas un mot ; ils fortirent
tous trois enfemble, Lindore ne
voulut point les accompagner.

Don Carlos avoit eu le tems d'apprendre de Férondal la vérité de
tout. Quand on lui préfenta fon
fils, il affeéta de ne le point connoître, & ne donna aucune marque
d'étonnement ; d'abord ils s'entretinrent tous deux d'une façon qui
ne pouvoit qu'accrediter le ftratagéme. Valentine avoüa que l'a-
mour l'avoit obligé à fuivre Fé-

rondal ; mais elle ajouta qu'elle
ignoroit qu'il ne fût pas maître de
son cœur & de sa foi , & que s'il
l'en avoit informée , elle n'auroit
jamais hazardé une pareille démarche.

Le Prince lui dit que quoiqu'elle
eût fait une lourde faute , il l'excu-
soit en faveur de l'amitié qu'il avoit
lui-même pour Férondal ; ensuite
il lui demanda le nom de ses parens , & dans quelle Ville d'Espagne elle étoit née. Valentine feignit
de rougir , & témoigna qu'elle n'o-
soit s'expliquer devant tant de
monde. Là-dessus Don Carlos pria
le Gouverneur & sa femme de s'é-
loigner un peu avec Férondal pour
donner à cette fille la liberté de
parler clairement.

Comme le Bassa & son épouse
n'avoient aucun soupçon du projet
de Don Palmerin , ils eurent la
complaisance de s'aller promener
dans le corridor. Férondal les suivit , & les deux Princes resterent
seuls. Mon fils , dit Don Carlos,
qu'avez-vous fait , & quelle est votre témérité ? J'ai bien-peur que
vous ne soyez venu dans ces lieux

pour augmenter ma disgrace en la partageant avec moi. Seigneur, répondit Don Palmerin, les momens nous sont chers, hâtons-nous d'en profiter ; mon dessein dont je ne me suis pas ouvert à Férondal, est de vous tirer de prison ; voici deux limes & une échelle de soye que je vous apporte, tâchez de vous en servir utilement.

Avant que d'entrer dans le Château, continua Don Palmerin, Férondal m'a montré les dehors de votre appartement; j'ai vû que vous avez des fenêtres qui donnent sur les fossés, vous pourrez limer les grillages qui s'opposent à votre sortie de ce côté-là : J'aurai l'attention d'engager Mérodan à me renvoyer, & trois jours après je reviendrai dans la campagne voisine avec un détachement de cent Maîtres ; nous nous tiendrons cachés dans une épaisse forêt, qui n'est éloignée d'ici que d'un quart de lieuë.

Lorsque les ténebres favoriseront notre marche, je prendrai six hommes avec moi, & laissant les autres dans leur poste, je m'avancerai doucement jufques fur le bord du foffé, nous ferons à pied pour faire moins de bruit, vous préterez l'oreille, on vous donnera un petit coup de fifflet pour fignal, & vous y répondrez en montrant une lumiere que vous éteindrez fur le champ; enfuite vous defcendrez par le moyen de votre échelle, nous vous recevrons, & nous gagnerons le bois, où vous trouverez des chevaux.

Quand même, ajouta-t-il, vous feriez quelque bruit en defcendant, & qu'on s'appercevroit de votre évafion, nous aurions toujours le tems de joindre notre Troupe avant qu'on eût ouvert les portes de la Forterefle, & que les Maures détachés par le Gouverneur fuffent en état de nous pourfuivre.

C'en eft affez, mon fils, interrompit Don Carlos; daigne le jufte Ciel favorifer votre projet ; je vois le Baffa qui revient, taifons-nous : effectivement les trois autres fe rapprocherent, & la converfation devint générale. Comme on ne parloit que de Valentine, elle affecta de fe retirer par modeftie, & s'en

alla toute seule trouver la belle
Lindore.

Alors Don Carlos dit au Gouverneur & à son épouse que la jeune Espagnolette étoit de bonne famille, qu'elle se repentoit beaucoup de son imprudence, & qu'elle demandoit à s'en retourner;
il ajouta qu'il vouloit lui donner
quelques Lettres de recommandation auprès des Généraux Chrétiens pour empêcher qu'on n'exer-
çât aucune rigueur contre elle; enfin il pria Mérodan de la laisser
partir le plutôt qu'il seroit possible,
tant pour l'amour d'elle-même, que
pour ôter à Férondal & à Lindore
un sujet de division.

Cette proposition ne plut guere
au Bassa; mais comme il n'avoit
aucun prétexte décent pour y contredire, & que d'ailleurs il voyoit
que son épouse & son gendre la
trouvoient fort juste; il n'osa témoigner ce qu'il en pensoit; sa chere
moitié tiroit des conséquences de
tout, le silence équivoque où il se
retranchoit, ne la contenta point,
elle eut pourtant la discretion de ne
pas éclater devant Don Carlos, l'o-
rage fut differé.

On foupa , & lorfqu'il fut queftion de s'aller coucher , la femme
du Gouverneur dit que Valentine
dormiroit avec Lindore. Mon Maître & Férondal pâlirent , & s'en-
treregarderent triftement ; on donna une interprétation malicieufe au
chagrin qui paroiffoit fur leur vifage. Mérodan voulut parler , fa jaloufe l'accabla d'invectives , &
quoiqu'il eût beaucoup d'égards
pour elle , parce qu'elle étoit fœur
du Roi d'Alger , il ne laiffa pas de
lui répondre.

Pendant qu'ils crioient l'un &
l'autre, Férondal s'approcha de Don
Palmerin , & lui dit d'une voix
tremblante : Songez que vous êtes
mon ami , & combien il vous importe de n'être pas reconnu. A peine eut-il prononcé ces paroles, que
Lindore vint prendre Valentine par
la main.

Elle fit une profonde reverence à
Férondal , & lui dit d'un ton rail-
leur : On dérange vos projets, j'en
fuis fâchée ; mais vous voyez bien
qu'il faut que j'obéiffe à ma mere ;
enfuite s'adreffant à l'Efpagnolette :
Excufez , ajouta-t-elle , fi nous n'a-

vons pas pour vous toute la complaifance que vous méritez ; on eſt
un peu moins ſociable dans notre
Pays que dans le vôtre.

En même-tems ſans vouloir écouter Férondal , elle emmena Valentine dans ſa chambre. Férondal ſe
retira preſque deſeſperé , je le ſui-
vis , il me confia ſon inquiétude &
ſes frayeurs , rien ne le raſſuroit ;
j'avois beau lui dire que mon Maître ſe piquoit d'une délicateſſe à
toute épreuve en fait d'amitié , que
d'ailleurs ſon propre interêt l'engageoit à demeurer inconnu dans cette maiſon , & que quand même il
ſeroit homme à ſe laiſſer toucher
par les attraits de Lindore , la juſte
apprehenſion qu'il auroit de ſe perdre, ſuffiſoit pour lui ſervir de frein.

Mes diſcours furent inutiles ; le
Grenadin doutoit peu de ſon Ami ;
mais il ne comptoit guere ſur les
ſentimens de ſa Maitreſſe , & dans
le fonds il n'avoit pas tort ; elle
avoit la vivacité de ſon pere , promte à ſe réſoudre , impétueuſe dans
ſes paſſions , & capable de tout entreprendre pour ſe contenter.

Valentine de ſon côté n'étoit pas

moins embarraffée de fa perfonne ;
elle auroit bien voulu fe difpenfer
d'entrer dans un champ de bataille , où l'on ne cache point aifément
ce que l'on vaut ; mais il n'y avoit
aucun moyen de reculer.

Inutilement dit - elle à Lindore ,
qu'elle avoit peur de l'incommoder
pendant la nuit , & qu'elle la prioit
de la laiffer coucher fur une chai-
fe ; on fe piqua d'humanité , peut-
être par efprit de contradiction , &
l'on lui répondit qu'après la journée fatigante qu'elle venoit d'ef-
fuyer , elle avoit befoin de repos.

Comme il n'étoit pas tard , elles
s'affirent toutes deux , & s'entretinrent quelque tems au fujet de Férondal. Lindore ne ceffoit point de
l'accufer ; Valentine après plufieurs
autres difcours , lui dit enfin : Per-
mettez-moi , Madame , de vous
protefter que vous me faites injure
auffi-bien qu'à votre Amant ; j'ai
vécu avec lui d'une maniere dont
vous ne vous plaindriez pas , fi
vous en étiez inftruite ; mais puifque vous refufez de m'en croire fur
ma parole , j'aurai demain le plaifir de diffiper vos foupçons en quit-

tant ces lieux ; mon départ rappel-
lera la paix dans votre cœur.

Non , répondit Lindore ; non ,
Valentine , je ne veux point que tu
partes ; fois perfuadée que je ne te
hais pas , & que même j'ai de l'inclination pour toi ; élevée dès ma
plus tendre jeuneffe dans la Cour
d'Alger au milieu des plaifirs & des
grandeurs , je me trouve maintenant confinée dans ce Château , où
je n'entends que le bruit des armes ; ta compagnie me feroit chere , elle adouciroit les ennuis de ma
folitude , & tu peux compter que
j'en aurois de la reconnoiffance.

Au furplus , pourfuivit-elle , mes
foupçons ne doivent point t'étonner , tu me parois tournée d'un air
à dérober facilement un cœur , &
fi j'aimois Férondal, ta préfence feroit un vrai fupplice pour moi ; mais
je ne l'aime pas , la jaloufie ne me
touche qu'autant que je le veux
bien , & qu'elle peut me donner un
prétexte fuffifant pour m'exempter
d'un mariage qui n'a jamais été de
mon goût.

Il n'eft pas furprenant , continua-
t-elle d'un ton badin , que tu plai-

fes à Férondal ; je t'aimerois fi j'é-
tois homme, & fi tu pouvois le devenir, je ne fçais pas trop ce que
je ferois pour me venger de l'audace qu'il a eue de me demander à
mes parens fans ma permiffion.

Croyez-moi, Madame, repliqua
Valentine, fi vous étiez homme,
& que j'euffe donné mon cœur à
Férondal, je mourrois plutôt que
de le trahir ; tout de même que fi
la métamorphofe que vous dites
m'arrivoit, & que je fuffe liée d'a-
mitié avec votre Amant, je pourrois vous adorer ; car vous avez des
yeux qui ne font que trop fûrs de
la victoire dès qu'ils fe montrent ;
mais je contraindrois fi bien ma
paffion, que l'honneur & la vertu
n'auroient rien à me reprocher.

Nous ne fommes, ajouta-t-elle,
ni l'une ni l'autre dans cette fituation ; ainfi tous les difcours que
nous tenons là-deffus font inutiles ;
la vérité c'eft que Férondal vous
aime fincerement, & qu'il ne m'aime point ; payez fa tendreffe, Madame, vivez heureufe avec lui, &
laiffez-moi partir ; j'aurois un re-
mords éternel dans le cœur, fi j'ap-

portois le moindre obstacle à votre union.

La jeune Maurisque alloit repliquer lorsque sa mere entra. J'ai fait une réflexion, lui dit-elle, il n'est pas nécessaire de vous incommoder pour coucher Valentine avec vous ; d'ailleurs votre pere vient de me déclarer qu'il ne veut point le souffrir ; c'est selon lui vous familiariser trop avec une personne qui pourroit se faire honneur d'être votre esclave ; peut-être encore nous cache-t-il d'autres idées, & je crois les entrevoir. Quoi qu'il en soit, je ne puis me dispenser de lui obéir, quand ce ne seroit que pour mettre toute la raison de mon côté. Valentine couchera dans la chambre qui donne sur le corridor, & j'en garderai la clef si soigneusement, que nous n'aurons rien à craindre ni vous ni moi.

Lindore ne résista point aux volontés de sa mere, mon Maître passa dans une chambre séparée, où il remercia plusieurs fois le Ciel de l'avoir sauvé d'un pas si dangereux.

Fin du cinquième Livre & de la sixième Conférence.

ENTRETIENS
LITTERAIRES
ET
GALANS.

SEPTIE'ME CONFE'RENCE.

*Où l'on continuë à examiner les Criti-
ques de la Traduction du Camoëns.*

LA matinée du jour suivant fut extrémement pluvieu-se; Gelase & Philinte se rendirent tard chez Eudo-xe; ils le trouverent dans une sal-le, où il s'amusoit à faire de la Musique avec Marin son Valet de chambre. La fille de son Fermier, l'aimable Lucinte étoit de la partie: elle avoit épousé Marin depuis quelques

quelques jours , & l'on lifoit dans fes yeux qui étoient grands , noirs & pleins de vivacité , qu'elle fe trouvoit bien dans fa nouvelle fituation.

Comme elle avoit la voix fort agréable , & qu'elle fçavoit la Mufique auffi-bien que fon époux , leur Maître prenoit plaifir à les entendre , & fouvent il concertoit avec eux. Lorfque Philinte & Gelafe entrerent , Lucinde chantoit une Cantate , Eudoxe l'accompagnoit fur le claveffin , & Marin fur le violon.

Notre Ami , s'écria Gelafe en s'adreffant à Eudoxe , vous êtes un franc Epicurien ; voilà ce qui s'appelle tirer parti de la folitude , aucuns de vos momens ne font vuides, & pendant que nous nous mouillons pour venir chez vous , vous nous attendez tranquillement dans les bras de la volupté.

Il ne tient qu'à vous , dit Eudoxe , de prendre part à mes plaifirs ; vous devez croire qu'ils me feront bien plus doux quand vous les goûterez ; mais n'avons-nous Philinte & moi aucun reproche à vous faire ? Pendant notre abſence vous avez paſſé trois ſemaines chez Madame la Comteſſe de Fleurville ; Meſdemoiſelles ſes filles ſont très-aimables , ſans doute qu'auprès d'elles vos momens n'ont pas été mal remplis , & vous venez me parler des miens ; une choſe que j'admire , c'eſt qu'à votre retour vous nous avez fait un myſtere de votre bonheur ; & je l'ignorerois, ſi quelques-uns de mes gens ne me l'euſſent revelé.

Ma foi, reprit Gelaſe , je ne ſçais comment cela s'eſt fait , j'oubliai de vous le dire hier ; cependant Madame de Fleurville m'a chargé de vous mener tous les deux chez elle quelqu'un de ces jours ; il y aura un Bal , & nous nous diverti-rons.

Mais ne troublons pas davantage le Concert , allons , ma belle Lucinde , recommencez pour l'amour de nous.

Et puiſſe le féal Marin
S'appliquer ſans ceſſe à vous plaire ;
L'heureuſe Reine de Cythere
N'aura pas un meilleur deſtin.

Lucinde rougit, mais elle se rassura bien-tôt, & jettant un regard malicieux sur Gelase : Monsieur, lui dit-elle, vous demandez les choses d'une façon qui ne permet pas de vous refuser: elle chanta la Cantate suivante.

CUPIDON ET PSYCHE'.

CANTATE.

Dans un desert triste & sauvage

Psyché s'abandonnoit aux frayeurs de la
    mort,

Elle attendoit qu'un monstre affamé de carnage

    Vint l'immoler à la rigueur du sort.

                 ℭℬ

    Fortune , tes mains redoutables ,

    Tes caprices , ta cruauté

    Peuvent faire des miserables

    Sans nuire aux droits de la beauté.

    Laisse-lui le doux avantage

    De ne voir que des jours sereins,

    La terre à ton humeur volage

    Offre le reste des humains.

                 ℭℬ

Un enfant simple & tendre au lieu d'un
    monstre horrible

                 E ij

Avec soumission s'approche de Psyché :

Connoiffez, lui dit-il, le pouvoir invincible

Des appas féduifans dont mon cœur eft touché.

Je fuis le Souverain qu'Amathonte revere,

Mes traits domptent les immortels ;

Et lorfque leur encens fume fur mes Autels,

Je cherche à vos genoux le bonheur de vous
plaire.

ఌ

Belles, qui d'un regard jaloux,

Contemplez la gloire fuprême,

Dont Pfyché joüiffoit dans des momens fi
doux ;

Ah, que votre erreur eft extrême !

Ah ! lorfqu'un mortel qui vous aime,

Vient foupirer à vos genoux,

N'eft ce donc pas l'amour lui-même ?

Belles, qui d'un regard jaloux,

Contemplez la gloire fuprême,

Dont Pfyché joüiffoit dans des momens fi
doux ;

Ah, que votre erreur eft extrême !

ఌ

Pfyché diffipe fes frayeurs,

Au tendre Cupidon elle livre fon ame,

L'Hymen vient couronner leur mutuelle
flamme,

Et le defert affreux produit un lit de fleurs.

&

Souvent fillette innocente
Croit fans raifon qu'une amoureufe ardeur,
Quoique vive , pure & conftante ,
Eft un monftre digne d'horreur ;
Mais enfin elle fe laffe ,
Le Dieu des cœurs l'amorce & l'éblouit,
Le plaifir paroît , l'effroi paffe ,
Et le monftre s'évanouit.

On donna beaucoup d'encens à Lucinde fur la délicateffe de fa voix, & l'encens ne lui déplaifoit pas. Eudoxe la pria de chanter avec fon époux certain petit Dialogue qu'il avoit fait la veille de leur mariage : Oh pour votre Dialogue, dit-elle, je ne l'aime point , j'y vois des fentimens qui ne font guere de mon goût ; & je ferois fort fâchée contre Marin , s'il les mettoit en œuvre. Hé bien , ajouta Eudoxe, vous uferiez de reprefailles. Monfieur , s'écria-t-elle , je n'entends point vos malices ; chantons , c'eft le plus court , Marin n'a qu'à commencer.

E iij

MARIN.

Petite Finette,
Je suis d'humeur coquette,
Et cependant je t'épouse demain ;
Ne fais point la lutine,
Lorsque j'irai chez la voisine;
Crois que c'est pour voir le voisin.
Petite Finette,
Je suis d'humeur coquette,
Et cependant je t'épouse demain.

LUCINDE.

Sois mari docile,
Je suis d'humeur facile,
Et cependant je t'épouse demain :
Ne fais jamais la mine ;
Crois que j'irai voir la voisine
Quand j'entrerai chez le voisin.
Sois mari docile,
Je suis d'humeur facile,
Et cependant je t'épouse demain.

MARIN.

Fuyons la jalousie.

LUCINDE.

C'est une frenesie,

Fermons, fermons les yeux.

TOUS DEUX ENSEMBLE.

Fuyons la jaloufie,
Et nous vivrons heureux.

Quand Lucinde & Marin eu-
rent achevé de chanter ces bagatelles, nos trois Académiciens monterent dans la Bibliothéque. Philinte prit la fuite des Obfervations
de M. l'Abbé des Fontaines, &
les lut en s'arrétant, comme il avoit
fait la veille aux endroits qu'Eudoxe avoit marqués.

Le ftile du nouveau Traducteur eft   paroles de
vif & nerveux, mais peu correct & l'Obferva-
trop coupé : fa profe Poëtique qui teur.
degenere quelquefois en Vers héroï-
ques, eft femée de tems en tems d'ex-
preffions peu Françoifes.

L'Obfervateur le dit, *eft-ce affez*   Réponfe.
pour l'en croire, s'écria Gelafe? N'auroit-il pas dû pour l'honneur de fon
jugement, nous montrer quelques-
unes de ces expreffions qui man-
quent d'exactitude, & qui bleffent
la pureté du langage ? Autrefois
l'Académie Françoife critiqua le
Cid de Corneille ; mais ce fut en

rappellant les endroits qui méritoient d'être censurés, en donnant
des raisons, & toujours sans offenser l'Auteur ; pourquoi s'écarter
d'une méthode si sage & si belle ?
Craindroit-on de se rabaisser en suivant l'exemple d'une Société respectable ?

Pour ce qui regarde les Vers dans

Vers dans la Profe. la Prose, ajouta Philinte, on en fait
souvent dans la conversation sans
y penser ; à bien plus forte raison
seroit-il malaisé de n'en pas laisser
échapper quelques-uns dans les
Ouvrages de longue haleine, & sur-
tout quand on est obligé d'y prendre le ton Poëtique.

Au reste, continua-t-il, dans une
Traduction telle que la Lusiade
Françoise, quelques lambeaux de
phrases qui auront la cadence du
Vers, ne produisent pas un mauvais
effet, pourvû qu'ils soient rares &
sur-tout jamais accompagnés de ri-
mes ; cela leur donneroit un air de
Poësie décidée ; avec ces deux con-
ditions, la Prose en devient plus
vive, & le stile en paroît plus sou-
tenu.

On a remarqué, dit Gelafe, que Moliere qui fçavoit certainement toutes les fineffes de l'art d'écrire, gliffoit quelquefois des Vers dans fa Profe, & ce n'étoit pas fans deffein ; l'expérience qu'il avoit du Théatre, lui faifoit connoître que cela foutient & ranime la déclamation, car quoique dans la belle déclamation l'on adouciffe autant qu'on le peut, la cadence trop mefurée de nos Vers, il n'en eft pas moins vrai qu'on leur laiffe affez d'harmonie pour flater l'oreille, & que la Profe toute fimple nous offre des fons plus languiffans.

Moliere mettoit fouvent des Vers dans fa Profe.

Cherchons par curiofité, reprit Philinte, un endroit où le Traducteur de la Lufiade aura mis quelques Vers ; en voici un, c'eft une comparaifon où le Cathoëns a jetté beaucoup de feu.

Ainfi lorfque dans l'épaiffeur d'une fombre forêt plufieurs vents mutinés exercent leurs ravages, un bruit terrible fe répand dans les airs, les feuilles difperfées volent de toutes parts, les arbres déracinés tombent en gémiffant, & les échos voifins répondent

E v

à leur chûte par des mugissemens af-
freux. *

Il me semble, ajouta Philinte, que ces paroles, *plusieurs vents mutinés exercent leurs ravages*, font un Vers héroïque assez pompeux, & cependant il ne défigure point le stile de la comparaison ; dites hardiment, interrompit Eudoxe, qu'il lui prête de la grandeur & de la vivacité ; mais pour en juger, il faut avoir de l'oreille ; un Caraïbe qui ne trouveroit rien d'agréable dans nos Concerts, nous engageroit-il par son dégoût à méprifer les Lullis & les Campras ?

Profe de l'Obfervateur hériflée de Vers.

J'observe une chose, infifta Gelase, c'est que M. l'Abbé des Fontaines tombe lui-même dans *la peccadille* dont il reprend Philomuse ; car fa Profe est toute hériffée de Vers, quoiqu'elle ne foit rien moins que Poëtique. Je l'ai remarqué comme vous, dit Eudoxe ; mais ne nous arrêtons pas davantage fur une minutie de cette nature. †

* Luf. Trad. Ch. 1. p. 13.
† C'est dans le fonds une vraie minutie ; mais puisque M. l'Abbé des Fontaines la blâme chez les autres, on peut l'avertir qu'il a mis fept ou huit

Tournons notre attention vers un autre reproche que l'Observateur fait à Philomuse ; vous avez vû qu'il prétend que son stile est trop coupé ; c'est une proposition vague, elle ne conclut rien ; il y a tels endroits où l'on doit couper le stile, & tels où l'on doit le lier ; une Bataille, une action précipitée demandent les phrases les plus courtes & les plus rapides.

Quand le stile doit être coupé.

Dans des situations plus douces, le stile peut s'appuyer sur des liaisons qui le fassent couler agréablement ; en un mot il faut que l'élocution marche selon l'exigence des objets, tantôt comme un torrent impétueux, qui ne va que par bonds & par cascade ; tantôt comme un ruisseau paisible, qui serpente au milieu des fleurs.

Quand il doit être lié.

Vers dans une seule de ses Lettres, qui est précisément celle où il fait l'extrait & la Critique du Camoëns ; les voici.

Alors le Gouverneur lui demande la paix. ...
Le Roi qui connoissoit déja les Portugais. ...
Le Souverain des Dieux touché de la douleur. ...
Lorsque Bacchus descend dans le Palais humide. ..
Ce discours est suivi d'une description ....
Je ne vous dirai pas qu'on vient d'en publier. ...
Il écrit une Histoire & non pas un Traité ....
Je ne sçais que penser de son indifference. ...

E vj

C'eſt donc un grand art que de ſçavoir couper ſon ſtile quand la matiere le veut, continua Eudoxe? Longin, qui poſſedoit tous les ſecrets de l'éloquence, aſſure qu'il n'y a rien qui donne plus de mouvement au diſcours que d'en ôter les liaiſons, & que cela contribuë à ſa beauté: Là-deſſus il cite ce paſſage d'un des plus grands Ecrivains de la Grece. * *Ayant approché leurs boucliers les uns des autres, ils reculoient, ils combattoient, ils tuoient, ils mouroient enſemble.* Et plus bas il rapporte ces Vers d'Homere.

Réflexions de Longin ſur le ſtile coupé.

Nous avons par ton ordre à pas précipités
Parcouru de ces bois les ſentiers écartés:
Nous avons dans le fond d'une ſombre vallée
Découvert de Circé la maiſon reculée. †

Effectivement, ajouta Philinte, ces phraſes coupées ont une énergie merveilleuſe dans les endroits où elles ont été placées par leurs Auteurs. S'ils y avoient mis des liaiſons, le diſcours ſeroit devenu languiſſant.

Voyons, pourſuivit Eudoxe, com-

* Xenop. hiſt. Gr. Lib. iv. p. 519.
† Long. Trait. du Sub. Trad. par Boil. Chap. xvi.

ment Philomuſe a profité des regles de Longin; deux exemples ſuffiront pour nous en éclaircir.

En même-tems il prit la Luſia-de, & lut ces paroles: *L'Artillerie s'alume, le plomb part, la mort vo-le, un ſoudain effroi glace le cœur des Barbares éperdus ; ceux qui ſe ſont montrés à découvert, trouvent dans un prompt trépas le prix de leur témérité ; les autres qui ſe tenoient en embuſcade, prennent honteuſement la fuite ; le Vainqueur s'abandonne au feu qui l'anime, il pourſuit, il preſſe, il ravage. Les habitations ſont réduites en cendre ; l'Iſle n'eſt plus qu'un vaſte deſert où le ſang ruiſſelle, & qui n'offre à la vûë que des objets de terreur.* *

Exemple de ſtile coupé dans la Tra-duction de la Luſiade.

Voilà du ſtile coupé, dit Eudo-xe, & ſelon la regle, il eſt à ſa pla-ce; car c'eſt dans la deſcription d'une affaire très-vive. Je conçois, dit Gelaſe, que Longin auroit peut-être approuvé ces ſornettes-là; mais un Obſervateur pénétrant . . . . Croyez-moi, interrompit Eudoxe, tâchons de nous conformer au goût de Longin, & tranquillifons-nous ſur le reſte.

* Luf. Trad. Ch. 1. p. 23.

Voici un exemple d'élocution liée. *Déja la rosée du matin brilloit sur les fleurs, & la mere de Memnon réveilloit les mortels pour les rendre à leurs travaux, lorsque le Roi de Melinde s'embarqua pour aller voir la flotte : toute la Côte étoit couverte d'une prodigieuse multitude de Peuple, qui au lieu d'arcs, de fléches & de javelines, portoit dans ses mains des rameaux de palmier, heureux symboles, qui sembloient présager aux neveux de Lusus, que leur valeur seroit couronnée dans les Indes.* *

Dans cet endroit, continua Eudoxe, la matiere ne demande point un stile impétueux ; aussi voyez-vous qu'on n'a pas négligé d'y mettre des liaisons ; les phrases y font enchaînées l'une avec l'autre, & cet enchaînement leur donne de la douceur.

On pourroit en parcourant la Lusiade, vous montrer cent & cent preuves de l'attention de Philomuse à proportionner l'étenduë de son stile aux sujets dont il traite ;

* Luf. Trad Ch. II. p. 115.

mais cela n'eſt pas néceſſaire ; vous connoiſſez ſon Ouvrage.

Un autre que moi décidera ſi la Traduction eſt fidéle. Paroles de l'Obſervateur.

Quoi, s'écria Eudoxe, vous ne Réponſe. pouvez pas décider ſi la Traduction eſt fidéle ? C'eſt donc faute de ſçavoir le Portugais ! Mais ſi vous ne ſçavez pas le Portugais, comment avez-vous pû dire *que les beautés de l'Original étoient un peu effacées dans cette Traduction ?* [*]Vous l'avez deviné ſans doute.

Pour moi, interrompit Philinte, j'ai vû beaucoup de perſonnes qui entendoient le Portugais, & qui n'ont pas été mécontens de la façon dont Philomuſe a rendu les penſées du Camoëns. M. de la Motte dans ſes diſputes avec Madame d'Acier, s'eſt bien gardé de dire qu'elle eût terni les beautés d'Homere : C'eſt que M. de la Motte, ajouta Gelaſe, étoit un homme timide ; il ne ſçavoit pas le Grec, & n'oſoit deviner ; mais cette prudence froide n'eſt plus de ſaiſon.

Grands & fameux Cenſeurs que l'univers admire,

[*] Obſerv. Let. VII. p. 145.

Saumaize, Scaliger, Boileau, Rapin, Com-
mire,

Vous n'avez fçu que raifonner:

Quittez déformais le Parnaffe ;

Apollon mieux inftruit va donner votre place

Aux gens qui fçavent deviner.

Paroles de
l'Obferva-
teur,

*M. de Voltaire dans fon effai fur la
Poëfie Epique, a blâmé* dans le Camoëns, *le mélange du Paganifme avec
la Religion Chrétienne, l'érudition
prodiguée fans aucune vraifemblance
par Gama dans un entretien avec un
Roi Barbare ; & enfin cette Ifle en-
chantée* [*dont je vous ai parlé dans
ma derniere Lettre.*] *fymbole du bonheur refervé à la vertu, où Venus
pour delaffer les Portugais, les fait
joüir de la plus fenfible volupté ; cette Critique d'un homme d'efprit & de
goût, a deplu à Philomufe, refolu d'ad-
mirer par-tout le Poëte Portugais,
dont en qualité de Traducteur, il croit
devoir partager la réputation.*

Réponfe.

Ceci nous annonce, dit Eudoxe,
que l'Obfervateur va nous donner
enfin des raifonnemens. Une chofe
que nous ne devons point lui taire,
& dont vous vous fouvenez fans
doute, c'eft que Philomufe a dé-

claré plusieurs fois en presence de
ses meilleurs amis , qu'il auroit
souhaité que le Camoëns n'eût jamais employé dans sa Lusiade l'intervention de Jupiter , de Mars &
de Venus ; il ne jugeoit pas que
dans le fonds cela fût criminel ;
mais il prévoyoit que beaucoup de
gens qui lisent avec peu d'attention , & qui n'ont pas une connoissance parfaite de l'antiquité , desap-
prouveroient au premier coup d'œil
un systême poëtique de cette nature ; ainsi toutes les notes de Philomuse tendent moins à justifier le
sens litteral de l'Auteur Portugais ,
qu'à montrer que ses idées étoient
bonnes dans le sens moral & mys-
tique.

Voilà donc dans quel point de
vûë on doit examiner le Commentaire du Traducteur ; son objet est
rempli , s'il prouve que sous le nom
de Jupiter , le Camoëns désignoit le
vrai Dieu , & sous les noms des autres Divinités , tantôt les Ministres
& tantôt les Attributs de cet Etre
suprême. Il ne s'agit point de le
chicaner sur quelques raisons de
convenance qu'il aura données

Dans quel point de vûë on doit exa- miner le Commentai- re de la Lu- siade.

pour mieux développer les idées de ſon Auteur ; en un mot l'état de la queſtion n'eſt pas préciſément de ſçavoir ſi les expreſſions du Camoëns ſont irreprochables, mais d'approfondir la droiture de ſon intention.

C'eſt ce que Philomuſe a fait dans ſes notes, & non pas ſelon l'uſage des Commentateurs vulgaires, en donnant l'eſſor à ſon imagination ; mais en s'appuyant ſur des monumens inconteſtables, tels que les Lettres du Camoëns, & la Reponſe d'Emmanuel Faria aux Cenſeurs qui vouloient devant le Tribunal de l'Inquiſition jetter un ſoupçon de Paganiſme ſur le Poëte.

Procès au Tribunal de l'Inquiſition ſur le ſyſtême Poëtique du Camoëns.

Cette diſcuſſion, continua Eudoxe, fit naître un fameux Procès ; on le trouve tout entier dans les Oeuvres d'Emmanuel Faria, & l'on y voit la meilleure partie des raiſons que Philomuſe allegue pour la juſtification du Camoëns ; raiſons dont le Camoëns lui-même avoit ouvert la ſource, en expliquant ſon allégorie dans pluſieurs de ſes Lettres Eſpagnoles & Portugaiſes, & ſurtout dans une Lettre Latine qu'il écrivit l'an 1575. à Jean Fragoso Medecin de Mantoüe. *

L'Inquisition fut contente, les Docteurs de Coymbre, de Salamanque, d'Alcala & d'Evora trouverent que le sens figuré justifioit le sens litteral, & certainement tous ces Théologiens n'étoient ni moins éclairés, ni moins religieux que nos Censeurs modernes ; mais ils consideroient cinq choses qu'on veut ignorer aujourd'hui, & qui décidoient en faveur du Camoëns.

1°. Que la Lusiade étoit un Poëme, & non pas un Ouvrage de Controverse où l'on doit peser scrupuleusement la valeur de toutes les paroles qu'on employe.

2°. Que chez les meilleurs Ecrivains de l'Antiquité, *Jupiter* ne signifioit que *le vrai Dieu*, & que les Peres de l'Eglise n'en disconvenoient pas.

3°. Que si les saints Peres avoient

Reflexions des plus fameuses Universités d'Espagne & de Portugal en faveur du Camoëns.

---

* C'étoit un Espagnol fort sçavant, il nous a laissé plusieurs Ouvrages ; sçavoir, *Animadversiones in Medicamenta composita* ; un Traité *De Aromatibus ac stirpibus Indicis* ; un autre, *De Evacuationibus & Antidotario*. Il fit des objections au Camoëns, & le Camoëns lui répondit.

défendu qu'on nommât le vrai Dieu *Jupiter*, c'étoit parce que l'Eglise naiflante fe voyoit environnée d'infidéles, qui pouvoient abufer de fa bonté.

4°. Que les tems étoient changés, & que le Chriftianifme prefentement victorieux ne laiffoit aucun fujet d'appréhender qu'on fe méprît au langage du Camoëns ; furtout après les explications qu'il venoit de donner lui-même.

5°. Qu'en pareilles circonftances il y auroit de la petiteffe à chicaner un Auteur fur quelques noms propres, & qu'on en devoit juger fuivant la fignification qu'il leur attribuoit, d'autant mieux que cette fignification n'étoit pas nouvelle, puifqu'un long ufage l'avoit confacrée chez les Philofophes, & les Poëtes les plus clairvoyans de Rome & d'Athenes.

Tels furent, ajouta Eudoxe, les fentimens de l'Inquifition & des plus celebres Univerfités de l'Efpagne & du Portugal, ainfi que le Procès en fait foy ; mais on ne fe pique pas maintenant d'une méthode fi judicieufe & fi douce.

Quoi qu'il en foit, rien n'autorife
les termes infultans que vous allez
trouver ici contre Philomufe; qu'auroit-on à lui reprocher? Dans la
Lufiade, il a traduit les Vers, &
dans les notes l'efprit du Camoëns.
Enfin s'il a dit quelque chofe d'un
peu fort pour juftifier l'allegorie de
fon Poëte, c'étoit en faveur du fens
myftique & moral, & non pas à
deffein d'accréditer des expreffions
que lui-même il ne voudroit point
employer. Ceci pofé, fuivons prefentement le Cenfeur.

Avant d'aller plus loin, dit Gélafe, remarquons que M. l'Abbé
Desfontaines n'avoit pas lieu d'infinuer, comme il fait, *que Philo-*
mufe, en qualité de Tradutteur, s'eft
imaginé devoir partager la réputa-
tion du Camoëns. Un pareil fentiment de vaine gloire n'eft jamais
entré dans fon ame, il fçait fe rendre juftice, les dernieres paroles
de fon Ouvrage en font une preuve: *Me voici enfin,* dit-il, *au bout*
de la penible carriere où mon amour
pour les Belles-Lettres m'a engagé ;
je fouhaiterois pour l'avantage du
Lecteur que cet amour eût été foute-

*nu d'un grand fonds de lumieres ; toutes les fautes qu'on trouvera ici, sont à moi ; elles tirent leur source de ma foiblesse, * &c.* Cela s'appelle-t-il prétendre aux honneurs de l'Original ?

Paroles de l'Observateur.

Jupiter représente le vrai Dieu dont les attributs sont exprimés par les noms de Mars, de Neptune & de Cerès, &c. Mais ces vaines suppositions imaginées pour justifier le système du Polythéïsme, peuvent-elles excuser le Camoëns ?

Réponse.

Dans quelle Histoire, dans quel Auteur, s'écria Gélase, M. l'Abbé Desfontaines a-t-il lû que l'on ait inventé cette Doctrine *pour justifier la pluralité des Dieux ?* S'il veut se donner la peine d'approfondir l'Antiquité, il verra au contraire que chez les Peuples les mieux policés, l'usage des Idoles & *la pluralité des Dieux* n'ont souillé les premieres idées de la Religion que long-tems après qu'on eut adoré le vrai Dieu sous le nom *de Jupiter*, & ses Attributs sous les noms *de Mars & de Neptune*. C'est un article qu'on peut démontrer facile-

* Luf. Trad. Tom. III. p. 156.

ment, ajouta Eudoxe : Les Romains, au rapport de Plutarque, pendant leurs cent soixante premieres années, *bâtirent des Temples & d'autres Lieux faints ; mais i's n'y mirent jamais aucune figure de Dieu ni moulée, ni peinte, estimant que c'étoit un facrilege de repréfenter par des chofes perißables & terreftres, ce qui eft éternel & divin, & qu'on ne pouvoit s'élever à la Divinité que par la penfée.* *

Ce témoignage d'un des plus folides Ecrivains de l'Antiquité, nous montre que les Romains connoiffoient alors le vrai Dieu, & qu'ils s'en faifoient même une très-noble idée. Or qu'ils l'appellaffent *Jupiter*, c'eft un point dont leur Hiftoire de ce tems-là nous fournit affez de preuves.

Les Philofophes, les Poëtes Grecs & Latins, continua Eudoxe, nous préteront encore des lumieres plus fenfibles. Platon, Zenon, Cléanthe & leurs Sectateurs étoient perfuadés qu'il n'y avoit qu'un Dieu, & donnoient à leurs Difci-

* Tiut. Trad. par M. d'Acier, Tom. 2. p. 325. & fuivantes.

ples des leçons admirables pour les convaincre de cette vérité. * Seneque & Ciceron avoient puisé dans ces sources si pures & si belles.

Je me souviens, ajouta Philinte, d'un passage de Ciceron, où cet Orateur s'exprime là-dessus en Philosophe très-éclairé. *Dans tous les tems*, dit-il, *l'homme a senti que son cœur étoit dirigé par une droite raison qui le portoit au bien, & qui l'éloignoit du mal; raison qui n'a pas commencé à prendre la vigueur d'une Loi lorsqu'on l'a écrite, mais dès qu'elle fut née. Or elle est née avec l'intelligence divine; ainsi la Loi véritable, la Loi suprême & propre à nous gouverner, n'est autre chose que la raison du grand Jupiter.* *

Dans un autre Livre, il jette un nouveau rayon de lumiere sur le même sujet, en disant : *Cette Loi ne pariera ni dans Athenes, ni dans Rome; elle est aujourd'hui ce qu'elle*

---

* Voyez le P. Thom. Liv. 1. ch. 15.

* Irat enim recta ratio . . . . ad rectè faciendum impellens & à delicto avocans, quæ non tum denique incipit lex esse, cum scripta est, sed cum orta est. Orta autem simul est. cum mente diviná. Quamol rem lex vera atque princeps apta ad jubendum atque vetandum, ratio est recta summi Jovis. *Lib. 11. de leg.*

sera

sera demain & pendant tous les siécles , & Dieu qui nous l'a donnée
sera aussi le seul & commun Maître
des Nations. * N'est-ce pas-là reconnoître l'unité d'un Dieu ; & ce
Dieu , quoique Ciceron l'appellât
Jupiter , en étoit-il moins grand ?

Seneque parle encore d'une façon qui ne nous laisse aucun doute
sur la maniere de penser des Poëtes & des Philosophes tant Grecs
que Latins. *Assurément* , dit-il , *ces
grands Hommes n'ont pas cru que le
Jupiter qui est représenté dans le Capitole & dans nos autres Temples ,
soit le Dieu qui lance la foudre ; mais
ils ont compris de même que nous ,
qu'il y a un vrai Jupiter , Créateur ,
Conservateur & Maître du monde ,
& à qui tous les noms conviennent.
L'appellerez-vous le Destin ? Vous
ne vous tromperez pas ; tout dépend de sa volonté , il est la cause des
causes. Le nommerez-vous la Provi-
dence ? Vous aurez raison , car c'est
lui dont la sagesse pourvoit aux ré-*

---

* Nec erit alia lex Romæ , alia Athenis , alia
nunc , alia posthac .... Unusque erit communis
quasi Magister & Imperator omnium Deus ; ille
legis hujus inventor , disceptator , lator. *Lib.* III.
de Rep.

volutions & aux besoins de l'Univers.
C'est par lui que la nature se dévè-
loppe , & que les Cieux sont dans un
mouvement continuel sans jamais s'é-
branler. *

Ces paroles, reprit Eudoxe, sont
d'autant plus remarquables , qu'on
diroit que Seneque a prévu la difficulté dont il est maintenant question entre l'Observateur & Philomuse.

Expliquons-nous clairement.
Seneque nous dit *que toutes sortes
de noms conviennent au vrai Jupiter :*
Donc suivant l'esprit de Seneque
& des grands Hommes qu'il a cités
plus haut, on pouvoit appeller *le
vrai Jupiter tantôt Neptune , tantôt
Mars , Esculape , Junon* ; enfin lui
donner tous les titres qui exprimoient quelqu'Attribut de la Divinité. Voilà donc tous les Dieux

---

* Ne hoc quidem crediderunt Jovem , quem in
Capitolio & in cæteris ædibus colimus , mittere
manu fulmina ; sed eundem quem nos Jovem intel-
ligunt Custodem , Rectoremque Universi .... Et
Artificem , cui nomen omne convenit. Vis illum
Fatum vocare ? Non errabis. Hic est ex quo suspen-
sa sunt omnia , caussa caussarum. Vis illum Provi-
dentiam dicere ? Rectè dices , est enim cujus con-
silio huic mundo providetur , ut inconcussus eat ,
& actus suos explicet. *Lib. 11. de quæst. nat. cap.
45.*

anciens renfermés dans un seul Dieu, qui est le véritable : c'étoit effectivement le système de la Theologie Grecque & Latine dans sa pureté, système different des chimeres qu'on trouve chez les Fabulistes.

Ne pourroit-on pas vous dire, interrompit Gélase, que Macrobe prend un chemin entierement opposé au vôtre ? Car il pretend que *Jupiter* & tous les autres Dieux de l'Antiquité sont renfermés dans Apollon. *

Cette objection, répondit Eudoxe, ne peut que fortifier mon sentiment ; Macrobe a prouvé que tous les Dieux n'en faisoient qu'un. Or puisqu'*Apollon* étoit *Jupiter*, il s'ensuit que *Jupiter* étoit *Apollon* : c'est à peu près comme dans notre Theologie ; elle reconnoît que les Attributs Divins sont unis par des liens inséparables, & qu'ils rentrent mutuellement l'un dans l'autre.

L'Observateur, continua Eudoxe, n'a pas senti cette difference que les Sçavans ont toujours admise entre le système de la Theologie

* Saturn. lib. 1.

E ij

Grecque & Latine , & les chimeres de la Fable : s'il l'avoit bien fen-
tie , il n'auroit pas dit que le Camoëns joint les faux Dieux avec le
vrai Dieu.

Non fans doute , ajouta Philin-
te , car *le Jupiter* de la Lufiade n'eft
point un Roi de Crete couvert d'opprobre & chargé de crimes ; ce n'eft
point *un Simulacre du Capitole* ; *
c'eft le vrai Dieu tel que le connoiffoient Platon , Zénon , Cléanthe , Ciceron & Seneque ; *c'eft ce
Créateur de l'Univers à qui toutes fortes de noms conviennent* , parce qu'il
renfermoit en lui-même les autres
Divinités comme fes Attributs.

Peut-être vous dira-t-on , reprit
Gélafe , qu'à la vérité les idées de
ces Philofophes étoient pures ; mais
que les Poëtes Grecs & Latins ont
rendu le nom *de Jupiter* abominable par la quantité d'infamies qu'ils
ont publiées fur fon compte.

Rien n'eft plus aifé que de répondre à cela , dit Eudoxe ; il fuffit de renvoyer au fçavant Pere

* Voyez le paffage de Seneque rapporté ci-def-
fus.

Thomaſſin * ceux qui nous feront pareille objection. Cet Auteur reconnoît que les bons Poëtes n'étoient pas moins Philoſophes que les Philoſophes mêmes ; qu'ils étoient perſuadés de l'unité d'un Dieu, mais que n'oſant heurter de front les ſuperſtitions populaires, ils joignoient les dogmes de leur Théologie avec les erreurs de la Fable ; que cependant on découvre ſans peine dans quels endroits ils ont parlé *du vrai ou du faux Jupiter.*

Effectivement, pourſuivit Eudoxe, ces Poëtes qui font quelquefois des peintures ſi odieuſes *de Jupiter*, le repréſentent ailleurs ſous des traits qui ne peuvent convenir qu'à l'Etre ſuprême ; c'étoient des Auteurs trop éclairés pour tomber dans des contradictions ſi miſérables ; il faut donc qu'ils ayent diſtingué *deux Jupiters* ; l'un n'étoit qu'une Idole & l'autre un vrai Dieu.

Vous remarquerez que quand ils mettent *le Jupiter de la Fable* ſur les rangs, c'eſt en l'aſſujetiſſant aux

* Part. III. cap. II. & alibi paſſim

F iij

volontés du Destin, preuve certaine qu'ils n'en font pas leur vrai Dieu ; mais quand le grand Jupiter paroît, les destinées lui obéissent, & les autres Divinités représentent ses Ministres ou ses Attributs : Ses Attributs dans le sens des Philosophes ; ses Ministres dans le sens des Poëtes, qui prétendoient que le monde étoit plein d'Intelligences, telles à peu près que les Anges dans notre Religion.

Observons en passant, dit Gélase, qu'à l'égard de ces Intelligences qui étoient les Ministres *du grand Jupiter*, les Poëtes tenoient le même langage que l'Ecriture. Nous voyons que l'Ecriture appelle souvent les Anges *des Dieux*, * & cependant elle n'annonce par-tout que l'unité de l'essence divine.

Pour donner à nos sentimens tout le poids convenable, repliqua Eudoxe, examinons quelques endroits où les Poëtes décrivent *le vrai Dieu sous le nom de Jupiter*. Homere sera le premier sur la liste ; il nous représente *Jupiter* dans le Ciel, défendant aux Intelligences

Marginal notes:
Adresse des Poëtes pour distinguer le vrai & le faux Jupiter.

Belle fiction d'Homere.

* Gen. Psal. Ezech. Apoc. passim.

dont il est environné, d'aller secourir les Grecs ni les Troyens; ensuite pour les convaincre de son pouvoir absolu, le même Dieu ajoute :

De mes droits souverains si vous doutez encor,

Venez, approchez tous, & d'une chaîne d'or,

Osez lier ici l'Arbitre du tonnerre,

Arrachez-le du Ciel, traînez-le vers la terre,

Vos efforts seroient vains, & son front redouté

Confondroit d'un coup d'œil votre témérité;

Mais si je prends la chaîne, alors de ma puissance,

Foibles Dieux, vous verrez quelle est la différence !

J'entraînerai moi seul dans mon juste courroux

Et la terre, & les flots, & les Cieux avec vous. *

Cette fiction si sublime & si majestueuse, établit la prééminence de l'Etre souverain ; le Pere Thomassin l'a bien prouvé.

Virgile prend un autre tour pour exprimer la même superiorité *de Jupiter* à l'égard des Intelligences

* Ἢ ἄγετ &c. Iliad. lib. VIII.

céleftes : chez cet Auteur, Apollon
& les autres Divinités ne lifent
dans l'avenir, qu'autant que le vrai
Dieu leur en développe les ténè-
bres : L'Harpye Céléno dit aux
Troyens :

Ma bouche vous prédit des maux inévitables,
Tels font de Jupiter les decrets immuables,
Lui-même au Dieu Phebus il les a dévoilés,
Et Phebus à fon tour me les a revelés. *

Voulez-vous maintenaut voir de
quelle façon les Poëtes rendent le
vrai Jupiter l'arbitre des deftinées,
au lieu que le faux en eft toujours
l'efclave ? Confultons encore une
fois Homere. Deux grandes ar-
mées font aux mains, la victoire
eft douteufe, Jupiter en décide au
gré de fa feule volonté.

Le carnage eft égal, l'intrépide Argien
Repouffe avec fureur les coups du Phrygien ;
Mais enfin Jupiter fixe les deftinées,
Il foutient de Priam les Troupes fortunées,
Il veut qu'Hector triomphe, Hector devient
vainqueur.

* Quæ Phœbo, &c. Æneid. lib. III.

Une force nouvelle anime son grand cœur.*

Pareilles expressions se rencontrent à chaque pas dans Virgile. Pour Lucain, l'on ne sçauroit nier sans aveuglement qu'il ne connût le vrai Dieu, & qu'il ne l'appellât *Jupiter*, non pas *le Jupiter de Crete, ni Jupiter Ammon*; mais *un Jupiter éternel, immense, invisible en lui-même, & visible dans ses Ouvrages.* C'est ce qu'on peut observer dans la belle réponse que Caton fait aux Officiers Romains, qui l'excitoient à consulter l'Oracle de Lybie.

Lorsque d'un rien fécond nous passons jusqu'à l'Etre,

Le Ciel met dans nos cœurs tout ce qu'il faut connoître,

Nous trouvons Dieu par-tout, par-tout il parle à nous,

Nous sçavons ce qui fait, ou détruit son courroux,

Et chacun porte en soi ce conseil salutaire,

Si le charme des sens ne le force à se taire :

Croyons-nous qu'à ce Temple un Dieu soit limité,

Qu'il ait dans ces sablons plongé la vérité ?

* Iliad lib. xii.

F v

Faut-il d'autre séjour à ce Monarque auguste

Que les Cieux, que la terre, & que le cœur
   du juste ?

C'est lui qui nous soutient, c'est lui qui nous
   conduit,

C'est sa main qui nous guide, & son feu qui
   nous luit ;

Tout ce que nous voyons, est cet Etre suprême,

Ou du moins c'est pour nous un crayon de
   lui-même.✱

Nous ne finirions de long-tems, poursuivit Eudoxe, si je voulois vous rapporter tous les témoignages des Poëtes en faveur du Camoëns ; ceux que je vous ai cités, mon cher Gélase, détruisent assez bien l'objection que vous m'avez faite, vous sentez maintenant qu'on auroit tort de nous reprocher que les Anciens ont mis en horreur le nom de *Jupiter* : Cette horreur ne doit tomber que sur le Jupiter des Fables, & non pas sur le vrai Jupiter de la Théologie Grecque & Latine.

Voilà, dit Philinte, beaucoup de fameux Auteurs ligués contre les

✱ Luc. Pharf. lib. IX. trad. par Breb.

fentimens de M. l'Abbé Desfontaines. On pourroit encore lui oppofer les Peres de l'Eglife ; mais il
n'en eft pas befoin, puifqu'il ne répond point dans fa Critique aux au-
torités refpectables, dont Philomufe a fortifié fes notes.

Concluons, ajouta Gelafe, que
l'on peut dire juftement de cette
Critique manquée :

C'eft un Phantôme vain, fa tremblante pau-
    piere

Ne fçauroit foutenir les traits de la lumiere :

Seduit par les appas d'un efpoir decevant

Il cherchoit le grand jour, & tombe en le
    trouvant. †

Sçavez-vous , infifta Eudoxe,
dans quelle occafion il feroit ridicule qu'un Auteur employât les
noms de Jupiter, de Mars & de
Mercure ? C'eft dans un Livre dont
nos myfteres formeroient le fujet.
Ainfi l'on a reproché juftement au
fameux Sannazar d'avoir mis *les
Dryades , les Nereides & Protée*
dans un Poëme où il s'agiffoit de

Dans quelle occafion les noms de Jupiter, Mars, &c feroient un effet ridicule.

----

† Alto quæfivit cœlo lucem, occiditque reperta.
Virg. Æneid. lib. V. comrent. ver. 5

I VI

l'Incarnation ; mais dans un Ouvrage qui ne roule que fur des actions purement humaines , on peut fe difpenfer d'avoir recours aux principes révelés , & pour lors un merveilleux tiré des fources les plus pures de l'antiquité , n'eft pas un facrilége.

On ne s'eft point avifé de reprendre M. de Voltaire d'avoir fait intervenir le Dieu d'amour dans fon Poëme de la Henriade ; cependant il va plus loin que le Camoëns , car il traite fouvent des Myfteres de la Foi, & même d'une maniere très-expreffive. Rien n'eft plus marqué ni plus beau que cette defcription de la Trinité.

Au milieu des clartés d'un feu pur & dura-
　ble ,

Dieu mit avant les tems fon Thrône iné-
　branlable ,

Le Ciel eft fous fes pieds. De mille Aftres di-
　vers

Le cours toujours reglé l'annonce à l'Uni-
　vers :

La puiffance , l'amour , avec l'intelligence

Unis & divifés , compofent fon effence. †

† Henr. ch. 10.

Il en est de même de cet endroit-
ci, qui regarde l'auguste Mystere
de nos Autels.

Le Christ de nos péchés victime renaissante,

De ses Elus cheris nourriture vivante,

Descend sur les Autels à ses yeux éperdus,

Et lui découvre un Dieu sous un pain qui
n'est plus †

On pourroit trouver dans la Henriade cent autres détails qui n'inté-
ressent pas moins précisément le
Christianisme ; cependant la fiction
de l'amour qui blesse le vainqueur
de la Ligue avec une fléche d'or, ne
gâte point le Poëme : Pourquoi cela ? Parce que ce Poëme n'a pour
sujet ni pour objet les Mysteres de
la Religion, quoiqu'il en parle de
tems en tems.

Fiction du
Dieu d'amour
dans la Hen-
riade.

Je crois que tu te trompes, mon
cher, dit Gelase, l'amour n'est
point dans cet endroit un Dieu
Payen, mais une passion personni-
fiée ; M. de Voltaire l'a déclaré lui-
même. Cette déclaration, reprit
Eudoxe, n'empêche pas que l'a-
mour qui vient égayer la Henriade,

† Ibid.

ne foit celui qui paroît dans Apu-
lée, * & que les Idolâtres adoroient
fous le nom de Cupidon fils de
Venus.

En effet, interrompit Philinte,
fi l'amour n'eft chez M. de Voltaire
qu'une paffion perfonnifiée, cette
paffion, ou pour mieux m'exprimer, cette divinité morale devoit
habiter dans tous les climats où il y
a des hommes, & il ne falloit pas
la faire venir.

. . . . de l'antique Idalie,

Lieux, où finit l'Europe, & commence l'Afie. †

Cela fent fort le Dieu de Cithere.
Songez, reprit Gelafe, que le Dieu
de Cithere étoit certainement chez
les Anciens une paffion perfonnifiée; Virgile & Lucain n'étoient
pas affez dupes pour l'honorer d'un
culte religieux. J'avouë, reprit
Eudoxe, que les Payens éclairés ne
défignoient qu'une paffion fous
l'embléme du Cupidon terreftre;
mais les Payens groffiers en faifoient une Divinité réelle; ainfi

* In Af. Aur.
† Henr. ch. ix.

M. de Voltaire est dans le cas du Camoëns ; l'un dit que son Cupidon n'est pas *l'Idole de Paphos*, & l'autre avec autant de fondement soutient que son Jupiter n'est pas *le Roi de Crete*.

N'est-il pas absurde de prétendre que parce que Boileau a personnifié la mollesse & la chicanne, le Camoëns a été en droit de faire le monstrueux mélange des Divinités Payennes avec la Religion Chrétienne? En vérité je suis honteux de réfuter des raisonnemens si pitoyables ! Paroles de l'Observateur.

Absurdités, raisonnemens pitoyables, s'écria Gélase ! Quelle censure fine, quelle délicatesse, qu'un Auteur doit être content de lui-même, lorsqu'il trouve des expressions si belles ! Gageons que Philomuse n'auroit jamais imaginé rien d'aussi noble dans une dispute Littéraire. Réponse.

Hélas ! dit Eudoxe, tous les Auteurs n'ont pas l'imagination si brillante. Pour moi, ajouta Philinte, je crois que les Gens de Lettres se degradent beaucoup, lorsqu'ils prennent le parti d'injurier. Sans doute un bon Censeur peut

employer de tems en tems les amé-
nités du fel critique ; mais quel fel
trouve-t-on à prononcer des termes outrageans ; qui n'oferoient fe
montrer dans une honnête converfation , & que l'impolitefle met
dans la bouche des perfonnes les
plus vulgaires ? Quand on a de l'efprit, comme certainement M. l'Abbé Desfontaines en a , on pince &
l'on raille fans groffiereté ; quand
on en manque , ou qu'on ne fe fou-
vient plus d'en avoir, on s'écrie, cela eft pitoyable , cela eft ridicule !
Un Athénien auroit donné quelque
nom bien étrange à des difcours
pareils ; * contentons-nous d'a-
voüer que ce font des fleurs qui ne
naiffent pas dans le Jardin des
Mufes.

Imitons la modeftie de l'Obfervateur, repliqua Eudoxe , & rou-
giffons à notre tour d'être obligés
de montrer que les gros mots ne
font pas du bel ufage ; c'eft un article dont on ne doute guere : mais
n'admirez vous point avec quelle
fécurité l'on fe flate d'avoir réfuté

Triomphe
imaginaire de
l'Obferva-
teur.

* τὰ τῆς παιδός περιψήματα , ᾗ πέρμα λης ᾱ ἵ-
βαλα.

Philomufe, pendant qu'on ne l'a pas entamé ? Tout ce que nous venons de dire dans cet Entretien , prouve affez que le triomphe dont on fe glorifie , n'eft qu'un triomphe imaginaire.

Pour triompher à jufte titre, l'Obfervateur ne devoit point extenuer, comme il le fait , les raifonnemens de Philomufe : S'il n'en vouloit donner qu'un précis , il falloit que ce précis ne dérobât rien à leur force, il falloit démontrer que les Peres de l'Eglife indiqués dans les notes , n'étoient pas favorables au fyftême du Camoëns ; enfin prévoir & détruire toutes les difficultés que l'Ecrivain cenfuré , ou bien d'autres gens qui auroient les mêmes idées que lui, pourroient oppofer à la cenfure. Cette prévoyance eft l'une des principales régles de la Critique.

Irrégularité de la Critique de l'Obfervateur.

Alors Philinte lut tout de fuite plufieurs endroits où le Cenfeur tâche de tourner en ridicule quelques étymologies qui font rapportés dans le Commentaire du Camoëns.

Fudoxe prit enfin la parole en

Réponse aux Critiques de l'Observateur contre les Etymologies.

disant : Il me semble que l'Observateur s'égaye à peu de frais ; vous venez de voir qu'il employe trois ou quatre pages à fronder quelques Etymologies; cependant Philomuse avoit pris soin de déclarer lui-même, qu'il ne prétendoit pas en faire son capital ; mais qu'il ne croyoit pas non plus devoir les rejetter, puisqu'elles donnoient du jour au sens allégorique de son Auteur. *

Les Etymologies marquées dans le Commentaire du Traducteur, ne sont que des raisons de convenance : toutes seules elles ne décident rien ; mais on ne doit pas les mépriser, lorsqu'elles sont accompagnées d'autres preuves.

Philomuse voyoit par le Procès de l'Inquisition , & par les Lettres du Camoëns , que dans la Lusiade Bacchus représente *le Démon* , & plusieurs Nymphes *differentes Vertus*. Les notes partent de là , elles

Les Etymologies ne sont que des raisons de convenance.

développent les motifs qui pouvoient déterminer l'Auteur à choisir tel & tel embléme. Qu'auroit-on à blâmer là-dedans ? N'est-ce pas nous mettre en état de pénétrer les

* Notes sur la Lus. t. 1. p. 143.

plus fecrettes penfées d'un Ecrivain fameux ? Cette attention doit-elle nous déplaire ?

Rien n'eft de trop quand il s'agit de nous éclairer , infifta Philinte ; ainfi nous pourrions prefque dire à M. l'Abbé Desfontaines , ce que l'Abbé de Saint-Réal difoit à quelques Obfervateurs de fon tems: *Sur quel fondement prétendez-vous que l'Etymologie n'eft pas une véritable preuve de l'idée qu'on a eue des chofes , & qu'on en a voulu donner . . . lorfque leurs noms font d'aufſi grand fens que les noms Grecs & Latins ?* * Saint-Réal parloit en homme judicieux , ajouta Eudoxe.

Si M. de Voltaire au lieu de confulter fa raifon allarmée de ce mélange des Dieux , avoit feuilleté fon Schrévélius & fon Noël le Comte , il ne fe feroit pas attiré la fçavante Critique du Commentateur.

Paroles de l'Obfervateur.

Il eft vrai , dit Philinte , que le Traducteur combat M. de Voltaire ; mais fans fiel , fans impolitefſe , & de façon à montrer qu'il eſt pénétré d'une véritable eftime pour

Réponfe.

* Trait. de la Crit. chap. IX.

lui ; on n'a pas jugé à propos d'imiter cet exemple.

Que veut nous dire l'Obſervateur *avec ſon Noël le Comte & ſon Schré-vélius*, demanda Eudoxe ? Prétend-il que ces deux Ecrivains ſuffiroient pour expliquer le merveilleux de la Luſiade ? L'idée paroîtroit ſinguliere.

Vous n'y entendez pas fineſſe, ajouta Gelaſe ; on inſinue doucement que Philomuſe n'a puiſé que dans des ſources communes, & qu'il ne travaille qu'en Ecolier. L'adreſſe eſt jolie, continua Eudoxe, j'avouë que je ne m'en ſerois point douté ; car enfin .... Hé, Meſſieurs, interrompit Philinte, vous tournez les choſes trop malicieuſement ; peut-être l'Obſervateur ne connoît-il d'autres ſources que ces deux-là, voudriez-vous lui en faire un crime ?

Paroles de l'Obſervateur. *Pour parler ſérieuſement, je ne crois pas que le Poëte Portugais ait jamais penſé à cacher ces myſteres ſous le voile de la Fable.*

Réponſe. L'Obſervateur n'eſt pas heureux à deviner, s'écria Eudoxe, nous devons lui conſeiller pour ſa gloi-

re d'abandonner ce métier-là. Philomufe a dit dans fa Préface : *Peut-
être me reprochera-t-on qu'en voulant
dénouer le fil de l'allégorie qui règne
dans la Lufiade, j'ai donné au Camoëns des idées qu'il n'a jamais eues ;
j'avoue que c'eft-là le défaut ordinaire
de tous les Commentateurs;mais je puis
dire hardiment que je n'ai pas même
couru rifque d'y tomber ; le Poëte nous
a dévoilé l'efprit de fes fictions en jettant dans fon Ouvrage, & furtout à la
fin du neuvième Chant,plufieurs traits
de lumiere qui ne laiffent aucun doute
fur cet article. D'ailleurs il s'en eft
encore expliqué plus clairement dans
quelques-unes de fes Lettres ; ainfi
l'on n'a qu'à le fuivre pas à pas, &
l'on verra que je ne lui prête rien.* *

Ou bien l'Obfervateur a lû ces
paroles, ou bien il ne les a pas luës.

S'il ne les a point lues, quelle
foi doit-on avoir pour les Reflexions qu'il donne au Public toutes
les Semaines? Une méthode fi ca-
valiere n'eft pas d'un bon augure.

S'il les a lues, il devoit fufpendre
fon jugement, & confulter les Let-

* Pref. de la Luf. Trad. p. xii.

tres du Camoëns indiquées par le
Traducteur ; il y auroit trouvé des
lumieres qui pouvoient l'empêcher
de s'égarer dans des conjectures si
mal fondées.

Vous en demandez beaucoup,
interrompit Gelase. Je demande,
reprit Eudoxe, qu'un Auteur n'é-
crive point sans attention, & qu'il
ne nous jette pas dans des idées
trompeuses.

Loüis Camoëns assure dans plusieurs de ses Lettres Portugaises *que
l'esprit de sa Lusiade est Chrétien.* *
Dans une autre Lettre Espagnolle
qu'il écrivit à Diégo Covarruvias
Evêque de Ségovie, il s'exprime
encore plus nettement.

*J'ai parlé dans mes Vers comme ces
Poëtes & ces Philosophes anciens, qui
connurent le seul véritable Dieu sous
les differens noms de Neptune, Apollon, Mars, Jupiter & mille autres.
Mais me souvenant toujours que je
suis Chrétien, j'ai tâché de sanctifier
mes expressions en les tournant avec
les yeux de mon ame vers Dieu Notre*

---

* Os Lusiadas que com intento Christão trazades
tiveraõ palauras Poeticas. Ep. Polyg. Vir. Doct. Hisp.
& Lus.

Seigneur, & vers ses perfections sou-
veraines. †

Enfin dans sa Lettre Latine adres-
sée au Médecin Jean Fragoso, le Camoëns dit : *A l'égard de Dieu, j'ai*
suivi dans mon Poëme les sentimens
d'Homere & de Platon, persuadé que
c'étoit le moyen d'adoucir mon stile :
on auroit tort de m'accuser pour cela
d'impieté payenne ; car je n'adopte que
la Doctrine de ces Hommes illustres,
qui découvrirent la vérité au milieu
des ténebres : mes expressions ne ten-
dent à désigner qu'un seul Dieu, tan-
tôt accompagné de ses Ministres, tan-
tôt nommé differemment selon ses dif-
ferens Attributs. Les Nymphes qui se-
courent les Portugais, sont des Vertus
ou morales ou surnaturelles ; & sous
l'image de Bacchus, c'est l'ennemi du
genre humain, qui déploye sa fureur,
&c. *

† *En los versos hablé como aquellos Poëtas y Phi-*
losophos antiguos, los quales conocieron al solo Dios
veritadero sitò essos differentes nombres de Neptuno,
Apolo, Marte, Jupiter y otros mil : però como Chris-
tiano procuré santificar mis discursos teniendo sempre
los ojos del intento en dios nuestro Señor y sus sobe-
ranas perseiones. Ibidem.

* *Equidem in Poëmate Homerisso & Platonisso circa*
Deum tractus vocabulorum Dulcedine ; non est te-
men cur me quis insimulet impietatis Ethnicæ ; pura
sequor insignium virorum dogmata, queis veritá-
tem inter tenebras attigerunt. Verba sonant unum

À ces preuves-ci, continua Eudoxe, nous en pourrions joindre plusieurs autres tirées d'Emanuël Faria, & du Procès de l'Inquisition, mais il n'en faut pas tant pour ruiner les conjectures qu'on nous oppose.

Paroles de l'Observateur. *Il y a dans le Poëme divers traits mythologiques que je défie l'imagination Orientale du Traducteur de faire quadrer avec ses belles allégories.*

Réponse. L'imagination Orientale, s'écria Philinte! vraiment, voilà de l'urbanité Romaine. C'est plutôt du sel attique, dit Gelase. Point du tout, ajouta Eudoxe; c'est une injure exprimée en langage précieux; passons, passons sur cet endroit, nous avons démontré suffisamment que Philomuse peut sans peine justifier ses explications.

Paroles de l'Observateur. *M. de Voltaire s'est moqué du Poëte Portugais, pour avoir représenté Vasco de Gama parlant d'Ulysse & d'Enée à un Roi Maure; il se seroit égayé bien davantage, s'il avoit sçu que ce*

Deum, jam stipatum Ministris, jam propter Attributa diversa divisimodè nuncupatum: Nymphæ auxiliantur tanquam Virtutes Theandricæ, sævit sub imagine Bacchi Cacodæmon generi humano semper insensus. Ibidem.

Roi

Roi cite lui-même des traits de la Fa-
ble & de l'Histoire Grecque, & que
dans les Indes la Mythologie, l'His-
toire Grecque & Romaine y sont con-
nuës comme dans l'Université.

Philomuse n'a jamais pensé, dit Eudoxe, *que la Mythologie & l'Histoi-*
re ancienne fussent autant connuës dans
les Indes que dans l'Université ; c'est
une idée grotesque dont on veut
lui faire présent ; il a seulement
prétendu que quelques Indiens &
quelques Arabes bien élevés pouvoient ne pas ignorer ces sortes de
choses-là ; les raisons qu'il en a
données, sont claires & décisives,
surtout dans les endroits où il montre que les Orientaux avoient depuis long-tems les traductions des
meilleurs Livres de la Grece, &
qu'ils ont fait eux-mêmes divers
Ouvrages, tant sur l'Histoire uni-
verselle que sur la Fable. *

Les autres raisons que Philomuse allegue, font des raisons de convenance ; vous verrez que l'Observateur en les rapportant prend soin
de les extenuer selon sa coutume,

L'Observa-
teur extenue
toujours les
raisons des
Auteurs qu'il
critique.

* Luf. Trad. T. 1. p. 168. & fuiv. T. 1. p. 176.
T. 3. p. 167.

mais une chose qui vous étonnera,
c'est qu'il trouve obscur un passage
de Macrobe qui est fort clair.

N'est-ce pas, dit Philinte, cet
endroit de Macrobe, que Philomuse a cité pour montrer que les Romains connoissoient les Indes, &
qu'ils entretenoient commerce avec
elles ? Justement, répondit Eudoxe. Voici les paroles suivant la
traduction de Philomuse ; elles s'a-
dressent à un Médecin : *Vous vous
servez de viandes monstrueuses, vous
mettez du castoreum & des viperes
dans vos breuvages, & vous y ajoutez
toutes les drogues que les Indes produisent.* * Quelle obscurité peut-on
trouver là-dedans ?

Peut-être, ajouta Gelase, qu'on
s'est imaginé qu'il n'est pas bien sûr
que Macrobe parle des véritables
Indes dans cet endroit. Quelle illusion, reprit Eudoxe ! Macrobe
florissoit vers la fin du quatriéme siécle, il entendoit sous le nom
des Indes les climats arrosés par le
Gange, comme l'entendoient Stra-
bon, Pline, Quinte-Curce, Pom-

† Sed nec monstruosis, &c. *Mac. Saturn. Lib.
VII. Cap. V.*

ponius Mela , & divers Auteurs qui l'ont précedé. On n'auroit pas beau jeu à prouver le contraire.

Certainement , pourſuivit Gelaſe, un Ecrivain qui ne voit pas clair dans des matieres ſi lumineuſes , doit ſe méfier de ſes yeux dans des ſujets plus enveloppés.

Les Académiciens lurent le reſte des Obſervations , & comme ils virent que le Cenſeur n'y fait que repeter M. de Voltaire, & ſe repeter lui-même , ils paſſerent à l'Hiſtoire de Don Palmerin.

LES AVANTURES
DE
DON PALMERIN
ET
DE THAMIRE.

LIVRE SIXIE'ME.

VIRGINIO continua son re-
cit, en disant à la Duchesse
d'Ampures : Le jour naissant n'ame-
na point de tranquillité dans la maison du Couverneur ; il s'obstinoit à
garder Valentine chez lui , sous
prétexte qu'il y auroit de l'ingratitude à la renvoyer aux Chrétiens ,
qui ne manqueroient pas de la punir sévèrement malgré toutes les
recommandations de Don Carlos.

Sa femme & Férondal tâchoient
en vain de lui faire entendre raison ,
il ne les écoutoit pas ; son caprice
amoureux tenoit ferme contre les

prieres de l'un & l'emportement de l'autre; on ne l'avoit jamais vû s'armer d'une opiniâtreté pareille.

Lindore se joignit à son pere : elle avoit conçu de l'affection pour Valentine ; elle souhaitoit de l'arrêter dans le Château , tant pour se ménager les occasions de rompre avec Férondal , que pour s'assurer d'une compagnie qui pouvoit l'aider à passer des momens ennuyeux.

Lorsqu'elle eut déclaré ses sentimens , sa mere la regarda d'un œil irrité ; ensuite s'adressant à son époux : On se ligue contre moi, s'écria-t-elle ; mais je ne m'en embarrasse point ; vous n'avez que deux partis à prendre ; renvoyez Valentine , ou retenez-la dans votre maison , vous en êtes le maître ; si elle demeure , je pars , & je me retire à la Cour du Roi mon frere , nous verrons s'il autorisera votre procedé.

Alors prenant Valentine par la main : Vous voyez, poursuivit-elle , que je travaille à votre liberté , ce ne sera pas ma faute , si l'on vous la refuse ; suivez-moi , allons rendre visite au Prince , & sçachons s'il a fait les Lettres qu'il vous promit hier ; le Seigneur Bassa n'a qu'à se déterminer promptement.

Elle emmena Valentine. Mérodan pénétré d'inquiétude , sortit peu de tems après pour des affaires qui regardoient la Garnison. Férondal demeura seul exposé aux reproches de Lindore, qui ne lui fit aucun quartier. Ne sçachant que lui répondre , il la quitta , & descendit dans le jardin où je me promenois : Nous nous rencontrâmes bien-tôt , & nous eûmes un long entretien sur les dangers qui nous menaçoient de toutes parts. Férondal me témoignoit qu'il falloit que mon Maître se retirât au plus vîte , parce que la famille du Bassa étoit dans une agitation qui ne nous présageoit rien de favorable.

Notre conversation se passoit dans un cabinet de verdure, où nous nous flations d'être en sureté ; ainsi nous parlions sans beaucoup de ménagement. Lindore nous écoutoit de derriere une palissade ; elle se montra tout-à-coup : son arrivée nous fit rougir, & nous connûmes , mais trop tard , que notre indiscretion pouvoit avoir des suites funestes.

Lindore m'ordonna de m'éloigner, j'obéis en tremblant; & lorsqu'elle fut seule avec Férondal : Je vois, lui dit-elle, que ma présence vous trouble, vous ne m'attendiez pas en ces lieux : cette Valentine est donc un homme? Parlez, ne cherchez point à m'en imposer, votre bouche même vous a trahi. Férondal hésitoit, sa Maitresse devint furieuse: Tu voudrois m'abuser encore, continua-t-elle; mais ne te flatte point que je sois la dupe de tes vains détours, & pour peu que tu persistes à me déguiser la vérité, sois assuré que je vais tout découvrir au Bassa.

Cette menace épouvanta Férondal : Chere Lindore, dit-il en soupirant, je vous regarde comme mon épouse, nos deux cœurs ne doivent en faire qu'un; ainsi en vous ouvrant le mien, je ne crois hazarder ni ma gloire ni la sureté d'un illustre Ami, qui m'a procuré le bonheur de revoir vos beaux yeux; promettez-moi que vous ne trahirez point ma confiance, & vous reconnoî-

G iiij

trez bien-tôt que je ne suis pas coupable. Lindore protesta qu'elle se tairoit. Férondal lui developpa tout le mystere.

Quoi, s'écria la Duchesse, Férondal découvrit à Lindore que Valentine étoit Don Palmerin ! Oui, Madame, reprit Virginio. Ah quelle imprudence, quelle indiscretion, repliqua-t-elle vivement ! & tu comptes en faveur de ton Maître sur un Ami de ce caractere !

Madame, ajouta l'Ecuyer, Férondal se flatoit d'être au moins estimé de Lindore ; il jugeoit qu'elle ne voudroit pas l'exposer au ressentiment des Affricains, en l'accusant d'avoir introduit un Espagnol dans la Forteresse ; d'ailleurs elle paroissoit trop instruite pour qu'on pût lui rien cacher sans exciter son indignation.

Les discours de Férondal surprirent Lindore, & la jetterent dans une si grande émotion, qu'elle ne se connoissoit plus ; elle pâlissoit, elle rougissoit : ses yeux sembloient s'égarer, & sa bouche gardoit un profond silence. Férondal qui s'imagina qu'elle étoit fâchée d'avoir

parlé peut-être trop familierement
avec un Espagnol, se mit à la consoler, en disant qu'elle n'avoit rien à
se reprocher dans cette occasion,
qu'on l'avoit trompée, que toute
autre y auroit été prise de même,
& qu'il suffisoit d'accélerer le départ de Don Palmerin le plus qu'il
seroit possible.

Elle ne répondoit pas, son trouble augmentoit à chaque instant,
l'affection qu'elle avoit conçuë pour
Valentine, se changeoit en amour,
& en amour proportionné à la vivacité de son cœur, qui étoit, comme j'ai eu l'honneur de vous le dire, Madame, très-prompt à s'allumer, & fort peu capable de regler ses passions.

Pendant qu'elle se taisoit, son
imagination prenoit l'essor, & lui
disoit tout bas, que s'il étoit vrai
que Valentine fût un homme, jamais on n'en avoit vû d'aussi digne
d'être aimé ; & si cet homme étoit
Prince, qu'avoit-on de mieux à faire que de l'épouser? La fortune sem-
bloit en présenter l'occasion ; il venoit se jetter lui-même au milieu
de ses ennemis ; on pouvoit profi-

G v

ter de son état, & le contraindre à donner sa main, s'il ne se déterminoit pas à la donner de bon cœur; au reste elle jugeoit que la violence ne seroit point nécessaire pour réduire Don Palmerin; elle connoissoit la force de ses charmes, & comptoit entierement sur eux.

On pourroit me demander, Madame, d'où j'ai sçu que Lindore avoit de pareils sentimens, & je répondrois que la suite de l'Histoire le montre assez; d'ailleurs j'en fus instruit peu d'instans après par elle-même; car elle demeura dans le jardin, j'y retournai, je l'entendis comme elle nous avoit entendus Férondal & moi, elle parloit toute seule; ses discours me découvrirent les sentimens de son cœur.

Elle ne quitta pas Férondal sans lui donner des témoignages de sa mauvaise humeur: Malheureux, lui disoit-elle, tu amenes un ennemi dans ce Château, & tu m'exposes à me couvrir de honte! Ah! je ne te le pardonnerai jamais!

Cependant, continua-t-elle après un moment de réflexion, je ne sçaurois me persuader que tu sois affez imprudent pour trahir les Maures, & pour te jetter dans une affaire qui te perdroit : Non, non, tout ceci n'eſt qu'une Fable mal inventée, tu veux diſculper tes criminelles amours ; mais je ne ferai pas la dupe de ton artifice ; fonge feulement à ne te plus montrer devant mes yeux : elle avoit fes raiſons pour paroître incrédule ; c'étoit l'unique moyen d'excuſer le téte à tête qu'elle fouhaitoit d'avoir avec Valentine.

Quand Lindore eut exhalé toute fa colere contre Férondal, elle lui tourna le dos, & le laiſſa pénétré de douleur ; il fentoit bien que le fecret de Don Palmerin étoit fort hazardé ; il craignit qu'elle n'en parlât au Baffa, ou qu'elle ne s'en prévalût d'une autre façon.

Mon Maître & la femme de Mérodan eurent de Don Carlos les Lettres de recommandation, qu'il leur avoit promiſes pour Valentine ; elles étoient adreſſées au Marquis d'Alcala, & à divers Officiers Généraux de l'Armée Eſpagnole, & toutes ouvertes, afin que le Baffa pût les lire.

G vj

Il ne rentra chez lui que très-
tard ; les réflexions qu'il avoit faites pendant la journée sur les menaces de son épouse, lui dessillerent
les yeux ; ainsi pour ne se point attirer la haine du Roi d'Alger, il
feignit de donner les mains au départ de Valentine ; mais pour le re-
tarder en effet, il supposa qu'il y
avoit plusieurs Partis qui couroient
la campagne, & que les chemins
ne seroient libres que dans quelques jours. Son épouse voulut bien
se contenter de cette mauvaise raison, parce qu'elle se promettoit de
veiller soigneusement sur l'Espagnolette & sur les démarches du
Baffa. Lindore avoit d'autres idées,
la soumission de son pere lui déplut;
cependant elle n'en dit rien, parce
qu'avant d'éclater, elle vouloit son-
der les sentimens du jeune Prince
qu'elle aimoit.

L'aprèsdînée, Férondal & moi
nous trouvâmes le moyen de nous
entretenir avec mon Maître, & de
lui raconter ce qui nous étoit arrivé dans le cabinet de verdure :
J'ai parlé, continua Férondal en
soupirant, mais je crains bien d'a-

voir fait une fauſſe démarche ; Lindore n'a point reçu ma confidence
d'un air qui puiſſe me raſſurer, peut-
être vous découvrira-t-elle , peut-
être . . . . que ſçais-je ? Hélas !
peut-être qu'elle ne ſe taira qu'à
mes dépens ; un Cavalier tel que
vous n'eſt que trop capable de lui
plaire ; je me flatois d'occuper quelque place dans ſon cœur , mais elle
me témoigne une averſion ſi forte. . . . .

Je vois , interrompit Don Palmerin, toute l'étenduë de votre imprudence ; vous m'expoſez , vous
vous expoſez vous - même , votre
repos & ma liberté pourront payer
l'indiſcretion de vos diſcours ; cependant ne craignez pas que je vous
accable de reproches ſuperflus, je
ſçais qu'un de nos premiers devoirs
eſt d'excuſer les foibleſſes de nos
amis , ſongeons ſeulement à prévenir les malheurs qui nous menacent l'un & l'autre ; ſi Lindore eſt
généreuſe, elle ne divulguera point
un ſecret qui ne peut éclater ſans
vous perdre.

Mais ſi elle n'a pas cette délicateſſe , reprit Férondal , ſi elle me

hait, comme je n'ai que trop sujet de le croire, & si sa haine l'oblige à parler, que ferons-nous ? En ce cas, poursuivit tristement Don Palmerin, j'irai tenir compagnie à mon pere dans sa prison ; c'est à quoi je ne vois aucun remede.

Notre conversation fut interrompuë par l'arrivée de plusieurs Officiers qui venoient rendre visite à l'épouse du Gouverneur. Mon Maître sous prétexte de se sentir incommodé, se retira dans une chambre voisine pour y faire tranquillement ses réflexions. Lindore alla bientôt l'y trouver ; il l'apperçut de loin au travers d'une porte vitrée, & pour éviter quelqu'entretien fâcheux, il feignit de s'endormir.

Quand Lindore le vit dans cet état, elle le contempla long-tems d'un œil curieux ; ses observations ne lui servirent pas à démêler la vérité qu'elle cherchoit ; le Prince étoit habillé d'une façon qui pouvoit tromper les regards les plus perçans : elle s'approcha, & lui donna doucement un baiser : Fasse le Ciel que tu sois le Prince Don Palmerin, dit-elle un instant après en pouſſant un ſoupir timide , & que ton cœur ſoit auſſi tendre que ta phiſionomie eſt aimable !

Don Palmerin n'eut alors aucun lieu de douter des ſentimens de cette Belle ; ſa bonne fortune le mortifia , & il en tira mauvais augure. Lindore après pluſieurs réflexions , prit le parti de le réveiller , & lui ayant ſecoué legerement le bras : Ma chere Valentine , lui dit-elle , peux-tu te réſoudre à me quitter ? Tu ne ſçais pas combien je t'aime. Mon Maître paroiſſoit embarraſſé ſur la maniere dont il devoit lui répondre. Elle s'impatienta , & pourſuivit de la ſorte: Prince , je vous connois , ne prétendez pas me cacher qui vous êtes , tous vos ſoins ſeroient inutiles ; quel que ſoit le deſſein qui vous amene dans cette Fortereſſe , votre déguiſement m'expoſe aux ſoupçons les plus injurieux; on s'imaginera que vous n'avez formé un projet ſi téméraire que pour me ſéduire ; peut-être même jugera-t-on que j'aurai eu pour vous des complaiſances criminelles. Don Palmerin l'interrompit pour s'excuſer, en lui repréſentant qu'il n'avoit

point manqué au respect qui lui
étoit dû, & que pourvû qu'elle gardât le silence, il n'y avoit rien à
craindre pour sa réputation.

Non, non, reprit Lindore, tu
n'as qu'un seul moyen de m'appai-
ser, c'est de te résoudre à devenir
mon époux, ton amour calmera
ma juste indignation, & le don de
ta main mettra ma gloire à l'abri
des mauvais discours qui la flétri-
roient tôt ou tard, si un secret de
cette nature venoit à transpirer.

Hé quoi, Madame, repliqua Don
Palmerin, violerez-vous votre Religion, violerai-je la mienne ? Con-
servez plutôt votre foi pour Férondal ! Il ne s'agit pas de Férondal,
s'écria-t-elle avec fureur; je ne l'aime point, & je ne l'ai jamais aimé : S'il t'est cher, songe à profiter
de mes offres ; sans cela il est perdu aussi-bien que toi : un traître qui
fait entrer nos ennemis dans cette
Forteresse, mérite la mort; je l'accu-
serai, & vous vous trouverez tous
les deux enveloppés dans la même disgrace. Don Palmerin épou-
vanté du bruit qu'elle faisoit, la
supplia de parler plus doucement :

elle y confentit fans peine; fon deffein n'étoit pas d'appeller fa mere.

A l'égard de la Religion, pour-fuivit elle d'un ton plus tranquille, c'eft un obftacle qui ne doit point t'inquiéter; je te promets de me fai-re Chrétienne, & de te fuivre s'il le faut, jufqu'au bout de l'Univers; tu auras une époufe qui t'aimera fidélement, & qui mettra tout fon bonheur à te convaincre de fa ten-dreffe : ou je me trompe, ou je ne fuis pas d'une figure qu'on puiffe méprifer; mille autres que toi s'ap-plaudiroient de leur fort, s'ils ren-controient une fortune pareille.

Alors Don Palmerin reconnut que la raifon n'avoit aucun pouvoir fur l'efprit de cette fille, & que s'il perfiftoit à la contredire, elle s'em-porteroit aux dernieres extrémités; ainfi pour gagner du tems, il eut recours au ftratagême, & tâcha de flater la foibleffe de Lindore : heu-reufement pour lui, plufieurs per-fonnes qui furvinrent, le tirerent d'embarras.

Pendant le refte de la journée, Lindore ne trouva plus l'occafion de s'entretenir avec mon Maître ; elle croyoit qu'il commençoit à l'aimer, & dans cette idée, elle jugea sans doute qu'il ne convenoit pas de précipiter les choses ; ainsi elle ne parla de rien à ses parens.

On se coucha, Valentine fut renfermée comme elle l'avoit été l'autre nuit. L'épouse du Gouverneur n'avoit pas si bien pris ses précautions, qu'on ne pût encore la tromper. Son mari par l'entremise d'un Esclave adroit & fidéle, avoit fait faire pendant le jour une clef qui ouvroit la chambre de l'Espagnolette.

Guidé par son caprice amoureux, & muni de cette clef favorable, Mérodan se leva de bon matin, sous prétexte de quelques affaires qu'il vouloit regler dans le Château. Don Palmerin qui avoit passé presque toute la nuit dans une extréme inquiétude, goûtoit alors les douceurs d'un profond sommeil. Le Gouverneur entre sans bruit, il approche, & commence à promener ses regards ; mais quelle surprise, quelle colere, lorsqu'il apperçoit que cette Valentine dont il étoit charmé, n'est qu'un homme !

A peine osoit-il s'en rapporter au témoignage de ses yeux ; son étonnement ne se dissipoit point. Pour surcroît d'embarras, sa femme qui ne dormoit pas plus qu'une jalouse, vint le surprendre dans l'instant même qu'il fixoit toute son attention sur mon Maître : Ah perfide, s'écria-t-elle, sans chercher d'autre éclaircissement, je vous y trouve enfin ! Dites-moi maintenant que mes soupçons vous font tort.

Au bruit qu'elle faisoit, Don Palmerin se réveilla. Mérodan sans avoir égard aux cris de sa femme, dit au jeune Prince : Qui es-tu, misérable imposteur, & quel dessein t'amene dans ces lieux sous un déguisement qui m'annonce, ou que tu voulois suborner ma fille, ou que tu méditois quelque trahison contre mon Roi ? Parle, & confesse-nous la vérité, ou bien les plus cruels supplices l'arracheront de ta bouche.

Pendant que le Bassa exprimoit ainsi sa fureur, son épouse reconnut de quoi il étoit question ; elle demeura muette. Don Palmerin

rappella, autant qu'il le put, toute
sa préfence d'efprit, & dit au Gouverneur : Si vous daignez m'écouter un moment, vous me trouverez moins criminel que je ne le parois : En arrivant d'Efpagne, j'ai
fçu que Don Carlos étoit votre prifonnier : comme j'avois befoin de
lui parler fur quelques affaires qui
me touchent, j'en ai cherché les
moyens en délivrant Férondal ; il
m'a pris pour une femme, vous en
avez jugez de même, & vous m'a-
vez reçu dans cette Forterefle : juf-
ques-là vous ne fçauriez vous plaindre de ma conduite ; mais plutôt
vous devez me tenir compte de la
liberté de votre Gendre.

Vous ne pouvez m'accufer, continua-t-il, d'avoir manqué de refpect, ni pour votre époufe, ni pour
Lindore ; au furplus, devois-je vous
reveler mon fecret, pendant que
j'avois lieu d'efperer qu'on n'en
fçauroit jamais rien ? En effet, je
m'étois fi bien caché jufqu'à préfent, que les yeux les plus clairvoyans y auroient été trompés ;
mais votre curiofité a trahi mes intentions.

On fit lever mon Maître, il s'habilla en poursuivant ainsi son discours : J'ai respecté l'honneur de votre famille, ma sureté m'y obligeoit, appaisez donc votre colere, & souffrez que je m'en retourne sans bruit ; c'est l'unique moyen de sauver les apparences qui pourroient seules jetter quelque tache sur votre réputation.

Ayant ensuite déclaré sa naissance & son rang, il ajouta que si l'on le renvoyoit aux Espagnols sans lui faire aucun mal, il n'oublieroit jamais la générosité du Gouverneur, & que soit dans la Paix, soit dans la Guerre, il chercheroit toujours les moyens de lui rendre service. Férondal fut interrogé, il soutint qu'il ne connoissoit Valentine que pour une femme ; c'étoit un article dont ils étoient convenus mon Maître & lui, dès le jour qu'ils entrerent dans la Fortereste. Lindore pour éviter sans doute l'indignation de ses parens, protesta aussi qu'elle n'en sçavoit pas davantage ; mais comme j'étois accouru au bruit, elle s'approcha de moi, & me dit tout bas : *On va peut être*

vous mener en prison; Don Palme-
rin peut compter que je n'oublierai
rien pour l'en retirer, assurez-l'en de
ma part.

Mérodan qui avoit l'ame noble,
inclinoit beaucoup à la douceur,
& sans doute il auroit mis sur le
champ Don Palmerin en liberté,
s'il n'eût appris que la scene qui
venoit de se passer, faisoit déja du
bruit dans le Château. Ses domestiques en avoient divulgué la nouvelle, & toute la Garnison en étoit
imbuë. Comme les rumeurs qui
vont de bouche en bouche s'alte-
rent & s'enveniment aisément, on
publioit qu'un homme déguisé en
fille s'étoit glissé dans la Place pour
la livrer aux Espagnols.

Ainsi le Bassa fut obligé d'arrêter
Don Palmerin pour ne point hazarder sa fortune par un trait de
générosité qui auroit pû paroître
criminel. Mon Maître voyant bien
que la prison lui étoit inévitable,
demanda qu'au moins on le mît
dans celle de son pere. Il obtint ce
qu'il souhaitoit; on le conduisit à
l'appartement de Don Carlos, &
j'y fus renfermé avec eux.

Don Carlos fut pénétré de douleur, lorsqu'il vit que son fils devenoit son compagnon de disgrace : nous l'instruisimes de toute l'avanture, & il nous dit qu'il s'y étoit bien attendu ; il avoit déja limé le grillage de l'une de ses fenêtres, qui donnoit sur les fossés du Château; on y pouvoit attacher l'échelle de soye, & descendre facilement dans la campagne à la faveur des ténebres.

Don Palmerin fit là-dessus ses réflexions, & dit ensuite à son pere : Quoique la fortune ait dérangé mon premier projet, je crois, Seigneur, que nous ne devons pas perdre toute esperance de liberté, & moins encore nous résoudre à languir dans cette prison jusqu'à ce que le Roi d'Espagne & celui d'Alger soient d'accord sur ce qui nous regarde : Sortons la nuit prochaine, & tâchons de gagner les forêts voisines; le Château d'Agrican n'est éloigné d'ici que d'environ sept lieuës, nous pourrons en faisant un peu de diligence, nous rapprocher de nos Quartiers avant le retour du soleil,

& peut-être aurons - nous le bonheur de nous fauver : Tout ce qui
peut nous arriver de pire , c'est de
retomber entre les mains des Maures ; jamais ils n'oferont attenter
fur notre vie , ils auroient trop à
craindre les repréfailles de nos
Troupes.

Le Prince réva long-tems fur la
propofition de fon fils , elle lui paroiffoit téméraire ; cependant il ré-
folut enfin de l'exécuter , d'autant
plus volontiers qu'il craignoit que
Lindore ne s'ennuyât bien-tôt de
garder le filence , & que le Gouverneur ne s'emportât à quelqu'ex-
trémité fâcheufe , s'il venoit à developper le myftere qu'on lui cachoit. D'ailleurs Don Carlos connoiffoit tout le Pays d'alentour , &
fçavoit parfaitement les chemins ;
ainfi nous pouvions efperer d'é-
chapper aux pourfuites des Maures.
' Pendant que le pere & le fils
s'arrangeoient pour mettre leur projet en œuvre , Mérodan vint les
voir , & tâcha de tirer de leur bouche l'aveu du vrai motif qui avoit
pouffé Don Palmerin à fe jetter
dans une Fortereffe, où la moindre
                              difgrace

difgrace qu'il pouvoit craindre, étoit la perte de fa liberté. On lui répondit de façon à le tranquillifer, fans lui donner de nouveaux éclaircissemens.

Lorfque la nuit eut amené le filence & l'ombre dans le Château, nous fongeâmes à profiter des momens. Don Palmerin quitta fon habit de fille, qui auroit pu l'embarraffer dans la marche qu'il devoit faire, & il en prit un d'homme que fon pere lui donna. Enfuite ayant levé trois barreaux d'une fenêtre, nous attachâmes fortement notre échelle. Mon Maître qui étoit le plus agile, defcendit le premier; Don Carlos fut le fecond, & moi le troifiéme : Tout cela s'executa fans bruit. Le Ciel qui étoit couvert de nuages épais, fembloit confpirer notre bonheur; nous fortîmes doucement des foffés,& quand nous en fûmes affez loin pour croire que nos pas ne feroient point entendus, nous gagnâmes la forêt prochaine en courant.

Il y avoit déja près de trois heures que nous marchions, & nous avions fait beaucoup de chemin,

Tome II. H

lorſque nos oreilles furent frappées du hanniſſement de quelques chevaux. Un inſtant après nous entendîmes leurs pas , & par le bruit qu'ils faiſoient, nous jugeâmes que c'étoit une groſſe Troupe de Cavalerie ; mais nous ne pouvions deviner ſi c'étoient des Chrétiens ou des Maures. Comme il paroiſſoit qu'ils venoient au-devant de nous , nous prîmes le parti de nous écarter, & d'attendre qu'ils euſſent paſſé. Pour plus grande ſureté , nous nous cachâmes ſous un buiſſon qui étoit preſqu'impénétrable.

De-là nous écoutions attentivement pour démêler ſi la Troupe étoit des nôtres, ou bien des Ennemis ; nos inquiétudes ne durerent pas long-tems ; car outre que nous entendions tous ces Cavaliers parler bon Eſpagnol , deux Officiers qui s'étoient jettés hors des files , vinrent paſſer auprès de nous ; ils s'entretenoient, & l'un diſoit à l'autre : Sçais-tu où nous allons, mon cher Don Alvare? Pour moi je t'avoue que je l'ignore abſolument: Et moi de même , lui répondit ſon Camarade; mais je gagerois bien que c'eſt pour quelque projet en l'air ; il faut avouer qu'on prend plaiſir à nous fatiguer ſans raiſon depuis que nous avons perdu Don Carlos.

Jugez, Madame, quelle fut alors notre joie ; nous ſortîmes du buiſ-ſon, & nous courûmes nous jetter entre les bras des Eſpagnols. Don Carlos dit à quelques-uns d'entr'eux qui faiſoient mine de nous arrêter : Mes enfans, je ſuis votre Général, votre Compagnon, qui vous aime toujours ; je viens de m'échapper cette nuit de la priſon des Maures avec les deux perſonnes qui me ſui-vent ; reconnoiſſez-moi, & me-nez-nous à l'Officier qui vous com-mande.

Quoi, lui répondit-on, vous êtes Don Carlos ! Oui, mes chers Ca-marades, repliqua-t-il, c'eſt moi-même. Tous ceux qui nous envi-ronnoient s'empreſſèrent à le com-plimenter ſur ſon heureux retour. Le Commandant de la Troupe ar-riva, c'étoit le jeune Duc Don Pe-dramoſo, qui eſt aujourd'hui Lieu-tenant Général dans l'Armée.

Ils ſe reconnurent & s'embraſſe-

H ij

rent; ensuite ayant tiré le Prince
à l'écart, Don Pedramoso lui dit
que le Détachement étoit composé
de quinze cens hommes, qu'ils alloient par ordre du Général Trif-
tan de Lyria s'emparer du Village
& de la Forêt de Segelmèse, où s'é-
toient cantonnés depuis quelques
jours plusieurs Partis Maures, qui
défoloient nos Quartiers. Il ajouta
qu'un pareil Détachement d'Infanterie qui marchoit fur une autre co-
lonne, devoit partager la gloire de
cette expédition.

Tout cela va fort bien, mon cher
Duc, répondit Don Carlos; je vous
fouhaite beaucoup de lauriers, con-
tinuez votre route, & donnez-moi,
je vous prie, vingt Maîtres bien
montés pour m'accompagner jufqu'au Château d'Agrican. Don Pedramoso contenta le Prince; nous
eûmes une bonne efcorte, & d'excellens chevaux pour nous; ainfi
nous achevâmes notre voyage fans
fatigue & fans danger.

Don Carlos fut reçu avec mille
témoignages d'allégreffe par le
Gouverneur & par la Garnifon du
Château. Les Troupes avoient tou-

jours aimé ce grand Homme ; mais elles l'adoroient depuis que son absence les avoit laissées sous Don Tristan de Lyria, qui ne sçavoit ni battre les Affricains, ni se faire estimer des Espagnols.

Lorsque Don Carlos eut repris le Commandement de l'Armée, les choses changerent de face ; chaque jour nous donnoit quelque nouvel avantage sur les Maures : Don Palmerin se signaloit dans toutes les occasions ; on ne parloit que de ses exploits. Je n'entrerai point, Madame, dans le détail des combats fréquens d'où nous l'avons vû sortir victorieux ; l'Affrique s'en souvient, l'Espagne s'en glorifie, & l'Univers le sçait ; il me suffira d'avoir l'honneur de vous dire qu'aucune de nos entreprises n'échotioit ; le pere les formoit avec une prudence profonde, & le fils les exécutoit avec une valeur indomptable.

Un jour dans une Action où les Maures ne furent défaits qu'après une longue résistance, mon Maître vit un jeune Grenadin qui se défendoit contre quatre ou cinq de nos Soldats ; c'étoit Férondal : Don Palmerin le reconnut , & l'arracha d'entre les bras de la mort.

Comme il étoit couvert de blef-fures , nous le menâmes dans un Château , où l'on eut pour lui tou-tes les attentions qu'il méritoit. Lorfqu'il fut hors de danger , Don Palmerin lui dit en l'embraffant : Vous êtes libre , mon cher Féron-dal , & dès que votre fanté vous le permettra , vous pourrez aller re-joindre votre pere : La feule chofe que j'exige de vous , c'eft de m'ai-mer toujours autant que je vous ai-me.

Souffrez , répondit Férondal , que je ne m'éloigne point de vous , & que je joüiffe dans ces lieux de l'a-mitié dont vous m'accordez des té-moignages qui me font tant d'hon-neur : Je me trouve en fureté chez les Efpagnols , & j'aurois tout à craindre chez les Maures ; vous ne fçavez pas , je le vois bien , quelles ont été les fuites de votre évafion , ni ce que j'ai fouffert depuis que vous avez quitté le Château de Tambul.

Ces paroles exciterent la curiofité de mon Maître, il pria son ami de s'expliquer clairement, & Férondal continua de la forte : On ne s'apperçut de votre fuite que le lendemain. Mérodan détacha plufieurs troupes de Cavaliers pour courir après vous, on fçavoit que vous n'aviez point de chevaux, & l'on fe flatoit de vous atteindre ; quelques-uns de ceux qui vous pourfuivoient furent pris ou taillés en pieces par les Efpagnols, les autres revinrent fans avoir rien trouvé.

Le Baffa étoit au defefpoir, il trembloit pour fa fortune, il me faifoit mauvais vifage, & me foupçonnoit d'être d'intelligence avec vous ; fa femme qui avoit la même penfée, m'accabloit de reproches ; Lindore qui ne demandoit pas mieux que de me faire paffer pour criminel, fe mettoit de la partie, & me couvroit d'injures : Elle me parloit fouvent de vous, tantôt avec des tranfports de rage, tantôt avec des mouvemens de tendreffe, qu'elle ne pouvoit diffimuler, & qui me prouvoient que vous lui teniez au cœur. De mon côté je ne fentois plus d'amour pour elle, fa

H iiij

perfidie & l'averſion qu'elle me témoignoit au milieu de mes chagrins , me déroboient la vûë de ſes
charmes , le dégoût me gagnoit ,
& j'étois bien réſolu de ne la jamais
épouſer.

Dans cette ſituation je me déter-
minai à partir pour me rendre auprès de monPere,qui commande les
Troupes de Grenade ; mais avant
que je puſſe exécuter mon deſſein ,
l'on vint un jour m'arrêter dans
mon lit par ordre du Roy d'Alger ,
qui étoit extrêmement irrité contre
moi , & qui m'attribuoit tous les
malheurs que nos armes ont eſſuyés
depuis votre évaſion & celle de
Don Carlos.

On m'enferma dans une priſon
obſcure, où j'ai langui près de deux
mois , & d'où l'on ne m'a tiré que
pour me conduire à la Cour d'Alger. Si j'y avois été , j'étois perdu ;
mais la bonté du Ciel m'a ſauvé
de la mort qu'on me préparoit.
Mon Pere qui étoit informé de tout,
& qui juſqu'alors avoit inutilement
employé ſon crédit pour obtenir
ma liberté , eut enfin recours aux
armes ; il détacha en ſecret ſix cens

hommes des plus braves d'entre les
siens, & leur ordonna de m'enlever
sur la route. Pour cet effet ils s'em-
busquerent dans des foréts qui bordoient le chemin où je devois paf-
ser ; leurs mesures étoient bien prises, j'arrivai avec cent Cavaliers
qui m'emmenoient monté sur un
chameau , & lié comme un criminel.

Les Gens de mon Pere parurent
tout-à-coup , & mes Gardes se
trouverent tellement investis, qu'aucun d'eux ne pouvoit s'échapper ;
on leur cria qu'on alloit les tailler
en pieces s'ils ne me rendoient la
liberté ; cette menace les épouvanta , ils me délierent & me remirent entre les mains de mes
Compatriotes , dont le Chef qui
étoit mon parent , dit aux Affricains : Vous pouvez vous en retourner, nous ne sommes point venus
dans le dessein de vous faire du
mal ; mais il est bon que vous sça-
chiez vous & votre Maître, que si
les Grenadins sont prêts à verser
leur sang dans les Combats pour
son service, ils ne le font pas moins
à se défendre lorsqu'il osera livrer

H v

leurs têtes les plus illustres à la fureur des bourreaux.

Voilà, Seigneur, poursuivit Férondal, comment je fus délivré : on m'emmena au Camp de mon Pere, où j'ai vécu jusqu'à present dans des allarmes continuelles sans cesse exposé aux embûches de Merodan & de son Roi, & réduit à n'oser quitter un instant notre Quartier. Daignez donc permettre que je demeure auprès de vous.

Vous y demeurerez, mon cher Férondal, interrompit Don Palmerin, jusqu'à ce que nous puissions vous renvoyer à Grenade ; votre Roi douteroit peut-être de votre fidélité, si vous séjourniez trop long-tems parmi les Espagnols, & je ne veux pas que mon amitié nuise à votre fortune, ni à celle de vos parens.

Don Palmerin & Férondal s'entretinrent encore quelques instans ; ensuite Don Palmerin s'en alla pour se rendre aux occupations militaires qui flatoient son goût, & qui lui procuroient sans cesse les moyens d'acquerir de l'honneur.

Peu de jours après on vit arri-

ver dans le Camp un Trompette ;
qui presenta des Lettres à Don Carlos & à Don Palmerin de la part du
Pere de Férondal ; c'étoient des re-
merciemens de toutes les bontés
qu'on avoit pour son fils.

Il y avoit aussi une Lettre pour
Férondal ; on lui mandoit de ne
point revenir au Camp des Grenadins , parce que le Roi d'Alger &
Mérodan étoient dans une fureur
excessive contre lui. On finissoit en
l'avertissant qu'il n'y avoit plus aucune sureté pour lui dans l'Affrique , & que s'il vouloit éviter les
embûches qu'on s'apprêtoit à lui
dresser de toutes parts , son chemin
le plus court étoit de s'en retourner
en Espagne , ou du moins de rester parmi les Chrétiens jusqu'à nouvel ordre.

Don Palmerin qui lut cette Lettre , & qui trembloit pour Férondal , trouva les moyens de l'éloigner d'un Païs si dangereux. Un
Vaisseau Catalan devoit transporter
des Soldats invalides à Barcelonne ,
le jeune Maure s'y embarqua , nous
sçûmes bien-tôt qu'il etoit heureusement arrivé dans sa Patrie. Il ne

quitta pas mon Maître sans verser
des pleurs, & je puis vous assurer,
Madame, qu'on n'a jamais vû d'a-
mitié plus tendre, ni de reconnoissance plus sincere.

Telle fut la fin du récit de l'E-
cuyer. La Duchesse lui dit en soupirant : Mon cher Virginio, je veux
bien croire que Férondal est genereux, & que s'il peut sauver ton
Maître, il s'y prétera de bon cœur ;
mais notre mauvaise fortune leur
permettra-t-elle de se joindre, &
de tromper les regards d'une grande Ville, où l'on doit se défier de
tous les visages nouveaux ? Ah que
j'y vois de difficultès ! Laisse-moi
seule, je me sens accablée d'inquiétudes ! Au surplus, quel que soit le
sort de Don Palmerin, si tu l'ap-
prens, viens m'en faire part. Virginio lui promit d'obéir, & se retira.

Fin du sixième Livre.

Lorsque Gelase eut achevé de
lire, il remarqua qu'Eudoxe paroissoit rêveur, & lui en demanda la
raison. Une idée me roule dans la

téte, dit Eudoxe, j'ai envie de mettre nos Conférences au jour, j'en ai la mémoire affez fraîche, voulez-vous que nous en faffions un Livre? Toi tu n'as qu'à me donner ton Palmerin, & Philinte fa Nouvelle de l'Heureufe Infidélité, j'aurai bien-tôt accommodé tout cela. J'y confens, ajouta Gelafe, l'entreprife me paroît affez folle pour être de mon goût : mais à propos, quel rôle me feras-tu jouer? Plaifante queftion, répondit Eudoxe ! Le rôle que tu joues chaque jour dans nos Entretiens. J'entens, repliqua Gélafe, je ferai le bouffon de la Piece.

Mettrons-nous dans ce bel Ouvrage, interrompit Philinte, l'examen que nous faifons des Cenfeurs de Philomufe? Sans doute, repartit Eudoxe. Hé mon Dieu, dit Philinte, ils vont nous déclarer la guerre ! Tant mieux, continua Eudoxe, nous tâcherons de nous défendre. Mais avant d'en venir aux mains, je crois qu'il ne fera pas mauvais de leur propofer un plan fondé fur les régles de la faine Critique ; ils le

suivront s'ils aiment leur gloire &
la vérité.

Quel est ce plan, demanda Gélase ? Le voici, ajouta Eudoxe.

1°. *Ne mettre aucune infidélité dans
les Extraits.*

2°. *Ne point séparer des proposi-
tions, qui se prêtent une force mutuelle.*

3°. *Rapporter les raisonnemens sans
les exténuer.*

4°. *Les réfuter par d'autres raisonnemens contraires, & non pas se contenter de crier, cela est ridicule, cela
est misérable !*

5°. *Répondre aux preuves appuyées
sur les citations ; montrer, s'il le faut,
qu'on a mal entendu & mal appliqué
les passages, & ne pas dire simplement qu'ils sont obscurs, sans déclarer en quoi cette obscurité consiste.*

6°. *Prévoir & détruire les difficultés qui peuvent combattre la censure.*

7°. *Faire voir les défauts du style,
& ne se pas borner à le critiquer d'une
façon vague, sans citer quelques-unes
des expressions peu correctes & vicieuses.*

8°. *Ne nous point attribuer des*

penſées que nous n'avons pas.

9°. *Ne point chicaner ſur des raiſons de convenance, ſous prétexte qu'elles n'ont pas la vigueur d'une parfaite démonſtration.*

Voilà , pourſuivit Eudoxe , des régles dont on ne doit jamais s'écarter dans une diſpute Litteraire. Vous remarquerez que ce plan s'adreſſe plutôt à l'Obſervateur, qu'à l'Auteur *du Pour & Contre* ; car il faut confeſſer à la loüange du dernier , qu'il ne manque point de méthode dans ſes réflexions , & même vous verrez que ſa Critique s'éloigne beaucoup moins des loix de la politeſſe ; on pourroit deſirer cependant qu'il eût encore un peu plus ménagé ſes termes.

Vous parlez de menager les expreſſions , dit Philinte ; l'Obſervateur n'aura-t-il rien à nous reprocher là-deſſus ? Il le feroit ſans aucun fondement , repliqua Eudoxe ; nous défendons le Traducteur de la Luſiade , ou plutôt c'eſt lui qui ſe défend par notre bouche ; on l'a régalé d'un tas d'injures , il donne un peu de ſel critique , auroit-on bonne grace de s'en plaindre?

Gelase & Philinte approuverent les sentimens d'Eudoxe, ils passerent tous trois ensemble le reste de la journée, & ne se quitterent que fort tard, avec promesse de s'assembler le lendemain pour examiner l'autre Censure.

Fin de la septiéme Conference.

ENTRETIENS
LITTERAIRES.
ET
GALANS.

HUITIE'ME CONFE'RENCE.

Sur le Pour & Contre.

ELASE & Philinte ar-
riverent de bon matin
chez Eudoxe , & forti-
rent tous les trois enfemble pour fe promener.

Le Dieu du jour fur toute la nature
Répandoit en riant fa clarté la plus pure;
L'air étoit doux , le Ciel étoit ferain,
Et l'on voyoit brûler encore
Les belles larmes de l'Aurore.
Sur le myrthe & le romarin.

Les Académiciens traverſerent
d'abord une vaſte prairie qui formoit le plus beau tapis de verdure qu'on pût voir ; enſuite ils s'en-
foncerent dans un boccage délicieux. J'aime bien cet endroit-ci,
dit Philinte , les Muſes ne ſçau-
roient trouver une retraite plus
charmante pour ſe plonger dans
leurs douces réveries. Croyez ,
ajouta Gelaſe , que l'amour s'en
accommoderoit volontiers. Vous
avez bien raiſon , continua Eudoxe , il ſe plaît beaucoup plus dans
un azile champétre , que ſous des
lambris d'azur & d'or.

On ignore à la Cour les véritables loix
Qui forment d'un beau nœud la liaiſon par-
    faite ,
Souvent la bouche y parle un jargon d'amou-
    rette ,
    Mais les cœurs y ſont toujours froids.
    Ici la paix , & l'innocence ,
    La ſincerité , la conſtance
    Font le cortege des amours.
    Jamais les deſirs ne languiſſent ,
    Jamais les plaiſirs n'affadiſſent ,
On n'aime qu'une fois , mais on aime tou-
    jours.

En ſe promenant dans le bois, les trois Amis découvrirent une Bergere qui jettoit des pommes ſauvages à la tête d'un grand Garçon fort bien tourné ; elle rioit de bon cœur, enſuite elle s'enfuyoit, & s'alloit cacher derriere des arbres ; on les perdit bien-tôt de vûë. N'avançons point de ce côté-là, dit Gelaſe en riant, voilà des gens qui ſe font la guerre, ils pourroient nous battre ſi nous entreprenions de les ſéparer.

Je me ſouviens, interrompit Philinte, que je n'avois pas quatorze ans complets, lorſqu'une Veuve aſſez aimable, s'aviſa de m'attaquer de la même maniere ; j'étois ſi doux, que je ne ſongeai ni à la pourſuivre, ni à me venger d'elle. Admirez l'humeur des femmes, elle me bouda pendant plus de dix jours. Elle avoit raiſon, dit Gélaſe, un homme qui a tant de bonté, n'eſt bon à rien.

Un peu plus loin les Académiciens rencontrerent une fille d'environ ſeize ans ; elle étoit aſſiſe auprès d'un petit Berger, qui n'en avoit tout au plus que huit ou neuf, ils jouoient & se faisoient mille caresses innocentes.

Gelase s'approcha d'eux, & dit à la fille : Ma chere Enfant, est-ce là le Garçon que vous aimez le plus dans votre Village ? Oui, Monsieur, lui répondit-elle ; car c'est celui dont je me défie le moins. Comment donc, ajouta Gelase en se tournant vers Eudoxe, elle montre de la vivacité ! Croyez-vous, la Belle, que les autres soient si mauvais ? Pas peut-être autant que vous, Monsieur, repliqua la Bergere, mais toujours assez pour me donner de l'inquiétude. Vous jugez mal de moi, poursuivit Gélase, j'aurois soin de vous défendre du loup, si vous me preniez pour votre compagnon. Mon chien suffit pour cela, reprit-elle.

On continua la promenade : L'entretien roula quelques instans sur la jeune fille & sur le petit garçon. Eudoxe recita un Sonnet Italien, qui leur convenoit assez, & qui pouvoit encore leur mieux convenir dans la suite.

In quell' Età, ch' io misurar solea

Me col mio capro, e'l capro era maggiore,
Io amava Clori, e infin' da quell' ore
Maraviglia, e non Donna, à me parea.

☙

Un dì le diffi : io t'amo ; e'l diffe il core,
Poiche tanto la lingua non fapea ;
Ed ella un bacio diemmi, e mi dicea :
Pargoletto, ah non fai che cofa è amore !

☙

Ella d'altri s'accefe, altri di lei ;
Io poi giunfi all' Eta, ch'vom' s'innamora,
L'Età, degl' infelici affanni miei !

☙

Clori or mi fprezza, io l'amo infin' d'allora :
Non fi ricorda d'el mio amor coftei ;
Io mi ricordo, di quel bacio ancora. *

☙

Dans cet âge innocent, où je me mefurois
  Avec les moutons de mon Pere,
  Cloris m'étoit déja fi chere,
Que j'aurois tout quitté pour fes divins at-
      traits :
Un jour que nous étions affis fous la fougere,

* Rim. del Zappi. Part. 1.

Je lui dis que je l'adorois.

Ma bouche ignoroit ce langage,

Mais mon cœur me l'apprit, mon cœur le
prononça.

Cloris en riant m'embraffa :

Petit badin, tu n'es pas fage,

Me dit cette Belle à fon tour :

Peux-tu connoître encor les effets de l'a-
mour ?

Enfin me voilà grand, & ma premiere flamme

Trouble plus que jamais le repos de mon
ame,

Cloris aime à mes yeux un Rival fortuné,

Elle ne fonge point au tourment qui me
preffe,

Et je me reffouviens fans ceffe

Du baifer qu'elle m'a donné !

Après s'être un peu fatigués dans
le boccage, nos Académiciens s'ar-
rêterent au bord d'une fontaine ;
elle étoit environnée d'arbres touf-
fus qui panchoient doucement leurs
têtes fur fon eau plus claire que du
criftal.

Souvent les Nymphes de Diane

Dans cet azile heureux vont refpirer le frais,

Souvent aussi l'amour, ce petit Dieu prophane,
Vient pour les attraper y tendre ses filets ;
    Caché sous l'épaisse verdure,
    Comme un serpent parmi les fleurs,
    Il pipe adroitement les cœurs,
    Et fait toujours quelque capture.
Nymphes, qui le fuyez, si dans un doux lien
    Ce rusé Chasseur vous arrête,
    Rassurez-vous, la fontaine est discrete,
    Diane n'en apprendra rien.

Eudoxe & ses deux Amis s'assirent sur l'herbe ; ils avoient apporté quelques Livres, entr'autres le sixiéme Volume du Pour & Contre ; Philinte le prit, & lut la feuille où l'Auteur a déclaré son sentiment sur la Traduction de la Lusiade. On s'arrêta aux endroits marqués, comme on avoit fait en examinant les Observations de M. l'Abbé Desfontaines.

M. de Voltaire avoit commencé dans ses Réflexions sur la Poësie épique, à nous faire prendre du goût pour le Poïme du Camoëns, & c'est apparemment sur cette premiere ouverture que Philomuse s'est déterminé à le traduire. Paroles du Pour & Contre.

1.Réponse. Cette conjecture n'a rien d'offensant, dit Eudoxe ; mais elle paroît assez inutile. Pourquoi juger que les Réflexions de M. de Voltaire ont engagé Philomuse à traduire le Camoëns ? Philomuse sçavoit le Portugais & plusieurs autres Langues dès sa plus tendre jeunesse ; il connoissoit la Lusiade avant que M. de Voltaire en eût parlé.

Ajoutez, poursuivit Gelase, qu'il s'en faut beaucoup que M. de Voltaire soit le premier qui nous ait donné des ouvertures sur le Camoëns ; cette gloire, si c'en est une, appartient au fameux Pere Rapin & à M. Baillet ; *leur témoignage suffisoit pour exciter la curiosité du Public, & pour animer un Traducteur.

Paroles du Poëte & Comite. *Si le style de la traduction ; si les notes, si le fonds même de l'Ouvrage renfermoient des défauts considérables, je sens qu'il seroit difficile de les relever assez civilement pour ne chagriner personne.*

Réponse. Voilà un endroit qui me surprend, dit Philinte ; un homme d'esprit, tel que M. l'Abbé Prevôt,

* Refl. sur la Poët. Jug. des Sc.

un

un Ecrivain, dont il faut avouer que les Ouvrages annoncent un caractere de douceur & d'honnêteté, peut-il s'imaginer qu'on ne sçauroit relever poliment les fautes d'autrui, quand même elles seroient les plus grossieres du monde ?

M. de Vaugélas & M. de la Motte pensoient bien differemment, ajouta Eudoxe ; jamais une parole dure n'est sortie de leur bouche, la Critique perdoit chez eux son amertume naturelle, & prenoit l'air d'un avis dont on étoit obligé de les remercier. Non, le Censeur ne nous persuadera point que les expressions honnêtes lui coûtent. Maître de son style, & plus capable que personne d'éviter jusqu'à la moindre teinture de rudesse, rien ne l'excusera, s'il attaque en termes choquans un Inconnu dont il n'a pas sujet de se plaindre.

Douceur de Vaugélas & de M. de la Motte dans la Critique.

Au surplus, poursuivit Eudoxe, quand il faisoit la réflexion que nous venons de voir, sans doute il avoit oublié le titre de son Ouvrage, titre vraiment judicieux, qui promet qu'on s'expliquera sur les Matieres de Litterature *sans of-*

Tomme II. I

fenfer perfonne. * C'eft une Loi qu'il s'eft impofée lui-même, aucune fituation ne l'autorife à s'en écarter.

Paroles du
Pour & Con-
tre.

Après avoir perdu la refpiration pour fuivre le Traducteur dans ces defcriptions enflammées, on eft furpris de fe voir arrêter tout d'un coup par des traits tels que ceux-ci : Pleins de cette idée qui montre leurs deffeins criminels. *Cela eft non-feulement froid, mais obfcur.*

Réponfe.

Les trois ou quatre pages que nous venons de lire, dit Eudoxe, vous font voir que M. l'Abbé Prevôt critique méthodiquement : il débute par nous donner une réflexion très-fenfée fur le Poëme épique en général ; c'eft avec raifon qu'il le compare *aux corps animés, dont la bonne conftitution dépend d'un certain degré de chaleur diftribuée inégalement ; parce que le befoin n'en eft pas égal dans toutes les parties.* De-là il tire une conféquence qui n'eft pas moins vraie ; c'eft *qu'un Auteur, qui veut toujours brûler, toujours tonner, fe perd dans fes transports mal entendus, & s'expofe à tomber fouvent de bien haut*

* Tit. du P. & C.

Nous ne pouvons nous difpenfer, continua, Eudoxe, de reconnoître que Philomufe n'a pas ignoré cette maxime ; quelques-unes
de fes notes en font foi, & furtout
celle où il a mis la Fable de Diogene, qui cracha au nez d'un Parti-
fan, dont la maifon étoit décorée
avec un foin ridicule ; cette liberté
fcandalife le fuperbe Maltotier,
Diogene lui répond :

> Patron, point d'humeur cauftique,
> À tort vous vous mutinez,
> J'ai craché fur votre nez,
> Faut-il que cela vous picque ?
> Ici tout brille également,
> Tout eft paré fi fomptueufement,
> Qu'on ne peut y trouver de place
> Autre part que fur votre face,
> Pour cracher fans falir quelque riche orne-
> ment.

Enfuite vient l'application.

> Auteurs, retenez bien cette fage maxime,
> A force de briller fouvent on brille trop ;
> C'eft aux yeux d'Apollon un véritable crime,
> Que de mener toujours Pegaze au grand ga-
> lop ;

On doit de tems en tems quitter le ton fu-
blime.

Sans la variété , fans fon charme flateur
      Les Ouvrages ne fçauroient vivre ;
La richeffe uniforme offenfe le Lecteur ,
Et dans fon noir chagrin , il crache fur le Li-
vre
Faute d'en faire autant fur le nez de l'Au-
teur.

Voilà effectivement , dit Philinte , la maxime du Cenfeur ; je fçais
bon gré à Philomufe d'avoir eu la
même idée qu'un Ecrivain , qui
penfe avec tant de délicateffe.

Après cet excellent principe , repliqua Eudoxe , M. l'Abbé Prevôt
rapporte une defcription tirée du
premier Chant de la Lufiade ; c'eft
celle d'un combat très-vif entre les
Maures & les Portugais , il la donne pour un exemple de ce qu'il
appelle *la force du Traducteur;* maintenant vous voyez que par d'autres exemples *d'épuifement & de
laffitude ,* il veut nous montrer que
le Traducteur *tombe de bien haut.*

Nous pourrions lui dire une chofe qui eft véritable , c'eft que Philomufe *n'a tonné* que quand le Ca-

moëns *tonnoit*, & lorfque le Camoëns a rabbaiffé fa voix , Philomufe en a fait autant. Tel eft le fort
des Traducteurs , jamais ils ne peuvent difpofer de leur matiere , &
quelquefois ils ne font pas abfolument les maîtres de leur ftyle. Mais
fans nous répandre en obfervations
fuperflues , examinons plutôt les
endroits que l'on condamne. Voici le premier : *Pleins de cette idée
qui montre leurs deffeins criminels.*

Affujetiffe-
ment des Tra-
ducteurs.

J'avoue , continua Eudoxe , que
ce paffage ifolé , tronqué , enfin
dans l'état où le Cenfeur l'offre
à nos yeux , pourra paroître obfcur
& froid ; mais lifez-le dans fa place
naturelle avec les difcours dont il
eft précedé , vous l'entendrez facilement , l'obfcurité s'évanouira ,
& la froideur auffi.

Un Paffage
tronqué ou
déplacé, peut
dans cet état
paroître dé-
fectueux ,
quoiqu'il ne
le foit pas.

Il eft certain , dit Gélafe , qu'une
période déplacée peut devenir très-
fombre , parce que fouvent elle
emprunte fa lumiere d'ailleurs ; en
pareil cas on ne doit point la féparer d'avec fes compagnes , c'eft
la jetter de gayeté de cœur dans les
ténebres. C'eft comme fi l'on mettoit un païfage de Vatto dans un

enfoncement qui ne feroit éclairé d'aucun côté ; auroit-on lieu de s'écrier qu'on n'y distingue rien ?

Pour ne nous point tromper, reprit Eudoxe, voyons l'endroit où le Camoëns & son Traducteur ont mis cette phrase.

Les Nymphes de l'Ocean s'attachent à préferver les Portugais de la trahifon que les Maures leur préparent. Ces perfides apperçoivent avec une furprife mêlée de douleur & d'effroi que le Vaiffeau rétrogade. En vain les Matelots veulent-ils réfister à ce mouvement furnaturel, leur adreffe & leurs efforts ne réuffiffent point, leurs voix tumultueufes, & le bruit de la manœuvre jettent autant de frayeur dans le cœur des Maures, que s'ils étoient dans une Bataille horrible ; ils ne penetrent point la véritable caufe de cette agitation foudaine, ils fe croyent perdus fans reffource, parce qu'ils s'imaginent que leurs lâches complots font éventés, & qu'on s'apprête à les en punir.

Pleins de cette idée qui montre au grand jour leurs projets criminels, les Barbares s'élancent avec précipi-

tation, les uns dans leurs bateaux, les autres dans la mer. *

Je trouve, interrompit Philinte, que pour expliquer cette dernière période, on n'a pas besoin d'aller au devin ; mais pourtant on vous dira peut-être qu'une simple idée renfermée dans notre esprit, *ne montre point nos projets au grand jour*, & de-là vient sans doute le reproche d'obscurité contre Philomuse.

En lisant les Poëtes, repartit Eudoxe, on doit s'attendre à des figures que les Orateurs & les Historiens n'oseroient employer. Souvent *le nom d'elephant* signifie *de l'yvoire* chez Homere & chez Virgile ; leurs Ouvrages sont pleins d'expressions pareilles, & notre Camoëns n'en manque pas.

Dans l'endroit dont il s'agit maintenant, il prend le mot *d'idée* pour *la frayeur que les Maures témoignerent en cette rencontre*, c'est une *Métonymie*, figure audacieuse, qui nomme la cause pour l'effet ; les Grecs & les Latins s'en servoient quelquefois avec une bien plus

Métonymie audacieuse dans le Camoëns.

* Lu, Trad. Ch. II p. 95.

I iiij

grande liberté , moyennant quoi vous trouverez chez eux des obſcurités éternelles , quand vous ne conſulterez que le ſens litteral.

Je ne me rends pas , ajouta Philinte , l'opinion de l'illuſtre Cenſeur a beaucoup d'aſcendant ſur mon eſprit ; vous prétendez que sous le nom d'*idée* , le Camoëns déſigne *la frayeur des Maures* , parce que dans cette rencontre *leur idée* étoit *la cauſe de leur effroi & des témoignages qu'ils en donnerent ; témoignages qui pouvoient fort bien mettre au grand jour leurs projets criminels.*

Objection en faveur de la Cenſure.

On vous accordera , ſi vous le ſouhaitez , que l'Auteur Portugais a raiſonné comme vous , & que c'eſt une figure qui peut paſſer dans ſon langage ; mais devoit-on la tranſporter dans notre François , qui n'admet cette eſpece d'ornement qu'avec une retenuë infinie ?

Réponſe à l'Objection.

Cette figure , je l'avouerai , répliqua Eudoxe , me paroîtroit inſoutenable dans une Proſe ordinaire , je ne l'admettrois pas non plus dans l'Epopée , ſi le Poëte la faiſoit prononcer par quelqu'un de ſes Acteurs ; mais quand il la prononce lui-même, je n'y vois point d'inconvénient.

Alors ce n'est plus un homme vulgaire, qui ne juge des secrets du cœur & de l'ame que suivant les symptomes dont ses yeux sont frappés ; c'est un esprit échauffé d'un feu divin, éclairé d'une lumiere surnaturelle, tout lui devient present, un seul de ses regards pénétre les choses les plus mysterieuses.

Les Poëtes ont quelque chose de divin & de surnaturel.

Appliquons ceci au Camoëns : il lit dans le cœur des Maures, il découvre leur idée, non pas par des signes extérieurs, mais en perçant jusqu'au fonds de leur ame ; il connoît que cette idée est la source de leur effroi, & la preuve de leurs mauvais desseins ; tout cela d'un coup d'œil. Là-dessus ses expressions courent avec sa pensée, leur rapidité peint les choses telles qu'il les voit. Philomuse pour bien traduire, a dû les voir & les représenter de même, sans quoi on l'accuseroit justement d'avoir éteint le feu de son Original. C'est donc à nous de prendre les yeux du Poë-

I v

te , nous ne trouverons pour lors aucune obscurité dans l'endroit en question.

J'ajouterai , persista Eudoxe , que nous n'y trouverons pas plus de froideur. Selon les Maîtres de l'art, il n'y a que six défauts qui puissent rendre un discours froid.

Premierement , quand la pensée contient quelque chose de puerile dans un sujet grave & majestueux ; tels sont ces Vers de Saint-Amant dans la description du passage de la Mer rouge.

Là l'enfant éveillé courant sous la licence

Que permet à son âge une libre innocence ,

Va , revient, tourne , saute , & par maint cri joyeux

Témoignant le plaisir que reçoivent ses yeux'

D'un étrange caillou , qu'à ses pieds il rencontre ,

Fait au premier venu la précieuse montre,

Ramasse une coquille , & d'aise transporté ,

La presente à sa mere avec naïveté. *

Secondement , quand la pensée offre quelque circonstance super-

* Moïs. Sau. Idyl. Her. Part. V.

flue ; comme si je difois que M. le Maréchal de Turenne fut tué d'un coup de canon, *qui étoit chargé.*

Troisiémement, quand l'expreffion eft trop diffufe ; par exemple fi je difois : *Lorfqu'un homme eft né fous une heureufe conftellation, lorfque la fortune lui prodigue fes faveurs & le comble de richeffes, il peut fe flater de trouver des parens dans quelqu'endroit qu'il aille.* Un fi grand déluge de paroles pour m'expliquer avec un fçavant Rheteur moderne, *noyeroit le feu de la penfée*; j'aimerois bien mieux dire en quatre mots, *tout le monde veut être parent des gens riches.* *

Quatriémement, quand l'expreffion eft trop courte. Horace dit :

Impiger extremos currit mercator ad Indos,

Per mare pauperiem fugiens, per faxa, per ignes. †

Traduifez ainfi ces beaux Vers : *Le Marchand pénétre jufqu'au fonds*

* Ahogado queda en tan demafiado diluvio de Palabras todo el brio de los conceptos. *Don Geron. Laft. Art. del. hab.*
† *Ep. I. Lib. I.*

I vj

des Indes , *& brave plusieurs dan-*
gers pour fuir la pauvreté ; vous re-
froidirez la pensée de l'Auteur,
parce que son feu ne sçauroit se
developper dans des bornes si étroi-
tes ; mais il n'en sera pas de même,
lorsque vous direz :

Pour chercher des trefors , le Commerçant
  avide

Jusques chez l'Indien fait voguer ses Vaif-
  seaux ,

Il s'expose aux ardeurs de la zone torride ,

Il brave les rochers & la fureur des eaux.

Cinquiéme cause de froideur.

En cinquiéme lieu , quand les
termes sont au-dessous du sujet; c'est
pour cela que Longin * reprend juftement Herodote d'avoir dit dans
la description d'un nauffrage : *Le*
vent les balotta fort, & ceux qui fu-
rent dispersés par la tempête , firent
une fin peu agréable. † Outre que
le mot *balotter* est bas , tout le monde sent que l'épithete de *peu agréa-*
ble , n'est nullement propre pour
exprimer un malheur si cruel.

Sixiéme cause de froideur.

Enfin quand les termes s'élevent

* Trait. du Sub. trad. de Boil. chap. xxxiv.
† Her. Lib. vii.

trop au-deſſus du ſujet ; tel eſt le diſcours de cet Orateur ridicule qui s'écrioit d'une voix tonnante : *Ver-* *tueux Romains , l'affaire dont il s'agit* *demande toute votre attention , elle* *intéreſſe la tranquillité de notre Ville,* *c'eſt à vous d'y pourvoir par un juſte* *exemple de rigueur; uniſſez-vous pour le* *bien commun, & ne ſouffrez pas qu'un* *impie, qu'un barbare triomphe impuné-* *ment après tant de crimes.* * Devine-roit-on qu'il n'étoit queſtion que de deux ou trois outres de vin percés par un jeune étourdi ? Cela peut quelquefois être plaiſant dans un Ouvrage de bagatelle ; mais rien n'eſt ſi froid dans le ſérieux.

Je ne vois , continua Eudoxe, aucun de ces ſix défauts - là dans l'endroit critiqué ; j'y vois au con-traire des figures aſſez belles; *l'Hy-* *perbate* , *la Métaphore* , *la Méto-* *nymie* , & *la Diviſion* ; les unes frap-pantes , les autres imperceptibles ,

---

* Neque parva res , ac præcipue pacem civitatis cunctæ ſpectans, & exemplo ſerio profutura trac-tatur, Quirites ſanctiſſimi , quare magis congruit ſedulos atque univerſos vos pro dignitate publicâ providere ne nefarius homicida tot cædium lanie-nam , quam cruenter exercuit , impuné commi-ſerit. *Apul. in Aſ. Aur.*

& toutes propres à relever la simplicité du discours.

Mais écoutez, remarqua Gelase, le froid dont on accuse notre Traducteur, ne seroit-il point ici? *Plein de cette idée* : Dit-on *plein d'une idée*, croyez-vous que l'expression soit noble?

Oui certainement, je le crois, repliqua Eudoxe, le mot *de plein* peut paroître avec grace dans le plus beau stile, & surtout quand on lui donne un sens figuré; nos plus grands Ecrivains n'ont jamais fait scrupule de le mettre en œuvre; Philomuse doit-il hésiter à marcher sur leurs pas? *

Des actions si glorieuses que la lyre des Poëtes n'en célebra jamais de pareilles. Cela est plat.

Paroles tirées du Camo ns & critiquées par l'Auteur's du Pour & Contre.

* On dit fort bien *plein d'orgueil*, *plein d'amour*, *plein de gloire & d'années*. Racine a dit dans sa Phedre :

J'ai pour ayeul le pere & le maître des Dieux; Le Ciel, tout l'univers est plein de mes ayeux.

Il dit encore dans une autre Piece en parlant de Calchas :

Terrible & plein du Dieu qui l'agitoit sans doute.

Quelle raison pourroit nous empêcher de dire que nous sommes *pleins d'une idée*, quand elle nous remplit, & nous occupe entierement?

En pareille occasion, dit Philinte, Vaugelas auroit exprimé son
idée moins cruëment ; je cherche
ici l'Auteur des Mémoires d'un
homme de qualité, & je ne le trouve pas; mais sans doute il se retrou-
vera lui-même ; il pense trop bien
pour ne pas connoître qu'il pouvoit donner une autre tournure à
sa Critique sans lui rien dérober de
sa force.

Ne nous amusons pas aux termes,
poursuivit Eudoxe, & voyons s'il y
a réellement de la platitude dans
l'endroit critiqué. Jupiter dit à Vénus : *Tu verras la puissante Calicut
tomber sous tes loix, & l'un de tes
Guerriers invincibles faire dans Co-
chin des actions si glorieuses, que la
lyre des Poëtes n'en célebra jamais
de pareilles.* *

J'avouerai que ce tour d'expression
est *assez commun* ; mais un *discours*
commun & un *discours plat,* sont
deux choses bien differentes, nous
avons mille & mille phrases rebat-
tuës qui n'en sont pas moins belles
& moins sonores en elles-mêmes ;
on dit tous les jours : *Cet homme est*

* Lus. Trad. Ch. 11. p. 105.

le plus vaillant Guerrier de l'Univers. Loüis XIV. est plus grand qu'Aléxandre & que César: Combien de fois n'a-t-on pas dit : *Baiser une main qu'on déteste ; baiser la main qui nous frappe ?* Cependant tous ces traits-là peuvent entrer dans l'Ouvrage le plus pompeux. Racine a-t-il mérité le reproche de platitude , en disant dans une de ses meilleures Tragédies ?

Pensez vous que ma haine en soit moins violente

Pour voir baiser par-tout la main qui me tourmente ?*.

Y a-t-il rien de plus trivial que ces paroles d'Hippolite ?

Le jour n'est pas plus pur que le fonds de mon cœur. †

On ne s'est pourtant jamais avisé de les critiquer ; & pourquoi ? C'est qu'une expression ne sçauroit être justement accusée de platitude, lorsqu'elle n'offre ni des termes bas , ni des idées méprisables, quand même elle seroit sans cesse dans la bouche du petit Peuple.

* Alex. Act. IV. Sc. II.
† Phed. Act. IV. Sc. II.

Maintenant je vous demande
quels termes bas vous trouvez dans
la phrafe en queftion ; ils me paroiffent tous affez nobles ; & pour
l'idée , tant s'en faut qu'elle foit
méprifable , elle eft au contraire
très-grande & très-majeftueufe.

J'approuve beaucoup votre fentiment , interrompit Gelafe , l'expreffion de Philomufe n'a rien de
plat ; outre **la nobleffe des termes
& la grandeur de l'idée** , on y voit
briller deux figures très-belles , qui
font la *Métonymie & l'Hyperbole* ;
l'une prend *la Lyre des Poëtes* pour
les Poëtes mêmes , & l'autre éleve
les victoires des Portugais *au-deffus
de tout ce que les Héros des tems
paffés ont fait de plus mémorable.*
Quelle ombre de baffeffe apper-
çoit-on là-dedans ?

Ne feroit-ce pas, dit Philinte, que
l'Hyperbole eft trop outrée ? Non ,
reprit Eudoxe , tous les jours nous
en employons de pareilles dans nos
converfations familieres & dans
nos Ouvrages : Nous difons *qu'une
femme eft la plus belle du monde ,
qu'Helene & Vénus avoient moins
d'appas , & qu'un cheval court plus*

vîte que le vent ; ces manieres de parler ne nous révoltent point ; un long usage les a consacrées dans presque toutes les Langues : D'ailleurs vous remarquerez que le Camoëns fait prononcer cette Hyperbole par Jupiter. Elle gagne du poids dans la bouche d'une Divinité. Qu'un simple Soldat nous assure que M. Turenne étoit le plus sage des Généraux, dont l'Histoire ait jamais célebré la valeur & la prudence, nous en douterons peut-être ; mais qu'un grand Condé nous le dise, l'exagération deviendra respectable, & prendra les couleurs de la vérité.

l'Hyperbole s'accrédite dans une bouche respectable.

Ainsi de quelque côté que l'on se tourne, on aura de la peine à montrer que l'expression du Traducteur soit plate : encore un coup elle n'est que commune ; mais ce n'étoit pas une raison pour ne la point employer ; le Camoëns s'en sert, & lorsqu'on peut sans tomber dans aucune bassesse rendre son Auteur mot pour mot, c'est toujours le mieux.

Philinte lut tout de suite dans le Pour & Contre les six autres pas-

fages tirés du Camoëns. Eudoxe
jugea qu'il n'étoit pas néceffaire de
les juftifier, puifque le Cenfeur fe
contente de les rapporter fans déclarer quels font les défauts qu'il y
trouve. *

On ne s'arrêta point non plus à

* Si M. l'Abbé Prevôt s'étoit expliqué fur ces
paffages, s'il avoit marqué qu'il les trouve *obfcurs*,
plats, *froids*, ou *peu Françols*, on auroit tâché de
les défendre, ou bien l'on auroit avoüé de bonne
foi la Juftefle de fa Critique ; mais il ne dit point fa
penfée. Comment faire ? Ira-t-on prouver qu'une
expreffion n'eft pas plate, pendant qu'il l'accufe
peut-être d'un autre défaut ? Cela s'appelleroit fe
battre contre un Phantôme, & mal ménager le
loifir du Lecteur.

Au refte il paroît que le Cenfeur occupé fans
doute à des études plus importantes, n'a pas donné
une entiere attention à quelques-uns des paffages dont
il s'agit; par exemple dans le quatriéme Chant de
la Lufiade, Nun-Alvate qui étoit un Guerrier fameux, voit que plufieurs Grands du Portugal aban-
donnent les intérêts de leur Roi & de leur Patrie ;
là deffus il dit en plein Confeil : *Si l'honneur ne*
vous touche plus, fi rien ne peut calmer vos vaines
allarmes, fuyez, puifqu'une crainte fervile vous lie
les mains : j'y confens. Ce que vous n'ofez faire, je
l'entreprendrai moi feul, moi feul avec mes Vaffaux
& avec ce fer vengeur [en prononçant ces paroles il
tire fon épée du fourreau ;] moi feul je défendrai cette
Terre, & fignalant pour elle une fidélité qu'elle n'au-
ra pas trouvée chez vous autres, je l'affranchirai des
perils qui la menacent, vous n'en ferez que les té-
moins ; on peut vaincre fans vous, &c.

M. l'Abbé Prevôt blâme cette maniere de parler,
chez vous autres; il y a cependant de l'emphafe &
de la grandeur à dire, *vous autres*, en pareille occafion ; ces deux mots peignent énergiquement le caractere de Nun-Alvate, fa fierté, fon humeur im-

répondre sur ce qui concerne les Divinités de la Lusiade; on en avoit assez parlé le jour précédent, & l'on crut qu'il n'en falloit pas davantage pour lever tous les doutes.

Pour l'endroit où le Censeur prétend *que le jugement ne sçauroit s'accommoder des notes de Philomuse, parce qu'on y trouve des Dissertations sur la Fable, sur l'Histoire, sur les mœurs des Peuples & sur la Physique, des Vers Grecs & Latins traduits en Vers François, tout cela sans beaucoup de nécessité;* les Académiciens remarquerent que le métier de Commentateur est par lui-même fort sec & fort rebutant, & qu'on doit tâcher de l'égayer le plus qu'il est possible.

Philomuse nous a expliqué, dit Eudoxe, tous les endroits où la Lusiade avoit besoin d'explication; il nous en a fait observer les beautés, quand il prévoyoit qu'on pourroit les passer un peu trop legerement; je crois qu'à cet égard il a rempli son

pétueuse, & son mépris pour des personnes respectables par leur naissance, mais déshonorées par leur foiblesse. Plût au Ciel que toute la Traduction du Camoëns fût aussi forte que cet endroit-là.

devoir de Commentateur. S'il a
pouffé quelquefois les chofes plus
loin, s'il a mêlé dans fes notes divers traits qui ne paroiffent point
liés infëparablement avec le fujet du Poëme, on doit regarder cela
comme des digreffions dans l'Hiftoire.

Le Traducteur s'eft perfuadé,
continua Eudoxe, que fes notes
ne feroient pas abfolument inutiles, s'il faififfoit l'occafion pour
éclaircir differens points de la Fable & de la Théologie Payenne;
effectivement j'ai vû des perfonnes qui m'ont avoué qu'elles a-
voient trouvé de quoi profiter dans
cette lecture.

Vous allez vous moquer d'une
idée qui me vient dans la téte, ajouta Gelafe, mais n'importe; il faut
que je vous la dife; je comparerois
volontiers les Commentaires avec
les jardins potagers; on y doit trou- Commentai-
ver les fruits & les légumes néecf- tes comparés
faires pour les befoins de la vie; din. avec un jar-
mais cela n'empéche point qu'on
n'y mette des fleurs & d'autres plan-
tes que la nature n'aura pas deftinées aux mémes ufages.

Votre pensée me paroît fort judicieuse, repliqua Eudoxe ; en effet, les Commentaires font un terrein libre, ou bien, si vous l'aimez mieux, un bâtiment irrégulier, plein de détours & de pieces hors d'œuvre ; on s'y égare quelquefois avec plaisir, c'est du moins l'idée qu'en avoient Isaac Tzetzès & Eustathe de Thessalonique, deux hommes inimitables que Philomuse s'est proposés pour modeles dans ses notes : * Leurs Ouvrages font tous les jours l'admiration des Sçavans, quoique l'on y voye autant & plus d'écarts qu'on ne peut en reprocher au Traducteur du Camoëns.

Idées de plusieurs grands Hommes fur la nature des Commentaires.

Philinte continua fa lecture, & parvint à l'endroit où M. l'Abbé Prevôt dit *qu'il croit avoir remarqué qu'il y a peut-être un peu trop de diffusion dans les Vers du Traducteur de la Lusiade.*

Paroles du Tout & Contre.

Vous sçavez, reprit Eudoxe, que Philomuse a mis dans son Commentaire des Vers Grecs, Latins,

Réponse.

---

* Euftathe a fait un Commentaire fur Homere, & Isaac Tzetzès un fur la Caffandre de Lycophron, l'un & l'autre font fort eftimés. Jean Tzetzès frere du dernier a fait auffi des Scholies fur Héfiode.

Portugais, Espagnols & Italiens, & qu'il les a traduits en Vers François pour contenter les personnes qui n'entendoient pas ces Langues-là; j'avoüe que dans quelques endroits il n'a point attrapé le Laconisme de ses Originaux; mais le Censeur n'ignore pas sans doute jusqu'où va l'assujettissement de la rime dans notre Poësie; cette nécessité de rimer nous fait souvent passer les bornes de la Traduction; on se trouve obligé d'allonger le fil, & de donner dans la paraphrase malgré qu'on en ait. Un exemple tiré de Philomuse même nous le prouvera. Il cite ce Vers d'Ovide:

Esclavage de la rime.

Munera, crede mihi, placant hominesque
    Deosque.

Pour le rendre dans toute sa précision, il auroit dû dire en Prose: *Croyez-moi, les présens appaisent les hommes & les Dieux.* Mais je ne sçaurois m'imaginer qu'aucun connoisseur lui fasse un crime d'avoir dit en Vers:

Croyez-moi, les présens ont une étrange
    force;

Ils font toujours victorieux,

Ils calment le courroux des hommes & des
Dieux ;

Rien ne peut éluder leur féduifante amorce.*

D'ailleurs il pourroit arriver qu'u-
ne penfée exprimée très-laconique-
ment dans une Langue étrangere,
ne fe developperoit pas dans la nôtre, fi l'on n'en donnoit qu'une
Traduction concife & littérale ; témoins ces trois Vers de Lopès de
Véga rapportés par Philomufe.

Como mirar, puede fer

El fol al amaneeer,

Y quando fe enciende, nò.

Notre Ami auroit pu dire fans
doute:

Quand le foleil fe leve, on peut le contem-
pler ;

Mais non, lorfque fes feux commencent à
brûler.

Rien n'eft plus littéral & plus fidèle que cette Traduction ; je crois
pourtant que Philomufe n'a pas eu

* Luf. Trad. T. III. p. 77.

tort

tort de se mettre un peu plus au large, & qu'il a bien fait de s'exprimer ainsi :

Au point où le soleil commence sa carriere,
　On soutient ses rayons naissans ;
Mais lorsque vers midi l'éclat de sa lumiere
Semble de mille feux embraser l'hémisphere,
Il brave les regards des yeux les plus per-
　çans. *

　Cela met l'idée de l'Auteur Espagnol dans un bien plus grand
jour.
　Au reste, ajouta Gelase, nous
pourrions montrer que dans les notes de Philomuse il y a beaucoup
de Vers, qui n'ont pas moins de
précision que leurs Originaux. Epar-
gnons-nous ce soin-là, reprit Eudoxe, & contentons-nous d'avoir
prouvé que s'il paroît quelquefois
diffus dans sa Poësie, c'est tantôt
l'esclavage de la rime qui l'y contraint, & tantôt la nécessité de
bien expliquer les pensées des Auteurs. Tous ceux qui nous ont don-

* Ibid p. 75.
Tome II.　　　　　　　K

né des Traductions en Vers, font dans le même cas.

Les trois Amis terminerent leur Conférence par cette réflexion, & Gelase lut le Livre suivant de Don Palmerin.

LES AVANTURES
DE
DON PALMERIN
ET
DE THAMIRE.

LIVRE SEPTIE'ME.

LORSQUE Don Palmerin se vit entraîné dans Grenade par le torrent des Infidéles qui suyoient devant les Troupes Françoises, il jugea qu'il étoit perdu, ou que du moins s'il évitoit la mort, il n'éviteroit pas la prison ; cependant comme il observa que l'on ne prenoit point garde à lui, & que le tumulte & l'obscurité qui regnoient dans la Ville, empéchoient les Habitans de le reconnoître ; il crut devoir pousser sa fortune jusqu'au bout sans se découvrir.

Ainsi pendant que les Maures sa-

tigués du combat se retiroient dans
leurs maisons pour se reposer &
pour panser leurs blessures, il se
glissa sous des arcades où il faisoit
si sombre, qu'on ne pouvoit y distinguer les objets. Là il se ressou-
vint de Férondal, & souhaita beaucoup de le joindre avant le retour
du soleil ; mais il n'osoit se flater
d'un si grand bonheur. Enfin pénétré d'inquiétude, & ne sçachant
à quoi se déterminer, il entra dans
une ruë qui lui paroissoit peu fréquentée, ensuite dans une autre,
& marcha long-tems sans tenir de
route certaine.

Ayant erré de la sorte pendant
près de deux heures, il arriva dans
une grande ruë, où il rencontra
une vieille femme qui portoit une
lumiere, & il la pria de lui enseigner la maison de Férondal. Mon
fils, lui dit-elle, il faut que vous
soyez bien nouveau dans Grenade pour ignorer où demeure le Seigneur Férondal, car il est connu de
toute la Ville. Don Palmerin lui
repliqua qu'il étoit venu dernicre-
ment d'Affrique avec les Troupes
du Roi Manzor : Hé bien, reprit

la Vieille, je vais vous conduire ; Férondal loge près d'ici, nous n'aurons pas beaucoup de chemin à faire.

Don Palmerin suivit cette bonne femme en loüant le Ciel qui lui avoit procuré une rencontre si favorable ; mais à peine eurent-ils fait cent pas, qu'ils entendirent un grand bruit de Cavalerie : Mon fils, dit alors la Vieille, c'est la Ronde qui vient, je ne veux point qu'elle nous trouve ensemble, on me meneroit devant le Lieutenant de Police ; car il ne nous est pas permis d'aller la nuit dans les ruës avec des hommes, à moins que ce ne soient nos époux ou nos parens ; mais tenez, ajouta - t - elle en lui montrant une belle maison dont la porte étoit ouverte, voilà le Palais du Seigneur Férondal, entrez-y ; pour moi je me retire. Don Palmerin la remercia, & lui mit dans la main deux pieces d'or, qu'elle reçut sans se faire prier.

Ensuite pour éviter la Ronde qui approchoit, Don Palmerin se jetta promptement dans la maison de Férondal, & s'arrêta dans la cour sous un péristyle obscur, où il demeura quelques instans à chercher un prétexte pour se faire annoncer sans donner des soupçons aux domestiques du logis ; son esprit ne lui suggeroit aucun moyen qui ne souffrît de grandes difficultés. Pendant qu'il flotoit dans cette cruelle incertitude, il observa qu'il étoit auprès d'une porte, dont les fentes lui laissoient voir des rayons de lumiere qui partoient d'une salle basse, où il entendit un homme qui soupiroit, & qui disoit d'un ton douloureux : Impitoyable fortune, je t'obéirai, je combattrai le fier Orcan, je perdrai ma chere Olinde ; mais ce ne sera qu'en perdant la vie.

Don Palmerin commença pour lors à respirer, parce qu'il crut reconnoître la voix de Férondal ; il heurta doucement, & la personne dont il venoit d'entendre les plaintes, lui cria sans ouvrir : Qui êtes-vous, & pourquoi frappez-vous à cette porte ? Je souhaiterois vous parler, répondit l'Espagnol, laissez-moi entrer sans bruit, vous ne serez pas fâché de me voir.

On ouvrit la porte, le Prince
entra, & voyant que c'étoit Férondal qui s'offroit à ses yeux, il
ôta son casque en disant : Mon
cher Ami, reconnoissez Don Palmerin, qui vient chercher un azile
chez vous : Juste Ciel, repartit le
jeune Maure, vous dans Grenade,
vous, Seigneur !

Parlons bas, interrompit Don
Palmerin en l'embrassant, vous
avez des domestiques, leur indiscretion pourroit nous perdre tous
deux : En même-tems il lui raconta son avanture, & Férondal lui
répondit : Seigneur, je vous vois
à regret dans cette Ville, votre
personne y court un grand danger ;
daignez croire cependant qu'il n'en
est point que je refuse de partager
avec vous ; je vous cacherai dans
ma maison, & je périrai mille fois
plutôt que de vous laisser tomber
entre les mains de vos ennemis ;
les obligations dont je vous suis redevable, me dictent mon devoir.

Je ne doute nullement de votre
générosité, réprit Don Palmerin,
& je m'y abandonne, pourvû qu'en
vous intéressant à mon sort, vous

K iiij

n'expofiez ni votre vie ni votre fortune ; ma fureté me coûteroit
trop cher, s'il falloit que je l'a-
chetaffe aux dépens d'un Ami tel
que vous.

Alors Don Palmerin s'interrompit lui-même pour demander à Férondal quelle étoit la caufe du trouble dont il paroiffoit pénétré ; j'ai
entendu vos plaintes, ajouta-t-il,
elles m'ont fait comprendre que
vous devez vous battre avec Orcan, expliquez-moi, je vous prie,
le fujet de votre difpute. Hélas,
répondit Férondal, vous voyez le
plus infortuné de tous les hommes,
une mort cruelle eft le moindre
malheur qui puiffe m'arriver dans
l'affreufe fituation où je me trouve ; j'aime, & je fuis fur le point
de perdre non-feulement le jour,
mais encore ma Maitreffe, dont le
plus cruel de mes ennemis deviendra paifible poffeffeur.

Jufte Ciel, s'écria Don Palmerin, que m'annoncez-vous, mon
cher Férondal ! La fortune qui fe
plaît à me perfécuter, ne m'auroit-elle amené dans cette Ville
que pour être fpectateur de votre

mort? Vous me faites trembler, éclaircissez-moi, je vous supplie, & voyons s'il n'est point de remede au malheur qui vous menace.

Attendez un moment, reprit Férondal, je fais réflexion que quelques-uns de mes domestiques pourroient nous écouter, & j'y vais mettre ordre. Là-dessus il alla chercher son Ecuyer, qui s'appelloit Nogel, & qui étoit un homme d'une fidélité à toute épreuve.

Comme Don Palmerin étoit accablé de lassitude, & qu'il ne respiroit qu'à peine sous le poids de ses armes, Nogel les lui ôta, & les serra dans un cabinet. Ensuite Férondal le chargea de faire sentinelle à la porte, d'en écarter tous les serviteurs, & principalement de ne point dire qu'il y eût un étranger dans la maison.

Lorsque Férondal eut achevé de prendre toutes les précautions qu'il croyoit nécessaires, il s'assit auprès de Don Palmerin, lui raconta l'origine de sa querelle avec Orcan, & l'instruisit de la façon dont le Roi Albazar vouloit que leur different fût vidé.

K v

Vous voyez bien, Seigneur, ajouta-t-il, que ma mort est inévitable ; Albazar qui cherche à ménager le sang de son Peuple, n'a permis le Combat à Orcan & à Thamon contre moi, que dans l'espérance que je ne trouverois personne d'assez téméraire pour me seconder dans une entreprise si périlleuse, & que je me déterminerois à ceder la belle Olinde plutôt que de me livrer aux horreurs d'un trépas certain en affrontant sans secours deux Rivaux, dont le premier tout seul fait trembler les plus vaillans Guerriers de Grenade.

Telle étoit la pensée d'Albazar ; mais Albazar s'est trompé, le soin de mon honneur, ma passion pour Olinde, ma haine pour Orcan ne me laissent point écouter cette prudence timide, qui veille sans cesse au salut de nos jours, & j'entrerois seul dans la carriere, si l'un de mes Cousins nommé Zégri ne m'avoit obligé à le recevoir pour second : Il est généreux, il a du courage, & j'ose dire que j'ai moi-même acquis quelque réputation dans le métier des armes ; cependant nous ne nous aveuglons ni l'un ni l'autre, & nous fentons bien que nous ne pourrons jamais tenir tête au redoutable Orcan ; mille & mille expériences fameufes nous ont prouvé que la victoire le fuit partout, & que rien ne peut réfifter à fes forces, qui font accompagnées d'une intrépidité prefque furnaturelle ; ainfi nous fommes affurez de périr par fa main ; mais en périffant, nous fauverons la gloire de notre famille, qui feroit marquée d'une tache honteufe, fi nous n'avions pas le cœur de nous préfenter au combat ; c'eft demain qu'il doit fe faire, & c'eft demain que je compte d'y trouver la mort.

Votre préfence, Seigneur, continua Férondal en ferrant la main de fon Ami, rend ma fituation encore plus cruelle ; il m'eft dur de vous laiffer au milieu des dangers qui vous environnent ; mais j'ai des parens qui béniffent tous les jours la mémoire de vos illuftres Ancêtres, & qui n'ont pas oublié les faveurs que les Rois de votre fang ont répanduës fur les Zégris ; je leur confierai votre arrivée dans

K vj

Grenade , & vous pouvez être persuadé qu'ils vous serviront fidele-
ment.

Don Palmerin écouta tout le
discours de Férondal sans l'inter-
rompre ; ensuite prenant la parole
après un moment de réflexion : Je
ne doute pas , dit-il , de votre valeur , ni de celle de votre Cousin ;
mais je souhaiterois que vous reçus-
siez une preuve de mon amitié ,
& que vous m'en donnassiez une
de votre confiance , qui seroit de
me laisser paroître demain à la place de Zégri contre vos adversai-
res. Moi , Seigneur , s'écria Férondal , que je vous expose ! . . . .

Daignez m'entendre , interrompit Don Palmerin, on a la visiere
baissée dans ces sortes de combats,
& l'on peut y demeurer inconnu ;
prêtez-moi vos armes , & prenez
pour vous celles de Zégri , vous
ferez tête à Thamon , j'aurai soin
d'occuper Orcan ; la nature m'a
donné quelques forces , & j'ai vû
dans plusieurs occasions que le sang
suivoit mes coups ; ma main n'aura plus sa vigueur ordinaire , ou
cet Orcan si terrible tombera com-

nie Taxilan à mes pieds ; j'ose vous en répondre, Olinde n'est pas encore à lui.

Férondal fut enfin obligé de se rendre aux persécutions de Don Palmerin ; par bonheur ils étoient tous deux de la même taille que Zégri ; tellement que l'échange des personnes & des armes pouvoit se faire entr'eux sans aucune difficulté.

Don Palmerin & Férondal furent à peine d'accord, que Nogel vint leur annoncer Zégri, qui parut un instant après. Férondal l'embrassa, & lui demanda comment alloit son courage. Si les forces répondoient au courage, dit Zégri, vous pourriez être sûr de la victoire. En parlant de la sorte, il observoit Don Palmerin, il admiroit en lui cet air majestueux qui gagnoit tous les cœurs, & supposant que c'étoit un Cavalier de Grenade, il s'étonnoit de ne le pas connoître. Là - dessus son Cousin ajouta en souriant: Ce brave Etranger cherche des armes pour un combat qu'il doit soutenir ; il veut que je lui prête les miennes, me

le conseillez-vous ? Je crois, repliqua Zégri, qu'il mérite non-seulement que nous lui prêtions nos armes , mais encore que nous le se-
courions de nos personnes, s'il en a
besoin ; cependant vous sçavez que
votre partie est faite , & qu'elle ne
peut pas se différer ; Thamon &
Orcan nous attendent demain dans
la lice. C'est aussi demain que j'y
dois paroître, interrompit l'Espagnol. En ce cas , dit Zégri , je ne
vois aucun moyen de concilier vos
intéréts avec les nôtres.

Alors Férondal tira son Cousin
d'inquiétude , en lui developpant
tout le mystere , & en lui faisant
part de la résolution qu'il venoit
de prendre avec Don Palmerin.
Zégri fut pénétré de joye à l'aspect
de ce fameux Guerrier , dont le
nom seul épouvantoit les Maures :
Qu'il m'est doux, lui dit-il, Seigneur, de vous trouver dans la
maison de Férondal , plutôt que
de vous rencontrer l'épée à la main
dans les champs de Mars ! Le Ciel
nous protége ouvertement , puisqu'il nous accorde votre secours !
Mon Cousin recevra vos faveurs ,

& j'en partagerai la reconnoiffance
avec lui ; il auroit perdu la vie & la
victoire en fe fervant de moi ; mais
en vous fuivant il triomphera , ou
pour mieux m'exprimer , il profite-
ra de votre triomphe. Don Palmerin rendit politeffe pour politeffe ;
enfuite l'entretien roula fur les
précautions dont on devoit ufer
dans une conjoncture fi délicate.
Les trois Amis fouperent enfemble : après le fouper, Zégri fe retira ; Don Palmerin paffa la nuit
dans le cabinet où l'on avoit ferré
fes armes, Férondal en prit la clef,
Nogel redoubla fon attention pour
écarter les domeftiques.

Cette même nuit l'aimable Olinde qui caufoit la querelle de Férondal & d'Orcan , s'abandonnoit aux
pleurs dans la tour où elle étoit en-
fermée par l'ordre du Roi de Grenade ; on l'avoit inftruite du combat qui devoit fe faire le lendemain , elle en fçavoit les condi-
tions , elle en craignoit l'événe-
ment : Je fuis née malheureufe ,
difoit-elle en s'entretenant avec fa
Geoliere , qui étoit une vieille femme nommée Orlandine ; j'ai vécu

jufqu'à préfent dans des difgraces
continuelles, & le jour qui va bien-
tôt nous éclairer, fera fans doute
mon dernier jour ; car telle eft la
rigueur de mon deftin, qu'il me
fera mille fois plus doux de mourir que d'être la proïe d'un ennemi de ma Religion : Que Férondal
& Orcan fe battent tant qu'ils le
voudront pour difpofer de moi ! Le
vainqueur me perdra auffi-bien que
le vaincu: Peut-être me réfoudrois-
je à vivre, fi la fortune me faifoit
tomber entre les mains de Férondal ; il a de la générofité, il n'employeroit pas la violence pour
triompher de ma foibleffe ; mais de
quel efpoir puis-je me flater dans la
fituation où je me trouve? Orcan fera le maître, & Orcan ne me ména-
gera point : Oh mon Dieu, continua-t-elle en redoublant fes larmes, grand Dieu, qui m'avez retirée de l'erreur, vous dont le bras
fçait humilier les cœurs fuperbes,
& protéger l'innocence, daignez
me fecourir, c'eft vous feul que
j'implore, vous pouvez feul me
fauver la vie, & préferver ma vertu des dangers qui la menacent !

Orlandine qui avoit de l'affection pour Olinde, tâchoit de la
consoler, mais elle n'y réussissoit
pas : Ma bonne mere, disoit Olinde, n'esperez pas d'adoucir ma
douleur, elle est trop juste, elle est
trop forte pour se dissiper ; mais
puisque vous en avez compassion,
ne pourriez-vous point me donner
quelqu'autre secours que des paroles ? Prêtez-moi un habit d'homme, & faites-moi passer cette nuit
dans le Camp des Chrétiens. Ah
Madame, répondit Orlandine, **y**
pensez-vous ? Je me perdrois avec
mon mari & toute ma famille, si
je vous laissois échapper ! Hé bien,
reprit Olinde, accompagnez-moi
les uns & les autres dans ma fuite ;
je vous promets de vous faire un
sort dont vous serez contens, quelqu'ambitieux que vous puissiez
être. Non, repliqua la Geoliere,
c'est une chose impossible ; quand
je le voudrois, mon époux n'y
consentiroit pas, & supposé qu'il
fût assez imprudent pour y donner
les mains, les Soldats qui gardent
la tour, nous arrêteroient ; d'ailleurs croyez-vous qu'on sorte si facilement d'une Ville assiégée ?

Hélas, dit Olinde en soupirant,
quand je vous ai fait cette propofition, je ne me flatois point que
vous l'accepreriez ; mais que voulez-vous ? C'eft la coutume des
malheureux de s'évaporer en projets & en difcours inutiles : Puifque vous ne pouvez pas me mettre
hors d'ici , tâchez du moins de faire
paffer dans le Camp des Efpagnols une Lettre que je vous don-
nerai , c'eft un fervice que je n'oublierai jamais , & dès à préfent je
vous en témoignerai ma reconnoiffance : Alors elle tira un beau dia-
mant de fon doigt , & l'offrit à Orlandine. Cette bonne femme é-
blouie d'une fi grande libéralité,
lui répondit qu'elle ne demandoit
pas mieux que de la fatisfaire, mais
qu'elle n'y voyoit aucun jour, parce que pour envoyer des Lettres
aux ennemis , il falloit des moyens
& des intelligences, que des perfonnes de la lie du Peuple ne pouvoient pas avoir.

Ecoutez , reprit Olinde, Dieu
m'infpire une idée qui ne fçauroit
vous porter aucun préjudice , &
dont le fuccès me fera peut-être fa-

vorable ; cette tour est voisine des
remparts ; ainsi nous sommes tout
près du Camp des Chrétiens ; trou-
vez-moi seulement un arc & une
flèche, j'y attacherai ma Lettre,
& par ce moyen je la ferai voler
vers les Espagnols. Dieu prendra
soin de la conduire, j'ose m'en flater ; il voit mon malheur, il connoît que j'ai besoin de son secours,
& sans doute il me l'accordera.

Pour cette fois Orlandine jugea
qu'elle pouvoit contenter la belle
Esclave sans s'exposer à rien ; elle
lui dit d'écrire promptement sa Lettre, & que l'arc & la flèche ne lui
manqueroient point : En effet elle
apporta l'un & l'autre peu de tems
après, & Olinde ne fut pas moins
diligente de son côté.

Lorsqu'elles eurent mis tout en
ordre pour l'exécution de leur dessein, elles monterent sur la terras-
se de la tour vers l'heure de minuit ; Olinde contempla le Camp
des Espagnols en poussant de pro-
fonds soupirs ; ensuite levant ses
yeux vers le Ciel, & tenant d'une
main sa flèche, & de l'autre son
arc, elle prononça cette prière

avec toute la ferveur dont son infortune la rendoit capable.

Grand Dieu, daignez redoubler mes forces & mon adresse ; faites que ce trait ne trouve point d'obstacle en traversant les airs, que les vents respectent sa course, qu'il soit le fidéle Messager des mes ennuis & de ma douleur : sa pointe n'est pas alterée de sang ; la main qui va le lancer, ne cherche la mort de personne; souffrez qu'il tombe dans quelqu'endroit qui me soit favorable, & qu'au lieu d'y porter le trépas, il n'y porte que des nouvelles utiles pour votre gloire & pour mon honneur.

Lorsqu'elle eut achevé, elle observa un Quartier du Camp, où il y avoit beaucoup de tentes pressées les unes contre les autres ; ce fut vers cet endroit qu'elle décocha sa fléche. Comme elle s'étoit façonnée dès sa premiere jeunesse à tirer de l'arc, & que d'ailleurs la distance n'étoit point demesurée, elle se flata que son coup pourroit n'être pas perdu. Orlandine la ramena dans sa chambre, où elle passa le reste de la nuit en s'abandonnant aux inquiétudes les plus cruelles. Sa situation étoit douloureuse, & ses frayeurs extrêmes, un foible rayon d'espoir ne suffisoit pas pour la rassurer.

Le jour qu'elle craignoit, parut enfin au gré des désirs du fier Orcan, on vint la tirer de sa prison, & l'ayant conduite dans la place où ses Amans devoient signaler leur force & leur adresse, on la fit monter sur un échaffaut qui étoit couvert d'un tapis de velours; il y avoit plusieurs siéges, dont l'un étoit destiné pour elle, & les autres pour les Juges du combat; le Roi Albazar & un grand nombre de Dames & de Cavaliers occupoient les fenêtres du Palais, celles des maisons d'alentour n'étoient pas moins remplies; une foule prodigieuse de peuple environnoit le champ de bataille.

Orcan & Thamon entrerent les premiers dans la lice, tous deux montés avantageusement, & portant tous deux dans la fierté de leur démarche un présage de la victoire dont ils se croyoient assurés: ils rendirent d'abord leurs respects au Roi en inclinant leurs têtes devant lui jusqu'à l'arçon de la selle, ensuite ils allerent se poster dans la place qui leur fut marquée par les Juges. Comme les deux autres Cavaliers ne paroissoient point, on s'imaginoit déja qu'ils avoient changé de résolution, & qu'ils aimoient mieux ceder Olinde que de s'exposer au danger d'un combat trop fatal. Le Roi qui souhaitoit que la querelle se terminât doucement, commençoit à s'en flater ; mais son esperance dura peu, Don Palmerin & Férondal arriverent.

Don Palmerin portoit les armes de Férondal, & Férondal celles de Zégri, selon qu'ils en étoient convenus la nuit précédente. Lorsqu'ils eurent salué le Roi, les trompettes sonnerent pour donner le signal du combat. Olinde avoit un voile qui lui couvroit le visage, & qui cachoit aux yeux des spectateurs les larmes qu'elle répandoit, & le trouble dont elle étoit agitée : La présence d'Orcan lui causoit une frayeur terrible, elle ne voyoit pour sa gloire aucun refuge que la mort.

Maléon qui étoit l'Ecuyer de Zégri, suivoit Férondal qui paſſoit pour Zégri même. Nogel portoit la lance de Don Palmerin, comme s'il eût porté celle de ſon Maître ; cependant il ne s'y trompoit pas , on l'avoit inſtruit de tout, parce qu'on étoit ſûr de ſa fidélité.

Au ſon des trompettes , les quatre Champions qui s'étoient poſtés vis-à-vis l'un de l'autre , prennent leurs lances des mains de leurs Ecuyers ; ils partent , ils volent , la foudre eſt moins impétueuſe.

Thamon & Férondal ſe rencontrent , & briſent mutuellement leurs lances ſur leurs boucliers ; tous les deux ſont ébranlés par la force du coup qu'ils reçoivent , ils chancelent , mais ils ne tombent pas.

La fortune entre les deux autres Combattans ne tient pas le même équilibre, Orcan eſt renverſé, il pouſſe un cri de rage , il s'étonne de ſa chute, & ne peut qu'à peine la croire. Tous les ſpectateurs n'en ſont pas moins ſurpris que lui ; on s'imaginoit que le coup venoit de Férondal , & l'on ne s'y feroit jamais attendu.

Pendant que le Maure se debat sous son cheval, Don Palmerin saute à terre, & fond sur lui l'épée à la main. C'étoit fait de la vie d'Orcan si le Roi & ses Juges d'armes n'eussent crié au Vainqueur de s'arréter.

Don Palmerin obéit, on déclara qu'Orcan étoit vaincu, & qu'il n'avoit plus aucun droit sur Olinde : En même-tems on la fit descendre de l'échaffaut, & l'on la remit entre les mains du faux Férondal.

Le Roi s'étoit déja retiré de la fenêtre pour ne point chagriner les Abencerrages, en honorant de sa présence le triomphe de leur ennemi ; on releva Orcan qui blasphémoit, & qui maudissoit son sort, & pendant que ses parens le reconduisoient à sa maison, Don Palmerin & Férondal emmenerent Olinde : Elle tenoit toujours son voile baissé, parce qu'elle avoit honte de paroître devant le Peuple, qui la regardoit comme une proïe abandonnée au Vainqueur.

Lorsque Férondal fut rentré dans sa maison, il chargea Nogel d'avoir
soin

foin d'Olinde , & courut s'enfer-
mer avec Don Palmerin dans une
chambre où Zégri les attendoit.
Maléon vouloit les fuivre pour les
défarmer ; mais comme fa fidelité
leur paroiffoit douteufe , ils prirent un prétexte pour l'envoyer dehors.

Cependant ils ne purent fi bien
faire que cet homme ne les foup-
çonnât de quelqu'artifice ; il avoit
déja remarqué que quoiqu'ils fuffent de la même grandeur que fon
Maître , il s'en falloit un peu qu'ils
n'euffent autant d'embonpoint ;
d'ailleurs il avoit obfervé une difference affez confidérable dans
leur ton de voix. Enfin il voyoit
qu'on fe défioit de lui , & que l'on
affectoit de l'éloigner par des com-
miffions frivoles ; tout cela piquoit
fa curiofité , il tâcha de s'éclaircir,
& n'y réuffit que trop bien.

Zégri fut charmé de revoir Don
Palmerin & Férondal , il les félicita de leur victoire , & les embraffa
tendrement. On l'inftruifit des particularités du combat , afin qu'il
pût en parler fi l'occafion s'en pré-
fentoit. Un inftant après il fortit

pour aller se montrer dans la Ville. Les deux autres Guerriers se désarmerent. Férondal courut chercher la belle Olinde, Don Palmerin resta seul.

Olinde étoit dans une chambre voisine, où Nogel l'avoit menée; elle avoit le cœur serré de tristesse, elle pleuroit, & n'ayant plus rien à craindre d'Orcan, elle craignoit tout de Férondal; il parut, & s'étant assis auprès d'elle: Madame, lui dit-il, vous pensez sans doute que je serai pour vous un maître impérieux, dissipez vos frayeurs, vous n'êtes point esclave ici, c'est moi qui suis le vôtre; mon Rival auroit abusé de la victoire, je n'en ferai pas de même, vous me trouverez constant dans mon respect & dans mon amour, & si mes soins ne peuvent vous fléchir, j'en mourrai, mais j'en mourrai sans vous donner aucun lieu de plainte contre moi: Charmante Olinde, seriez-vous assez cruelle pour causer le trépas d'un homme qui n'adore que vous, qui voudroit acheter votre bonheur aux dépens de ses jours, & qui refuseroit le sien, s'il vous en coûtoit un moment d'inquiétude ? Hé quoi ! vous ne me répondez pas ! Ah que ne puis-je vous exprimes les maux que j'ai soufferts depuis notre séparation, vous en auriez pitié ! Tournez du moins vers moi ces beaux yeux, qui sont les Souverains de mon cœur ! Faut-il, ô Ciel, que tant d'inhumanité soit unie avec tant d'appas ?

Vers la fin de son discours, Férondal s'étoit jetté aux pieds d'Olinde ; comme il l'aimoit passionément, il ne put achever sans répandre des pleurs ; elle en fut touchée. Levez-vous, Seigneur, lui dit-elle, l'état où vous descendez, ne convient ni à ma fortune ni à la vôtre ; c'est à moi d'embrasser vos genoux ; plût au Ciel que vous pussiez lire dans le fonds de mon ame ! Vous y verriez une douleur inveterée, mille chagrins nouveaux, mille inquiétudes qui exciteroient votre compassion ; mais vous n'y verriez point cette inhumanité dont vous m'accusez à tort ; tous mes vœux ont été pour vous contre Orcan, j'estime vos vertus, je vous plains, n'exigez rien davantage, mon honneur & ma Religion m'imposent des Loix que j'observerai jusqu'au dernier soupir, vous êtes Maure, je suis Chrétienne, & d'ailleurs......

Ah, Madame, interrompit Férondal, si je n'ai que cet obstacle à vaincre, mon sort sera trop heureux ; je me ferai Chrétien ; il y a long-tems que j'en ai formé la résolution, & pour vous plaire, je me hâterai de l'accomplir. Seigneur, reprit Olinde, ce n'est pas tout, une difficulté insurmontable s'oppose à vos vœux ; mon cœur & ma foi ne sont plus en ma puissance, j'ai donné l'un & l'autre. Infortuné que je suis, repliqua Férondal, une mort prompte est l'unique espoir qui me reste !

N'ayant plus la force de se soutenir, il se jetta sur un canapé, d'où il apperçut Don Palmerin qui entr'ouvroit la porte de la chambre voisine, & qui avançoit sa tête pour voir si Olinde & Férondal étoient seuls,& s'il pouvoit entrer librement. Il n'avoit rien perdu de leur conversation, la tristesse du Cavalier Maure le touchoit jusqu'au fonds du cœur ; son

idée étoit de se joindre avec lui
pour persuader la belle Captive,
& il s'y préparoit d'autant plus volontiers, qu'il venoit d'entendre
que Férondal vouloit se faire Chrétien.

Venez, Seigneur, poursuivit Férondal, en voyant paroître le Prince, venez à mon secours, vous
m'avez fait triompher d'Orcan,
daignez m'aider à désarmer cette
cruelle. Olinde rabbaissa promptement son voile sur son visage.
Don Palmerin entra, & lui dit:
Est-il possible, Madame, que vous
veuillez causer le malheur d'un
Amant si tendre & si genereux?

Olinde tressaillit au son de voix
qui frappoit son oreille, elle tourna ses yeux vers Don Palmerin,
& dès qu'elle l'eut regardé un moment, elle s'ecria: Grand Dieu,
que vois-je! Qu'entends-je! Où
suis-je!

Puisque vous êtes Chrétienne,
continua Don Palmerin, & que
Férondal vous promet d'embrasser
votre Religion, vous devez vous
prêter à ses vûes, la gloire du
Dieu que vous adorez vous le com-

mande, & vous ne sçauriez vous y
refuser sans crime. D'ailleurs Férondal en s'unissant avec vous, peut
vous mettre dans un état qui n'est
pas à mépriser, & c'est le seul
moyen que vous ayez pour sortir
d'esclavage. Au surplus s'il court
risque de perdre sa fortune dans
Grenade en renonçant aux erreurs
de Mahomet, il ne manque pas d'a-
mis à la Cour de Castille, & j'ose
vous assurer qu'on le dédomma-
gera si bien que vous aurez lieu d'en
être contente.

Seigneur, répondit Olinde en
levant son voile, si vous me con-
seillez de donner mon cœur & ma
main à Ferondal, je vous obéirai.
Alors Férondal prit la parole sans
remarquer que Don Palmerin
changeoit de visage : C'est à vous,
cher Prince, de prononcer l'arrêt
de ma vie ou de mon trépas. Mais
qu'aurois-je à craindre, ou plutôt
que ne dois-je pas espérer ? L'illustre amitié dont vous m'avez
donné tant de preuves, va décider de mon sort, & je ne puis
qu'être heureux.

Don Palmerin l'interrompit d'u-

ne voix foible , en répétant plufieurs fois le nom de Thamire,
fans rien ajouter davantage. Férondal qui le vit dans un accablement
mortel , lui dit : Qu'avez-vous
donc , Seigneur ? quel trouble fou-
dain s'empare de vos fens ?

Au lieu de répondre , Don Palmerin jette un regard trifte & languiſſant vers le Ciel. C'eſt Thamire qui s'offre à fes yeux fous le nom
d'Olinde ; il revoit fa Maitreſſe ,
mais il la revoit entre les mains
d'un Rival , & ce Rival eſt pour
lui l'objet d'une amitié , qui n'a ni
moins de force, ni moins de vivacité que l'amour : Il s'embarraſſe
dans mille reflexions funeſtes , fon
cœur entraîné par des mouvemens
contraires , panche tantôt vers Férondal , & tantôt vers Thamire:
l'un l'appelle , l'autre le retient , &
de quelque côté qu'il fe tourne , il
ne rencontre que des peines af-
freufes. Enfin , comme la grandeur
fut toujours fa paſſion dominante ,
il prend le parti qu'il croit le plus
noble , l'amitié triomphe ; mais
l'amour n'expire pas.

Dans cette difpofition , Don Pal-

merin s'adreffe à Thamire, & faifant taire l'homme pour laiffer parler le Héros : Madame, dit-il, telle eft la rigueur de mon fort, que
je vous perds en vous retrouvant,
acceptez les offres de Férondal, je
vous en prie, je vous le confeille,
il fe fera Chrétien, votre Religion
n'aura rien à vous reprocher, &
vous étes libre à mon égard, puifque je meurs.

Ses yeux & fa bouche fe fermerent, il tomboit, fon Ami n'eut
que le tems de le recevoir dans fes
bras. Thamire accourut ; & l'ayant
pris dans les fiens : Cher Palmerin,
difoit-elle avec un torrent de larmes, tu me quittes, & tu meurs :
Ah, je mourrai donc auffi pour ne
te pas quitter ! Grand Dieu, quel
accueil pour ma tendreffe !

L'étonnement de Férondal ne
pourroit s'exprimer, tout ce qu'il
voyoit, tout ce qu'il entendoit, lui
paroiffoit un fonge : Madame, dit-
il à Thamire, voici des énigmes
où je me perds, daignez me les
expliquer, je vous en conjure : Seriez-vous cette Thamire dont nos
Affricains nous ont conté des cho-

ses presqu'incroyables ? Hé, Seigneur, repliqua-t-elle avec vivacité, Don Palmerin touche peut-être à son dernier moment, tâchons de lui donner du secours. Au nom de Dieu, Madame, reprit Férondal, n'élevez point la voix ; si l'on sçavoit que Don Palmerin est dans ma maison, il y courroit un grand danger : Ne craignez point au reste les suites de son évanouissement, j'y vais apporter du remede. Hé bien, Seigneur, continua Thamire, livrez-vous à votre générosité ; pour moi je m'y abandonne toute entiere. Oui, je suis l'Amante de Don Palmerin, je suis son épouse, nous nous étions sauvés ensemble du Royaume de Maroc, lorsque vos gens m'enleverent dans un Hermitage où il m'avoit laissée pour quelques heures.

Pendant que Thamire exprimoit ainsi ses sentimens & sa tendresse, Férondal faisoit respirer à Don Palmerin une liqueur qui lui rendit bien-tôt l'usage de la parole. Chere Thamire, cher Férondal, dit-il en soupirant, pourquoi me rappellez-vous à la vie ?

L v

Vivez , Seigneur , interrompit
Férondal , vivez & recevez de ma
main cette charmante personne ;
j'aimois Olinde , je respecte Thamire , elle est digne de vous , &
vous d'elle : A Dieu ne plaise que je
rompe des nœuds si beaux ! Vous
avez voulu me la céder , parce que
sans doute vous craigniez mon trépas , si je perdois un trésor pour
lequel je témoignois tant de passion. En effet , je me serois déterminé à mourir , plutôt que de l'a-
bandonner aux caprices d'Orcan ;
mais vous avez d'autres droits sur
elle & sur mon cœur. Ainsi lorsque je la remets entre vos mains ,
ne croyez pas que je fasse un effort
qui me soit douloureux , ma flamme ne me tyrannise plus , je goûte
une douceur infinie à m'acquitter
de mon devoir , & à vous montrer
que j'ai pour vous un attachement
qui ne s'étonne d'aucune épreuve.

Une grace que j'ai à vous demander , continua-t-il en souriant,
c'est d'oublier la peine que je vous
ai causée par l'enlevement de Thamire ; j'ignorois les liens qui vous
unissoient avec elle ; nous courions

la Mer Orean , Thamon & moi ,
& par malheur pour vous nous
trouvâmes l'occasion de faire une
si belle capture.

. L'enlevement de Thamire fut un
crime de la fortune , répondit Don
Palmerin; mais l'action que vous
faites aujourd'hui , vous couvre
d'une gloire qui n'appartient qu'à
vous seul ; vous êtes le plus genereux de tous les hommes , j'ai une
Maitresse adorable , j'ai un Ami
tendre & fidéle , rien ne manque
à mon bonheur ; ou s'il me reste
encore quelque chose à desirer ,
c'est de passer mes jours avec l'un
& l'autre.

A ces mots , ne pouvant plus mo-
derer sa joye , il embrasse Thamire , il lui donne tous les noms
que l'amour invente dans ses transf-
ports les plus doux , il demeure
long-tems colé sur ce beau visage ; enfin Thamire s'éloigne un
peu , & lui dit en rougissant : Vous
m'aimez , cher Palmerin , & cependant vous vouliez me ceder aux
vœux d'un autre. Oui , Madame ,
repliqua-t-il , mais en même-tems
je me condamnois à la mort ; vous

auriez vû que je ne puis vivre fans vous.

Thamire ne s'attendoit point à retrouver Don Palmerin dans Grenade, elle en témoigna de l'étonnement, & fon étonnement degenera bien-tôt en inquiétude lorfqu'on l'eut informée de tout. Elle ne fe flatoit d'aucune fureté parmi les Maures, elle craignoit d'être obligée de retourner à Maroc, & c'étoit pour éviter ce malheur qu'elle avoit pris le nom d'Olinde.

Férondal tâcha de la raffurer, en lui promettant qu'il la mettroit hors de la Ville avec Don Palmerin, auffi-tôt que la nuit feroit venue. La chofe paroiffoit aifée, Férondal commandoit dans le Quartier de l'Alhambre, * le Camp des Efpagnols ne s'étendoit pas de ce côté-là, & les Maures y montoient la garde avec négligence; ils alloient fouvent chercher de l'eau d'une fontaine qui étoit dans la campagne affez près de la porte; on s'étonnoit peu de voir fortir & rentrer du monde; c'étoit la coutume.

† Un des quatre Quartiers de Grenade orné de Palais magnifiques.

Tout cela ne fuffifoit point pour tranquillifer Thamire ; elle apprehendoit que le fecret du combat ne vînt à tranfpirer ; elle difoit que fur le fimple foupçon qu'un Etranger fût entré dans la lice, le Roi feroit des recherches dans le Palais de Férondal, qu'on trouveroit infailliblement Don Palmerin, & qu'il feroit arrêté.

Madame, lui répondit Férondal, nous fçaurons bien-tôt les nouvelles de la Ville & de la Cour, Zégri s'en informe prefentement, je vais tâcher de le joindre, il eft à propos que je paroiffe : Soyez perfuadée que le Seigneur Don Palmerin ne tombera point entre les mains d'Albazar ; j'ai un fouterrain dans ma maifon, il n'eft connu que de moi, de Zégri & de Nogel mon Ecuyer, qui m'a donné dès ma plus tendre jeuneffe mille preuves d'une fidélité inviolable. Si je découvre que l'on ait quelque foupçon du ftratagéme qui nous a fait remporter la victoire fur Orcan, nous cacherons le Prince dans cet azile ; on ne le trouvera point, j'ofe vous le protefter. Je foutien-

drai toujours au Roi que j'ai combattu mon Rival, & que Zégri m'a
servi de second, la tempête se dissi-
pera, j'acheverai mon ouvrage.

Hélas! reprit Thamire, je suis
accoûtumée aux trahisons de la
fortune; ne vous étonnez pas si je
ne goûte qu'avec peine les douceurs
de l'esperance. Férondal sortit, les
deux Amans resterent seuls; mais
Zégri arriva bien-tôt: il venoit de
rencontrer son Cousin qui lui avoit
dit de quelle maniere Don Palmerin & Thamire s'étoient reconnus,
il leur fit son compliment, & témoigna qu'il prenoit beaucoup de
part à leur bonheur.

Pendant que toutes ces choses s'é-
toient passées dans la maison de
Férondal, Maléon le perfide Ecuyer
de Zégri, avoit écouté aux portes
de l'appartement, & quoiqu'on
eût pris soin de parler bas, il n'a-
voit pas laissé d'entendre des voix
& des discours qui l'instruisirent de
la vérité qu'on lui cachoit: comme il servoit d'espion aux Abencerrages, il courut chez Orcan
pour lui communiquer ses décou-
vertes.

Orcan s'étoit retiré dans son cabinet, il se livroit au desespoir le plus cruel, il brisoit tout ce qu'il trouvoit sous ses mains furieuses, il se frappoit lui-même, sa rage n'avoit point de bornes. Quel opprobre, s'écrioit-il de tems en tems ! comment vivrai-je désormais ! Férondal m'a terrassé ! Quoi Férondal, un ennemi si foible ! Ah Ciel, fais tomber ta foudre sur moi, précipite-moi dans les enfers ; c'est toute la consolation que je te demande.

Maléon entra, & lui dit : Seigneur, je viens vous annoncer des nouvelles qui calmeront peut-être votre chagrin : Olinde n'est pas encore perdue pour vous, on vous a trompé, ce n'est point votre Rival qui vous a combattu.

Ah ! je me l'imaginois bien, interrompit Orcan, que Férondal n'étoit pas homme à me vaincre : Dépêche, explique-toi, cher Maléon.

L'Ecuyer repliqua qu'il croyoit que c'étoit Don Palmerin qui avoit paru dans la lice contre Orcan, & qu'il sçavoit que Zegri ne s'y étoit point montré ; tout de suite il expofa les differentes preuves qu'il avoit raffemblées pour autorifer fon rapport. Mais, dit Orcan, fi c'eft Don Palmerin qui a joué le rôle de Férondal dans cette occafion , comment l'a-t-on fait entrer dans la Ville ?

C'eft un myftere que je ne fçaurois vous développer , Seigneur, reprit Maléon , j'ai perdu la meilleure partie des difcours qu'on tenoit dans l'appartement de Férondal , & le peu que j'en ai recueilli , ne venoit jufqu'à mon oreille que quand on hauffoit la voix. J'ai diftingué celle d'Olinde , j'en ai entendu une autre que je ne connois pas ; Férondal y répondoit, le nom de Don Palmerin voloit de part & d'autre. Mon Maître étoit forti, on m'écartoit avec une défiance marquée , on éloignoit tous les domeftiques de la maifon , excepté Nogel : jugez maintenant fi mes conjectures font raifonnables.

N'en doutons plus , ajouta Orcan, Don Palmerin eft l'auteur de ma défaite : Don Palmerin eft dans Grenade , mes Rivaux ont imploré son secours, adieu Maléon, je vais me venger, je vais déclarer au Roi que Férondal & Zégri le trahissent. Ils appellent les ennemis dans la Place ; ils porteront leur tête sur un échaffaut, & je n'aurai pas long-tems la douleur de les voir triompher de ma chute.

Une joye cruelle éclatoit dans ses yeux ; il sort, il court au Palais, & Maléon après lui. Férondal qui se promenoit dans la Ville, les voit tous les deux s'arrêter de tems en tems, s'entretenir & continuer le chemin ; cette liaison lui donne de l'ombrage, il les suit sans qu'ils l'apperçoivent.

Au détour d'une rue, il rencontre un enfant d'environ douze ans, & lui ayant fait quelques libéralités : Vois-tu, lui dit-il, ces deux hommes qui marchent devant nous ? Qui ! le Seigneur Orcan & cet autre habillé de vert ? Eux-mêmes : tâche de t'en approcher, tu les écouteras, & tu viendras me raconter ce que tu auras entendu : mais sur-tout souviens-toi qu'il ne faut leur donner aucun soupçon, car ils te chasseroient ;

va je te récompenferai bien.

L'enfant qui ne manquoit pas
d'efprit , executa la commiffion en
badinant. Férondal fuivoit toujours
de loin ; il apperçut bien-tôt que
Maléon s'en revenoit. Leur chemin
les conduifoit l'un vers l'autre, & ils
fe rencontrerent face à face. L'E-
cuyer pâlit & rougit prefqu'en mé-
me tems , fes yeux ne purent foutenir l'afpect de Férondal. Tel eft le
fort des perfides, leur trouble les accufe , la trahifon fe cache en vain
dans leurs cœurs ; elle vient fouvent
fe dénoncer fur leurs vifages.

Lorfque Maléon eut paffé , l'enfant rejoignit Férondal , & lui tint
ce difcours : Seigneur , j'ai bien
entendu des chofes , mais je n'y
comprends rien. D'abord l'habillé de vert difoit : Si vous parlez de moi , Zégri & Férondal me
perdront. Je ne fçaurois m'empêcher, répondoit Orcan , de donner au Roi quelques preuves de leur
crime , & je n'ai que ton témoignage; fois fûr que je te protegerai : Hé,
Seigneur , repliquoit l'autre , ils
trouveront les moyens de me faire
périr , plutôt que vous n'aurez fon-

gé à me défendre. Là-dessus Orcan
lui a dit : Ecoute, va-t-en dans ma
maison, tu y demeureras jusqu'à
ce qu'on te vienne chercher de la
part du Roi, & tu n'en sortiras que
bien accompagné de mes Parens
& de mes Domestiques ; nous pren-
drons après cela des mesures pour
te mettre en sureté.

Voilà tout, continua l'enfant, ils
se sont séparés ; je m'en suis revenu.
Etes-vous satisfait, Seigneur ? Beaucoup, mon cher, dit Férondal ; en
même-tems il lui donna une piece
d'or, & s'en retourna pénétré de
chagrin & d'inquiétude.

Il trouva Thamire, Don Palmerin & Zégri dans son cabinet, &
leur annonça les fâcheuses nouvelles qu'il venoit d'apprendre. Tous
trois en furent épouvantés, principalement Thamire, qui s'imaginoit déja voir Don Palmerin sur un
échaffaut ; d'ailleurs elle craignoit
de tomber entre les mains d'Orcan, cette seule idée lui paroissoit
plus terrible que la mort.

Don Palmerin qui ne voyoit que
des visages consternés, & qui n'é-
toit pas lui-même exempt de trou-

ble, tira des forces de son malheur : Le danger presse, dit-il à
Férondal, ne perdons point les
momens en plaintes infructueuses,
que faut-il faire ?

Notre premier soin, reprit Férondal, doit être d'envoyer Madame hors de Grenade ; n'atten-
dons pas pour cela le coucher du
soleil. Quant à vous, Seigneur, je
ne sçaurois vous faire sortir de jour,
l'entreprise seroit trop périlleuse,
plusieurs des Affricains qui sont dans
la Ville vous connoissent, & si vous
vous présentiez tout armé aux portes de l'Alhambre, vous donneriez
du soupçon ; car elles ne s'ouvrent
que pour ceux qui vont se promener, ou chercher de l'eau à la fontaine voisine.

Madame peut s'habiller en Page,
nous la menerons dehors Nogel &
moi, & nous lui montrerons la
route qu'elle doit prendre pour se
jetter dans le Camp des Chrétiens.

Pour ne point perdre de tems,
Zégri appella Nogel, & lui or-
donna d'apporter un habit de Page.
La chose fut bien-tôt faite ; mais
Thamire ne pouvoit se résoudre à

s'en aller sans Don Palmerin. Tranquillisez-vous , Madame , lui dit-il , je vous en conjure , vous êtes entre les mains de gens qui vous aiment , laissez-nous le soin de gouverner les affaires pour votre sureté aussi-bien que pour la nôtre. Si vous restez dans ces lieux , on viendra vous enlever , vous serez peut-être livrée au cruel Orcan , ou du moins l'on vous remettra en prison , & pour lors nous n'aurons plus aucun espoir de vous tirer d'esclavage ; mais si nous vous sçavons une fois hors de péril , nous agirons pour nous-mêmes avec plus de confiance , & les expédiens ne nous manqueront pas , je me cacherai dans le souterrain , & si nous passons heureusement la journée , j'irai vous joindre cette nuit.

Et s'il arrive qu'on vienne visiter votre maison de la part du Roi , interrompit Thamire en s'adressant à Féróndal ? Je vous assure , Madame , dit celui-ci , que quelque perquisition qu'on fasse , on ne découvrira jamais l'azile du Seigneur Don Palmerin ; peut-être serai-je arrêté; mon Cousin & mes autres Parens

prendront les armes, notre Faction
eſt nombreuſe & compoſée des
plus vaillans Guerriers de Grenade. Quand ils auront Don Palmerin à leur tête, rien ne leur ſera
difficile, on pourra forcer ma priſon, & s'emparer des portes de
l'Alhambre, nous nous ſauverons
tous dans le Camp des Eſpagnols,
ou bien nous les introduirons dans
la Place.

Notre Faction, ajouta Zégri,
n'eſt pas contente d'Albazar, parce
qu'il donne toute ſa faveur aux
Abencerrages ; le peuple les déteſte
à cauſe de leur orgueil, & nous
trouverons les deux tiers de la Ville
pour nous dans cette conjoncture.
Voilà de grandes entrepriſes, dit
Thamire, je ſouhaite que Dieu les
faſſe proſperer : Vous voulez que je
m'en aille, mon cher Palmerin,
j'exécute vos ordres ; mais je trem-
ble en me ſouvenant de ce qu'il
m'en a coûté pour m'être ſéparée
une fois d'avec vous.

Elle paſſa dans une autre chambre, où elle ſe traveſtit, pendant
que Don Palmerin écrivoit une
Lettre dont il vouloit la charger.

Tout fut bien-tôt prêt pour le départ de Thamire, Don Palmerin lui donna la Lettre, & lui dit : C'eft pour la Ducheffe d'Ampure, je la prie d'avoir foin de vous jufqu'à mon retour, elle m'honore de fon amitié, j'efpere que vous en recevrez des preuves; au refte je ne l'inftruis point du fecret de votre déguifement, vous vous découvrirez fi vous le jugez à propos : Partez, belle Thamire, & foyez perfuadée que mon cœur va voler fur vos pas.

Je vous laiffe, lui répondit-elle en l'embraffant, je vous laiffe ! Elle ne put achever de s'exprimer que par des pleurs; & peu s'en falloit que fon Amant ne pleurât auffi; cependant il diffimula fon chagrin pour ne la pas décourager. Férondal & Nogel les féparerent, Thamire fortit avec eux, Zégri s'en alla un moment après pour mettre ordre aux affaires du dehors.

Le Prince ne demeura pas longtems feul, Nogel qui revint le trouver, lui annonça que Thamire étoit heureufement fortie de la Ville, qu'elle avoit pris le chemin du

Camp, & qu'elle y arriveroit bien-
tôt. Il ajouta que Férondal étoit allé
au Palais, parce que le Roi venoit
de l'envoyer chercher ; que c'étoit
sans doute pour l'interroger sur le
crime prétendu dont il étoit accusé
par Orcan & par Maléon ; qu'il y
avoit lieu d'appréhender qu'on ne
vînt à l'instant même faire une visite chez lui, pour voir si Don Palmerin n'y étoit pas, & qu'ainsi
la prudence vouloit qu'il se retirât
sans différer dans le souterrain.

Don Palmerin accepta la proposition. Nogel le mena dans une sal-
le pavée de marbre noir & blanc,
il dérangea un bureau qui étoit auprès du mur, & dans la place que le
bureau couvroit, il leva une pierre qui paroissoit bien jointe avec
les autres, & qui n'avoit aucune
différence marquée.

L'embouchure du souterrain étoit
sous cette pierre, on y voyoit un
escalier qui s'enfonçoit dans la mu-
raille, & qui descendoit dans un
caveau spacieux : Seigneur, dit
Nogel au Prince, voilà votre azile, demeurez-y tranquillement &
ne vous impatientez point ; je vais
tâcher

tâcher de joindre mon Maître, ou Zégri, ou quelqu'autre Chef de leur Faction, & quand le tems sera favorable, on viendra vous chercher. Don Palmerin entra muni d'un flambeau, & portant avec lui ses armes, que Nogel ne voulut pas laisser dans la maison, parce qu'elles auroient pû donner quelqu'indice contre Férondal.

Pendant que Don Palmerin descendoit, l'Ecuyer remit la pierre & le bureau à leurs places; ensuite il se retira.

Lorsque Don Palmerin fut dans le Caveau, il en observa la structure, qui véritablement étoit singuliere & digne d'attention. C'étoit une espece de salle ornée d'un triple rang de colonnes qui en soutenoient la voûte; on y voyoit un groupe décoré de deux Statuës de marbre, dont l'une représentoit une femme, & l'autre un homme qui la poignardoit. Sur le piéd'estal on lisoit ces paroles Latines : *Sceleris monumenta nefandi : Monument d'un crime affreux :* Et l'on avoit gravé celles-ci plus bas en Arabe :

Tome II.   M

O toi qui viens dans ce ténébreux séjour où le soleil n'a jamais pénétré, regarde cette beauté mourante, & donne des pleurs à sa mémoire. Elle se nommoit Fatime, c'étoit l'épouse de Thrasimon, Chef des Zégris sous le règne de Mahomet Bulbar: Méladin, Chef des Abencerrages, devint amoureux d'elle, & ne pouvant la réduire au point qu'il desiroit, l'inhumain lui plongea un poignard dans le cœur. L'AN DE L'EGIRE LXII.

Sur un autre groupe s'élevoient deux Statuës qui représentoient Méladin & Thrasimon. Thrasimon étoit debout, il tenoit dans sa main droite un cœur d'or, qui renfermoit celui de son épouse ; son bras gauche s'étendoit vers un bucher, dont les flammes consumoient Méladin. Celui-ci paroissoit faire des contorsions horribles qui exprimoient sa douleur & sa rage ; c'étoit du marbre, mais on eût dit que le marbre souffroit, & qu'il étoit animé.

On avoit mis l'Inscription suivante sur le pié-d'estal : *Justi monumenta furoris* : *Monument d'une juste fureur.* Et plus bas en Langue Arabe : J'ai sçu entraîner l'infâme *Méladin* dans cette retraite sombre, je l'ai fait brûler tout vif ; plût au Ciel que le *Barbare* pût renaître mille fois pour endurer mille fois le même tourment ! Il est mort, ma chere *Epouse* n'est pas assez vengée. *O vous Zégris, qui viendrez après moi, soyez les héritiers de ma haine, ne vous réconciliez jamais avec les Abencerrages, persécutez-les en tous lieux, & qu'ils trouvent sans cesse en vous de nouveaux Thrasimons : Vous le devez aux manes de Fatime, & je vous en conjure par son cœur que j'offre à vos regards.* L'AN DE L'EGIRE LXIII.

A quelques pas de cet épouvantable Monument , on voyoit le Tombeau de Thrasimon & de Fatime. Don Palmerin s'amusa peu à considerer toutes ces choses qui éternisoient la haine des Zégris contre les Abencerrages : son cœur servoit de proïe aux plus cruelles inquiétudes, il trembloit pour Thamire , il craignoit pour Férondal & pour lui-même , les momens lui duroient des siécles. L'impatience le prit bien-tôt , il laissa son flambeau dans le fouterrain, & monta doucement l'efcalier qui conduifoit à la falle fupérieure.

Lorfqu'il fut près de l'embouchure, il s'arrêta pour prêter l'oreille ; plufieurs voix confufes qu'il entendoit, lui firent juger qu'on vifitoit la maifon ; on marchoit, on couroit de côtés & d'autres ; enfin le bruit ceffa. Don Palmerin peu fatisfait du fuccès de fa curiofité, redefcendit dans le caveau, & n'ofant fe rien promettre du fecours des hommes, il fupplia Dieu de ne le pas abandonner dans cette efpece de fépulture.

Fin du feptiéme Livre.

Lorfque Gelafe eut achevé fa lecture, les Académiciens s'en retournerent. Après le dîner ils firent enfemble un partie de péche qui les amufa beaucoup : Vers la fin du jour ils furent fort étonnés de voir Philomufe qui arrivoit d'Italie. On s'embraffa, on fe témoigna mutuellement de la joye, & cette joye étoit fincere de part & d'autre, elle venoit d'un fonds d'amitié vérita-

ble que le tems ni l'absence ne sçauroient diminuer.

Philomuse avoit des affaires dans
la Province où ses trois Amis s'é-
toient retirés ; ce fut un grand plaisir pour lui de pouvoir passer quelques jours avec eux dans une solitude si agréable. Le soir en sou-
pant ils s'entretinrent des curiosités
d'Italie ; la conversation tomba
bien-tôt après sur les Gens de Lettres : Philomuse dit pour lors à Eudoxe: Je vous avois prié de me marquer votre sentiment sur les deux
Critiques que l'on a faites contre
ma Traduction de la Lusiade ; je ne
les avois pas encore vûës, mais à
present je les connois. Nous les
connoissons aussi , ajouta Gélase ,
& nous avons déja pris le soin de te
justifier.

Comme Philomuse n'entendoit
pas trop bien ce qu'on vouloit lui
dire par-là , ses Amis le mirent au
fait en peu de mots , & lui déclare-
rent la résolution qu'ils avoient for-
mée de publier leurs Conférences.
Il les remercia de l'intérêt qu'ils
prenoient à son Livre: Nous n'y en
avons pris , ajouta Eudoxe, qu'au-

tant que nous l'avons pú fans bleſſer la vérité.

En m'en revenant , pourſuivit Philomuſe, j'ai paſſe par Final , * & je m'y ſuis arrêté quelques jours, parce que l'air y eſt fort bon. On y vendoit l'équipage d'un Officier François qui étoit mort depuis peu ; c'étoit fans doute un homme qui aimoit la lecture, car il avoit quantité de Livres , entr'autres divers Ouvrages de M. l'Abbé Prevôt & de l'Auteur des Obſervations ſur les Ecrits des Modernes ; je les ai achetés pour m'amuſer pendant le cours d'une navigation où je prévoyois beaucoup d'ennui ; effectivement j'ai eu lieu de me louer de mon emplette , le Cleveland & les Mémoires d'un Homme de Qualité m'ont fait un vrai plaiſir, quoique je les euſſe déja lus.

A l'égard des Critiques que ces Meſſieurs ont publiées contre ma Traduction du Camoëns , elles ont eu pour moi les graces de la nouveauté , je les ai luës dans la diſpoſition de m'inſtruire , & non pas dans celle d'y répondre ; cepen-

* Petite Ville ſur la riviere de Cenes.

dant j'ai trouvé, qu'elles n'étoient pas abſolument hors d'atteinte ; mon oiſiveté, ou bien ſi vous l'aimez mieux , une tentation d'Auteur m'a fait prendre le parti de la repreſaille.

Qu'entendez-vous par vos repréſailles, demanda Philinte ? Je veux dire, continua Philomuſe, que j'ai fait à mon tour quelques Obſervations ſur differens Ouvrages des deux Cenſeurs, non pas à deſſein de les décrier ; mais ſeulement pour leur montrer qu'ils ne ſont point irrépréhenſibles. On doit l'être pourtant, lorſqu'on ſe donne l'autorité de décider & de critiquer ſur tout : c'eſt l'idée de Cicéron adoptée par M. l'Abbé de Saint-Réal. * Nous verrons cela demain, dit Eudoxe, allons maintenant nous repoſer.

---

* Carere debet omni vitio , qui in alterum eſt dicere paratus. *Cic. in Sall.*

Fin de la huitiéme Conference.

ENTRETIENS
LITTERAIRES
ET
GALANS.

NEUVIE'ME CONFE'RENCE.

Les Represailles.

 OMME Philomuse étoit un peu fatigué de son voyage, ses Amis lui laisserent tout le tems de se reposer ; enfin il leur montra les réflexions qu'il avoit faites sur les Ecrits des deux Censeurs. Ce fut dans le Jardin d'Eudoxe qu'on tint l'Assemblée.

Hier, dit Philomuse, je vous ai déclaré l'une des raisons qui m'ont fait entreprendre l'Ouvrage que je vais vous lire , j'ajouterai aujourd'hui que je m'en ferois épargné la peine , fi l'Auteur des Obfervations étoit le feul qui m'eût attaqué. Cette bordée de termes öffenfans qu'il lâche contre moi , ne me pique en nulle maniere ; il y a long-tems que les injures ne fignifient rien dans fa bouche ; on l'a vu diftiler fon venin fur les la Mottes , fur les Fontenelles , & fur tous les Illuftres de notre Parnaffe François , qui n'ont pas daigné lui répondre : Croirai-je après cela que fon humeur noire puiffe porter coup ? Hélas ! un éloge de fa part me paroîtroit cent fois plus dangereux.

Laffé de répandre fa bile

Sur mille Ecrivains floriffans,

Un jour le pétulant Zoïle

Pour un Auteur commun prodiguoit fon encens.

Cet Auteur lui cria : Quand ta bouche me flate,

L'honneur m'oblige à te defavouer ;

Contre Homere ta rage éclate ,

Tu déchires Platon , tu flétris Ifocrate ,

M v

Effectivement, dit Gélase, Zoïle jouoit à cet honnête homme un fort mauvais tour, & pour moi je m'en serois fâché.

Si la Satire de l'Observateur ne m'a point touché, continua Philomuse, j'avoue qu'il n'en est pas de même de quelques expressions peu ménagées que j'ai trouvées dans la Critique de M. l'Abbé Prevôt, & cet aveu ne tourne qu'à sa gloire. J'ai senti que deux ou trois termes choquans deviennent insupportables, quand ils sortent d'une bouche d'où l'on voit sortir tant de bonnes choses ; c'est ce qui m'a déterminé, non pas à lui rendre la pareille, car je l'estime trop, mais à lui montrer qu'on peut donner des avis sans s'écarter des loix de la politesse.

Au surplus en prenant la liberté de dire mes sentimens à l'Auteur du Pour & Contre, j'ai cru ne pouvoir pas me dispenser de porter quelques bottes franches à celui des Observations : il interpréteroit mon silence en sa faveur, & persistéroit à s'imaginer qu'on ne trouve rien de mauvais dans ses Ouvrages; c'est une vapeur Calotine dont il faut tâcher de le guérir.

Il me semble, dit Gelase, qu'un Livre qui parut il a quelque tems sous le titre *du faux Aristarque*, * devroit l'avoir parfaitement guéri de cette vapeur ; c'est une Critique juste & pleine de force ; on y releve les insipides plaisanteries *de Pantalon Phébus*, les platitudes & l'infidélité *de la traduction des Pseaumes*, les défauts *du Dictionnaire Néologique*, *du Roman de Don Juan*, *& des Mémoires de Madame de Barnevelt*; tous Ouvrages de l'Observateur.

J'ai lû la Critique dont vous parlez, ajouta Philomuse, l'Auteur n'a pas épuisé la matiere ; il lui auroit fallu composer un gros Volume, s'il eût entrepris de mettre au grand jour toutes les fautes dont les Ouvrages de l'Observateur sont hérissés ; le champ est vaste ; un galant homme a commencé la moisson, je la continuerai sans l'achever, & si quelqu'autre l'acheve

* Cet Ouvrage est de M. Gayot de Pitaval.

M vj

après moi, cela n'empéchera point que nos derniers Neveux n'y trouvent encore de quoi glaner.

Vous êtes un oiseau de mauvais augure, s'écria Gélase ; que vous a fait la postérité pour lui prédire qu'elle verra les Ouvrages d'un second Zoile, pendant que nous sommes assez heureux pour ne pas voir ceux du premier ? J'ai tort, reprit Philomuse en riant, je l'avoue.

Fort bien, Messieurs, interrompit Eudoxe, vous voilà montés tous les deux sur un ton qui me paroît honnêtement caustique ; j'ai grand peur, mon cher Philomuse, que vous n'ayez mis un peu trop de fiel dans vos réflexions.

Si j'étois l'aggresseur, repliqua Philomuse, ou bien si l'on m'eût attaqué poliment, je témoignerois moins de vivacité ; mais je prends ma revanche ; c'est un privilege naturel, on ne sçauroit me l'interdire, tant que mes coups ne porteront point sur les mœurs de mon Adversaire.

Hé bien, dit Eudoxe, lisez-nous donc votre Ouvrage. J'y consens, ajouta Philomuse ; le voici.

Réflexions sur quelques-uns des Ouvrages de M. l'Abbé Desfontaines.

Commençons par les fautes qui bleſſent la raiſon & le bon goût, nous examinerons enſuite celles qui ſont contre la beauté du ſtile & la pureté du langage.

L'Obſervateur déclare dans un endroit de ſes Lettres, *qu'il a une averſion naturelle pour ce qu'on appelle Proſe Poëtique , c'eſt-à-dire, pour le diſcours exceſſivement figuré, d'une harmonie affettée & enflé d'épithetes entaßées les unes ſur les autres ; genre d'écrire inconnu aux Anciens , & qui n'a regné parmi nous que peu de tems.* [*]

Quelle délicateſſe , quel goût admirable ! Il n'aime pas la Proſe poëtique ! Apprenons-lui pourtant qu'elle mérite d'être aimée quand on ſçait la placer à propos ; elle ſeroit ſans difficulté très-ridicule dans des Mémoires , mais rien n'eſt plus brillant & mieux aſſorti dans la Traduction d'un Poëme , ou bien

Dans quels Ouvrages on peut & l'on doit employer la Proſe poëtique.

[*] Lett. XL. p. 225.

dans un Ouvrage tel que le Télémaque. Malheureux l'Ecrivain qui
nous rendroit Pindare en Profe sé-
che & décharnée comme celle de
l'Obfervateur ! Ennemi de toute
élevation , & contraint par fon génie de voler fans cesse terre à terre , il ne peut fouffrir qu'on prenne l'effor d'un aigle ; il voudroit
fans doute que les Mufes ne par-
laffent que le mauvais jargon de
fes Pfeaumes, qui ne font, je l'a-
voue , que de la Profe rimée &
fort mal cadencée. Cette belle doctrine qu'il nous prêche, eft fondée
fur fon intérêt.

Il eft vrai que la Profe poëtique
telle qu'il nous la dépeint , feroit
très-défagréable ; mais tant pis pour
lui s'il s'en fait une fauffe idée.
Nous pourrions lui dire avec Boileau, qu'il reffemble *à un aveugle-né,
qui s'en iroit crier par toutes les ruës:
Meffieurs , je fçais que le foleil que
vous voyez , vous paroît fort beau ;
mais moi qui ne l'ai jamais vu , je
vous déclare qu'il eft fort laid.* †

La Profe poëtique eft tout le contraire de ce qu'il penfe ; c'eft un dif-

† VII. Réf. Critique.

cours harmonieux, fonore & coulant fans affectation, orné de figures fans excès, un peu moins que les Vers, beaucoup plus que la Profe fimple ; enfin foutenu d'épithetes, qui fans l'accabler, lui donnent de la nobleffe & de l'énergie ; voilà l'idée que s'en font faite M. de Fenelon, Madame Dacier, le fçavant Pere Sanadon & M. de Saint-Maur. Le Télémaque & les Traductions d'Homere, d'Horace & du Paradis perdu ne permettent pas d'en douter. L'Obfervateur s'eft fait une fauffe idée de la Profe poëtique.

Sur quel fondement l'Obfervateur ofe-t-il avancer que la Profe poëtique n'a régné que peu de tems parmi nous ? Elle y régne, elle y régnera tant que les Ouvrages que je viens de citer feront les délices des gens d'efprit ; & pour l'honneur de notre nation, nous devons nous flater qu'ils les feront toujours.

Il n'eft pas moins fingulier d'entendre dire à l'Obfervateur que la Profe poëtique étoit un genre inconnu aux Anciens ; ce ne fera point fa faute fi l'on ne veut pas l'en croire ; car il s'exprime avec Les Anciens ont connu la Profe poëtique, & s'en font fervi.

une sécurité merveilleuse , & l'on pourroit s'y laisser tromper ; mais par bonheur pour peu que l'on se soit familiarisé avec les Anciens , on découvre aisément qu'il ne les a jamais lus dans leurs Langues originales , & que par conséquent il n'est guère en état de bien juger sur leur style.

Oui , Monsieur , les Anciens connoissoient la Prose poëtique , & s'en servoient fort souvent. Hérodote & Platon étoient grands imitateurs d'Homere , non-seulement pour les pensées , mais aussi pour les figures & le tour de l'expression. Longin leur a rendu ce témoinage. *

Dion Cassius , Agathias , Florus & Pétrone étoient dans le même goût pour ce qui regarde la Prose : Peut-on voir , par exemple , rien de plus poëtique que ces paroles du dernier ? † *Tout le vaisseau retentit*

---

* C'est pour cela qu'il appelle l'un & l'autre Ομηρικωτάτω. *Trait. du Sub chap XI.*

† Exonat ergò cantibus totum navigium , & quia repentina tranquillitas intermiserat cursum , alius exsultantes quærebat fuscinâ pisces , alius hamis blandientibus convellebat prædam repugnantem. Ecce etiam per antennam pelagiæ consede-

de chants d'allegreſſe, & comme un calme ſoudain ſuſpendoit le cours de notre navigation, chacun ſonge à s'amuſer; l'un tâche de percer à coups de trident les poiſſons qui bondiſſent autour de nous, l'autre avec des hameçons cachés ſous une amorce flateuſe, les entraîne hors des flots malgré leur réſiſtance. Quelques oiſeaux marins s'étoient poſés ſur nos antennes, on les touche adroitement avec des roſeaux couverts de gluë, 'ils tombent dans nos mains attachés au branchage trompeur qui vient de leur lier les aîles; bien-tôt leur dépoüille legere voltige au gré d'un foible Zéphire, & les écailles jettées dans l'onde ſe mêlent avec ſon écume. *

ſant volucres, quas tectis arundinibus peritus artifex tetigit; illæ viſcat s illigatæ viminibus deferebantur ad manus, tollebat plumas aura volitantes, pinnaſque per maria inanis ſpuma torquebat.
Pet. Sat. P. 37. Edit. Franc.

* Quoique l'Obſervateur n'aime pas les notes, mettons-en une ici; prendre le contre-pied d'un homme qui s'égare, c'eſt le vrai moyen de bien faire. Remarquons donc trois choſes.

1°. J'ai traduit le mot de *fuſcina* par *trident*, faute d'avoir un autre terme plus propre & aſſez noble pour l'employer dans cet endroit; c'eſt une eſpece d'inſtrument armé de trois pointes de fer, qui ſont dentellées comme une ſcie, je l'ai entendu nommer *fourchefiere* dans pluſieurs endroits de nos Provinces, où l'on s'en ſert encore pour attraper du poiſſon.

Rien ne seroit plus facile que de montrer à l'Observateur cent autres endroits pareils dans Pétrone ; mais en voilà , je crois, autant qu'il en faut pour lui prouver que les Anciens connoissoient la Prose poëtique ; ne se corrigera-t-il jamais de décider si legerement ?

Suivons l'Observateur au hazard , nous pouvons compter qu'à l'ouverture du Livre, il nous fournira des exemples de mauvais raisonnemens : En voici un.

Le premier Gouvernement fut celui des Patriarches , qui étoient les Rois,

2°. J'ai traduit *pinna* par *écaille* ; ce terme Latin est assez équivoque ; tantôt il signifie *les grosses plumes* des oiseaux , & tantôt *les nageoires* des poissons : mais il me paroît que Pétrone le prend ici tant pour *les écailles* que pour *les nageoires* ; en un mot pour la dépouille entiere du poisson : c'est une expression figurée qui met la partie pour le tout ; en rendant *pinnas* par *plumes* , on ne formera jamais dans cet endroit un sens bien raisonnable.

3°. Ces deux dernieres phrases , *tollebat plumas* , &c. roulent encore sur une figure très-noble que les Rheteurs appellent *Synecdochen à consequentibus* ; c'est comme si l'Auteur avoit dit tout simplement , *nous plumâmes les oiseaux , & nous écaillâmes les poissons pour les manger* ; car l'équipage faisoit festin dans cette occasion. J'oubliois de marquer qu'au lieu du mot *exsultans* , qu'on voit dans les éditions ordinaires, j'ai lû *exsultantes* ; en quoi je me suis conformé au *Spicilegium* de Janus Douza.

les Prêtres & les Peres de leurs fujets; l'amour étoit le principe de la Religion de ce Gouvernement ; la crainte enfanta enfuite la Tyrannie , & la force appuyée de la fuperftition produifit la crainte.*

Lycophron de ténébreufe mémoire , s'eft-il jamais expliqué plus obfcurement ? Rien de vrai ne fe fait fentir dans tout cela, parce qu'il n'y a rien de bien developpé ; on travaille pour pénetrer l'idée de l'Auteur, & l'on découvre enfin qu'il auroit pû dire avec plus de juftefle & de netteté : *La Religion des Patriarches étoit le principe de l'amour focial qui regnoit dans leur Gouvernement , enfuite la Tyrannie enfanta la crainte , & de la crainte accompagnée d'ignorance naquit la fuperftition.*

Obfcurité impénétrable de l'Obfervateur.

Au moins voit-on clair dans cette tournure d'expreffion. Mais n'eft-il pas plaifant qu'on foit obligé de renverfer l'ordre d'une phrafe pour y trouver quelques traits de lumiere ! Donnons là-deffus un avis au Lecteur , qui fans doute en aura befoin plus d'une fois.

Moyen curieux d'entendre l'Obfervateur.

* Let. XLVII. p. 31.

Ami Lecteur, quand tu voudras comprendre

De ce rare Ecrivain les merveilleux discours,

Souviens-toi du secret qu'ici je vais t'apren-
dre,

Mets la tête à la queuë, & prends tout à re-
bours.

M. l'Abbé Pagi a dit quelque
part : *Je m'avisai de chercher l'esprit d'Athenes & de la Grece dans
les vastes Collections de Grævius &
de Gronovius.*On ne devineroit jamais l'admirable réflexion de l'Observateur sur ces paroles : *L'un de
ces deux Auteurs*, s'écrie-t-il, *a fait
la Collection des Antiquités Romaines, & l'autre celle des Antiquités
Grecques ; comment M. l'Abbé Pagi
a-t il cherché l'esprit d'Athenes & de
la Grece dans les Collections de celui
des deux qui n'a recueilli que les Antiquités Romaines ?*

Belle question ! comme *si l'esprit d'Athenes & de la Grece* ne pouvoit pas se trouver dans un Ouvrage qui ne traite point des affaires
de la Grece! Qu'entend-on ordinai-
rement par *l'esprit d'Athenes? Un esprit fin & délicat, un jugement soli-*

Fausse Cri-
tique de l'Ob-
servateur.

* Hist. de Cyr. le jeune p. 3.

de , une expreſſion noble ſans enflure ?
Toùt cela brille dans les Sermons
d'un Bourdaloüe, & dans l'Hiſtoire d'un Pere Daniel.

Certainement on voit regner l'eſprit d'Athenes & de la Grece dans
les Antiquités Judaïques de Joſeph,
& dans celles des Romains recueil-
lies par Denys d'Halicarnaſſe ; les
Eloges que Photius leur donne, ſuffiroient pour nous en convaincre ,
quand nous ne ſerions pas en état
d'en juger par nous-mêmes ; ſon témoignage aura toujours plus de
poids en pareille occaſion que les
vaines idées de l'Obſervateur.

Peut-être croira-t-il s'échapper en
nous diſant que Denys d'Halicarnaſſe & Joſeph ayant écrit en Grec
ont pu fort bien conſerver *l'eſprit
d'Athenes & de la Grece* dans
leurs Ouvrages ; mais qu'il n'en eſt
pas de même d'un homme qui fait
un Recueil d'Antiquités Romaines
en Latin.

L'eſprit d'A-
thenes & de
la Grece peut
ſe trouver
dans toutes
les Langues.

Ce ſubterfuge ne le tirera pas
d'affaire ; l'eſprit d'Athenes & de
la Grece n'eſt point inſéparable-
ment lié avec les beautés du langage Grec, c'eſt un goût fin , une

méthode judicieuse, une élévation de pensées, qu'on peut trouver dans un Discours Esclavon, tout autant que dans les Oraisons de Demosthene & d'Isocrate.

Il me vient un scrupule; peut-être que l'Observateur n'a pas jugé que ce fût une Chimere de chercher dans la Collection *des Antiquités Romaines* l'élégance & le sel Attique; peut-être s'est-il seulement imaginé qu'on ne pouvoit esperer de trouver dans cet Ouvrage aucune lumiere sur l'Histoire & les Mémoires des Grecs. En ce cas il auroit fort mal exprimé sa pensée; car les termes qu'il employe, disent toute autre chose; on ne sçauroit les entendre que comme je les ai d'abord entendus, à moins qu'on ne veuille gratuitement les charger d'une signification qui ne leur est point naturelle : Quoi qu'il en soit, s'il leur donne le sens que j'ai marqué en dernier lieu, son erreur n'en est que plus grossiere. *Les Antiquités Romaines* sont remplies de détails intéressans sur ce qui regarde les Grecs; on y voit quantité d'explications touchant leurs Prytanes,

Tom. V. & VI.

leurs Loix, leur maniere de s'habiller, leurs poids, leurs mesures,
leurs monnoyes ; enfin mille particularités qui nous developpent le
caractere de cette Nation fameuse.
En vérité la fureur de parler sans
prendre la peine de s'instruire, est
une maladie bien redoutable.

Concluons toujours que M. l'Abbé Pagi n'a pas eu tort de chercher
l'esprit d'Athenes & de la Grece
dans les Collections de Grævius &
de Gronovius ; on pourroit bien
encore s'aviser de le chercher dans
les Ouvrages de l'Observateur;mais
hélas ! qu'y trouveroit-on ? L'on
n'auroit que le désagrément de se
donner une peine inutile.

Ce'st un Pays triste & sauvage,
L'aimable urbanité, l'élégant badinage
N'y porterent jamais leurs graces & leur sel ;
On n'y voit que des champs dépouillés de
verdure,
Où le faux goût & l'injuste censure
Répandent à grands flots un déluge de fiel. *

On ne finiroit pas si l'on vouloit

* Nulla est mica salis, sed multum fellis in illis.
Cat. Parod. ex Mart.

relever toutes les fautes de jugement, toutes les marques de précipitation d'esprit, dont les Ouvrages
du Censeur sont pleins ; celui dont
il fait maintenant son capital, roule sur un plan fort mal imaginé.

Qu'est-ce en effet que le plan des
Observations sur les Ecrits des Modernes ? Voit-on paroître un Livre
nouveau ? notre diligent Censeur
nous en donne d'abord l'extrait,
& cet extrait est si diffus, qu'il suffit quelquefois pour remplir plusieurs feüilles ; ensuite viennent
deux ou trois réflexions souvent ha-
zardées, & presque toujours ar-
mées d'une causticité insupporta-
ble.

Faux plan des Observations sur les Ecrits des Modernes.

Encore un coup quel plan est-ce
là ! Donnez-nous des réflexions sages, qui nous instruisent, & tâchez
d'abreger vos extraits : Les Livres
d'où vous les tirez, sont entre les
mains de tout le monde ; malgré
votre prolixité, vous ne develop-
pez point assez les matieres pour
éclairer l'esprit d'un Lecteur ignorant; & pour les Sçavans, vous vous
étendez trop. J'avoue que dans cette méthode vous trouvez l'heureu-

Inutilité des extraits de l'Observa-teur.

se

se commodité de multiplier vos feuilles à peu de frais ; mais quel triste métier d'être perpétuellement l'écho d'autrui ! * Vous vous tairiez donc si personne ne parloit ; en ce cas craignez l'application de l'Epigramme de Martial.

* L'Observateur pousse si loin la fureur de faire des extraits, que dans son Histoire des Révolutions de Pologne, après avoir raconté plusieurs événemens, il les rappelle souvent en abrégé. On sçait que ces sortes de Récapitulations sont permises dans l'Histoire ; mais il faut pour cela que l'Auteur y joigne des réflexions morales & politiques, sans quoi ce ne sont que des redites ennuyeuses ; or quelles réflexions l'Observateur a-t-il mises dans cette longue répétition des vicissitudes qui éclaterent en Moscovie sous le Regne de Sigismond III ? Voyez l'Ouvrage Liv. V. p. 37. & 38. vous en jugerez.

Au reste puisque nous en sommes sur cet Ouvrage, nous pouvons avertir l'Auteur qu'il a parfaitement ignoré l'art des Transitions, qui sont cependant d'une nécessité indispensable pour lier les différentes parties de l'Histoire : Prouvons-lui par un exemple tiré de la sienne, que je ne l'accuse pas à faux. Dans l'endroit que j'ai cité tout-à-l'heure, sortant de parler des jeux & des caprices de la fortune en Moscovie, il passe sans aucune préparation aux Guerres de Bethlem Gabor dans la Transylvanie, la Hongrie & la Bohème d'où il prend sujet de raconter que Sigismond III. fournit à l'Empereur Ferdinand un secours de 4000. Cosaques contre Fréderic Electeur Palatin : *Membra non cohærent.* Les Lecteurs veulent être menés doucement d'un Pays à l'autre ; quand vous les y transportez d'une maniere si brusque, le voyage leur fait peine : mais finissons, il en coûteroit trop de loisir pour examiner cette Histoire, qui n'est dans le fonds qu'une Relation assez indigeste.

Tome II.   N

Quand chacun parle, alors maître Névole
Plus importun qu'onc ne fut perroquet,
Nous aſſourdit par maint dicton frivole,
Si que jamais on n'ouït tel caquet :
Parquoi jugeant que Don Phébus l'admire,
Il ſe panade & ſe croit un grand Sire :
Sire Névole, on deviendroit Docteur
A bon marché, ſoit en Vers, ſoit en Proſe,
S'il ſuffiſoit d'être Répétiteur.
Chacun ſe taît, dites nous quelque choſe. *

Avant d'abandonner les extraits
de l'Obſervateur, je ne puis m'empêcher de faire quelques remarques
ſur ſa cinquante-ſeptiéme Lettre.
C'eſt un précis du Livre d'un de nos
plus ſçavans Médecins, † au ſujet
des maladies que Rouſſeau nomme
plaiſamment *les fruits cuiſans de l'a-
moureux péché.* Un Médecin que
ſon état oblige à s'expliquer nettement ſur pareilles matieres, peut
& doit employer les termes les plus
uſités, parce qu'ils ont plus de pré-
ciſion que les autres ; mais ſous la
plume d'un Abbé qui n'a point de

* Cum clamant omnes, &c. Mart. lib. I. Epig.
LXXXIII.
† Aſtruc de Morb. ven.

miſſion pour entrer dans une carriere ſi épineuſe, ces mêmes expreſſions n'allarment-elles point la pu-
deur ? D'abord il promet de parler
ſans bleſſer la bienſéance , enſuite
oubliant ſa promeſſe , *il appelle un
chat un chat , & Rollet un fripon ;*
juſques-là qu'ennuyé de mettre en
abregé certains mots qui ne ſonne-
roient pas bien aux oreilles d'une
femme ſcrupuleuſe , il les écrit enfin tout du long ; cette variation paroît aſſez comique ; pourquoi les
ſyncoper, s'il ſe croyoit en droit
d'expoſer leur nudité au grand jour?
Pourquoi les expoſer au grand jour,
s'ils croyoit devoir les ſyncoper ?

Imprudence de l'Obſerva-teur.

L'Obſervateur couronne ſon extrait en rapportant les Statuts d'un
azile conſacré dans Avignon aux
plaiſirs, non pas de la Vénus céleſ-
te, mais de cette Vénus, qui répond
aux vœux les plus mépriſables ,
quand on fait briller l'or ſur ſes Autels. En vérité j'aurois ſupprimé
tout cela , & je me ſerois contenté
de rendre juſtice en termes généraux au Traité de l'illuſtre Médecin ; ſongeons que les Dames peuvent jetter les yeux ſur nos Ouvra-

Attention qu'on doit aux Dames dans les Li-vres de Litte-rature.

ges, il y en a qui aiment la Littérature, faisons ensorte que la Littérature ne les mette jamais dans la nécessité de rougir.

Au surplus si l'Observateur vouloit absolument profiter d'une partie des richesses de M. Astruc, il devoit du moins mitiger les expressions, jetter une gaze sur les idées, & parler à l'esprit plutôt qu'aux oreilles & aux yeux. Supposé même que notre Langue Françoise ne lui eût pas fourni des périphrases assez douces, il n'avoit qu'à débiter tous les effets verreux en Latin ; nos plus grands Avocats lui en ont donné l'exemple. En faveur de pareils ménagemens, les Dames peuvent excuser la pensée, parce qu'elles sentent qu'on a respecté leur délicatesse, & que le voile dont on a couvert des objets hideux, s'accorde avec leur modestie.

C'est bien vainement que l'Observateur dit à la fin de sa Lettre : *J'ai respecté le préjugé autant qu'il m'a été possible ; mais faut-il par un excès de ménagement & de politesse pour les oreilles, préférer l'ignorance*

Moyens de conserver la bienséance négligés par l'Observateur.

aux connoiſſances les plus utiles ? Il y
a dans tout ce verbiage preſqu'autant de fauſſes idées que de paroles.

Ne diroit-on pas à l'entendre que
la politeſſe n'eſt qu'un préjugé ? Il
l'a reſpectée autant qu'il a pû ; ſon
pouvoir ne va donc guere loin, car   Fauſſes idées
de l'Obſerva-
teur.
tout autre auroit facilement trouvé
des expreſſions plus douces, ou bien
auroit pris le parti de s'énoncer
dans une Langue morte, qui s'accommode mieux de pareils détails
que le François. *Mais il n'a pas ju-*
gé à propos de préferer l'ignorance
aux connoiſſances les plus utiles. Triſte raiſon ! Hé quoi, s'eſt-il imaginé que ſon extrait ſoit néceſſaire,
pendant que l'Ouvrage de M. Aſtruc vole de mains en mains, &
ſatisfait pleinement tous les Lecteurs curieux ? *

Pour des fautes de ſtile, l'Ob-

---

* Pour ne point pécher contre mes maximes, je
ne rapporte pas les expreſſions mal ménagées que
l'Obſervateur a miſes dans cet extrait ; mais ceux
qui voudront ſçavoir ſi je l'accuſe à tort, n'ont
qu'à prendre la peine d'examiner toute ſa Lettre,
& principalement p. 270. lig. 23. p. 277. lig. 2.
& 5. & ſuiv. p. 279. lig. 2. & ſuiv. p. 281. lig. 22.
& ſuiv. p. 282. lig. 22. & ſuiv. p 283. lig. 1. &
ſuiv. p. 286. lig. 23. &c.

servateur n'en est point avare, il nous en fournira plus que nous n'en souhaitons.

Elle fit en leur présence des sauts, des contorsions, des tons de voix extraordinaires; Let. XXXIX. p. 202.

On dit *prendre ou former un ton de voix*, mais non pas *faire un ton de voix*, à moins qu'il ne soit question de musique; & dans cet endroit il s'agit d'une femme possedée : j'aurois mieux aimé mettre, *elle poussa des cris, ou bien elle parla d'un ton extraordinaire.*

Je voudrois seulement qu'il eût abandonné son système erroné sur les Traductions qu'il soutient encore aujourd'hui dans sa Préface; Let. XLI. page 245. Quel arrangement! *Soutient-*

on les Traductions, soutient-on le système erroné? Suivant l'ordre des paroles & le génie de la Syntaxe Françoise, il semble que cela doit s'entendre des Traductions, & cependant il est certain que l'Auteur l'entend du système : Ces constructions vicieuses lui sont assez familieres. On auroit pû dire avec beaucoup plus de netteté : *Je voudrois seulement qu'à l'égard des Traductions,*

*il eût abandonné le ſyſtême erroné qu'il
ſoutient encore , &c.*

*Nous ſommes inondés d'une infinité
de Romans , & il n'y en a pas un ſeul
qui rappelle le ſtyle pur , délicat , &
ingénieux ſans affectation, de Zaïde &
de la Princeſſe de Cleves.* Ibid. p. 258.
La tournure de cette phraſe eſt bien
louche ; ne jugeroit-on pas qu'il y
a dans le monde *une affectation de
Zaïde & de la Princeſſe de Cleves ,*
tout de même qu'il y a une affectation d'opulence , de vertu , & de
beauté ? La virgule que l'Auteur
met après le mot d'*affectation* , n'y
ſert de rien ; on lit la Période ſans
s'arrêter , & les idées ſe mêlent ;
il falloit dire *qu'on ne voit plus de
Romans qui nous offrent un ſtile pur ,
délicat , & ingénieux ſans affectation,
tel qu'on le trouve dans Zaïde &
dans la Princeſſe de Cleves.*

De *ce principe découlent pluſieurs
conſéquences ;* Let. XLII. p. 268. A-
t-on jamais parlé de la ſorte ? Pourquoi ne pas employer le mot de
naître, au lieu de *découler,* qui porte
un air aſſez dégoûtant dans cet endroit.

Mais de ſeveres Critiques trouve-

N iiij

Phraſe lou-
che.

Mot impro-
pre & bas.

Expreſſion pédanteſque.

ront *le ſtile de la Préface trop fleuri &*
trop redondant ; Let. L. p. 114. Les
Critiques ne pouſſeront pas la ſé-
vérité juſqu'à l'excès, quand ils ju-
geront que le ſtile de cette remarque ſent le Collège à pleine bouche ; *redondant* n'eſt point encore
naturaliſé François ; un Ecrivain
poli diroit *trop diffus* ou *trop char-*
gé. *

Notre ſiecle a trop d'indulgence pour
ces prétendus Métaphyſiciens , qui
ſous prétexte d'obſerver la marche de
pléonaſme. *l'eſprit humain. . . . . ſe jettent dans*
des abſtractions idéales; Let. LV. pag.
226. Les abſtractions n'exiſtent que
dans l'idée , & jamais dans les choſes; ainſi dire des *abſtractions idéa-*
les , c'eſt tomber dans un pléonaſme très-vicieux & très-froid : c'eſt
comme ſi on diſoit : *Un cercle rond ,*
ou de l'écarlate rouge. En un mot
l'Auteur veut parler d'abſtractions
frivoles & chimériques , & il les
nomme *idéales* ; mais toutes les abſ-

---

* *Stylus redundans* eſt fort bien dit , & très-noble en Latin ; ſi l'Obſervateur vouloit à toute force l'employer en François, il devoit au moins ajouter : *S'il m'eſt permis d'uſer de ce terme* ; ou mettre
quelqu'autre adouciſſement ſemblable; cela ſert de
paſſeport aux expreſſions nouvelles.

tractions les plus justes sont *idéales*, aussi-bien que les plus fausses ; par conséquent l'expression est manquée.

Leur pieté est travestie en hypocrisie abominable & corporisée par grace ; Let. XIV. p. 335. *Corporisée* mériteroit un rang distingué dans le Dictionaire Néologique de l'Auteur ; au reste que veut dire une pieté ou bien une hypocrisie *corporisée par grace* ? On ne sçait ni à quoi se rapporte cette merveilleuse *corporisation*, ni quel Phénomene elle exprime :

Terme nouveau & barbare.

Phrase inintelligible.

Fier comme un Paladin monté sur l'hippogriphe ,

L'Observateur se cache au milieu des brouillards ;

On l'appelle , on lui crie en vain de toutes parts :

Expliquez-nous le sens de votre logogriphe !

Point de réponse. Amis , dit un homme de bien ,

Il faut nous consoler , car nous n'y perdons rien.

Le Roi après avoir écouté les Députés, leur répondit avec beaucoup de bonté ; mais en même-tems avec la

Expression tronquée.

N v

fermeté d'un Prince qui connoît la juste necessité de son Edit ; Lettre XXXIV. p. 210. Pour bien raisonner, on devoit dire : *Avec la fermeté d'un Prince , qui connoissant la juste necessité de son Edit , prétend le maintenir.* Car il est fort possible qu'un Prince connoisse l'équité & la nécessité de ses Loix , sans avoir la force & le courage de les faire exécuter , quand il y trouve des oppositions.

Dans les endroits mêmes où l'Observateur critique les autres , il parle François d'une façon qu'on n'excuseroit pas chez un Ecolier. *M. de Voltaire* , dit-il , Let. VIII. p. 171. *se seroit égayé bien davantage s'il avoit sçu que .... dans les Indes la Mythologie , l'Histoire Grecque & Romaine y sont connuës comme dans l'Université.* Est-ce un Allemand , est-ce un Ostrogot qui nous bégaye cette phrase? Non, c'est un François qui se croit en état de nous enseigner notre Langue: Enseignons-lui pourtant que la Particule *y* jointe avec ces mots *dans les Indes* , forme une récidive très-désagréable : Autant vaudroit dire : *Dans Paris la poli-*

teſſe y regne. Cela ne s'appelle point
donner des foufflets à Ronſard.

C'eſt en donner à Vaugélas ,
C'eſt careſſer Ronſard , Jodele & Dubartas.

Philomuſe lut encore pluſieurs
autres réflexions qu'il avoit faites
ſur le ſtile de l'Obſervateur ; on lui
conſeilla de les ſupprimer. Puiſque
vous ne critiquez que pour prendre votre revanche , lui dit Eudoxe , je vous aſſure qu'elle eſt priſe ,
ne pouſſez pas l'examen plus loin ,
il faut toujours reſpecter le loiſir
du Lecteur. Au ſurplus vos repre-
ſailles pourront bien vous attirer
quelqu'orage. Ma replique eſt faite , ajouta Philomuſe.

Tincta Lycambæo ſanguine tela dabo.

Voyons , interrompit Philinte ,
ce que vous avez fait ſur les Ouvrages de M. l'Abbé Prevôt ; vous
pourrez bien eſſuyer quelque contradiction de ma part , j'aime infiniment ce qui ſort de ſa plume.
Je n'ai pas moins d'eſtime pour
lui , dit Philomuſe ; ſoyez perſua-
dé qu'en le critiquant , j'ai regar-

Réflexions
ſur les Ou-
vrages de M.
l'Abbé Pre-
vôt.

N vj

dé ſes Ouvrages comme un grand
jardin paré des fleurs les plus belles. Si l'on y découvre par hazard
quelques marguerites champêtres,
dont la place ſeroit mieux occupée par des anémones ou des re-
noncules, au moins n'y rencontre-
t-on pas des orties qui le défigu-
rent.

C'eſt toujours un parterre où l'amoureuſe
    Flore

Enchaîne pour jamais les volages Zéphirs ;

    L'Abeille y trouve ſes plaiſirs ,

    Et ſouvent la naiſſante Aurore

S'arrête pour le voir au gré de ſes déſirs.

Pour vous parler ſincerement ,
je vous dirai qu'il me paroît que
les Cenſeurs n'ont pas une grande
moiſſon à faire dans les Livres de
M. l'Abbé Prevôt ; ſon ſtile eſt noble , & cependant très-naturel , ſes
réflexions ſont judicieuſes , il raconte avec grace, perſonne ne peint
mieux que lui les caracteres & les
paſſions, perſonne ne ſçait mieux
remuer le cœur, il s'empare de vous,
il vous attache : Quand vous avez
commencé le Cléveland , votre cu-

riofité voudroit être à la fin, &
lorfque vous y êtes, vous fouhai-
teriez que les Tomes fe multipliaf-
fent pour prolonger vos plaifirs.

A l'égard du Pour & Contre, on
y voit regner cette varieté charmante, qui fait prefque toujours la
fortune des Ouvrages Périodiques;
l'utile & l'agréable s'y trouvent
joints, l'Auteur mérite d'être loué
d'avoir rejetté l'ufage des extraits,
cela ne fert qu'à gonfler des feüilles fans nous rien enfeigner.

Malgré les beautés que je reconnois avec plaifir dans les Ouvrages
de M. l'Abbé Prevôt, j'oferai lui
propofer mes doutes; cette petite guerre de Littérature ne fçauroit avoir un mauvais fuccès pour
moi; ou bien j'aurai raïfon, ou bien
forcé d'avouer que je me trompe,
je m'inftruirai par les leçons qu'il
daignera me donner; ainfi je
prends pour ma devife ces Vers
d'Accius.

Si mon bras peut dompter ce Guerrier généreux,

Je me couronnerai d'une gloire parfaite;

Si dans notre combat il eft le plus heureux,

Je pourrai sans rougir avouer ma défaite. *

Philomuse, ayant repris son Cayer, lut les réflexions suivantes.

Voici un raisonnement de M. l'Abbé Prevôt sur les passions : † *Si par un effet du péché originel toutes nos passions sont de nous, & ont leur force dans notre propre cœur, pourquoi ne sommes-nous pas portés également vers tout ce qui en peut être l'objet ?*

Il me paroît que les Théologiens ni les Philosophes n'ont jamais pensé *que les passions eussent leur source dans notre cœur par un effet du péché originel.* Quand même nos premiers Peres auroient vécu dans une perpétuelle innocence, & l'auroient transmise à leur postérité, nous aurions des passions dans le cœur, puisque nous aimerions le bien, & que nous détesterions le mal : mais elles ne nous domineroient point, elles seroient sages ; ce n'est donc pas le péché origi-

Le Péché originel n'est point la source de nos passions.

* Trophæum ferre me, &c. *Act. frag. Con.* vt.

† Mem. d'un Hom. de Qual. Tom. I. p. 12.

nel qui nous les cause, il n'a fait
que nous en ôter l'équilibre.

On a reconnu depuis long-tems
contre l'idée des Stoïciens, que les
passions ne font point mauvaises
par elles-mêmes ; Dieu les versa
dans le cœur d'Adam, d'où elles
descendent jusqu'à nous, & c'est
l'usage que nous en faisons, qui
leur donne tantôt la difformité du
vice, & tantôt les attraits de la
vertu.*

Quand nous dirigeons mal nos
passions, c'est un effet de la concupiscence, que les Théologiens
appellent *le foyer du crime*, & qui
est véritablement le fruit du péché
originel ; mais les passions & cette
concupiscence funeste ne font pas
la même chose.

J'explique ma pensée, continuë
M. l'Abbé Prevôt ; *pourquoi, par
exemple, tandis que le penchant général que nous avons pour les femmes, n'a qu'un certain degré de force, une passion particuliere, dont nous*

Difference
de la concu-
piscence &
des passions.

* C'est à quoi revient cette comparaison de Lac-
tance : *Sicut enim rectè ambulare bonum est, errare
autem malum ; sic moveri affectibus in bonum, bonum
est, in pravum malum est.* Inst. Div.

sommes atteints tout d'un coup , en a-
t-elle quelquefois infiniment davanta-
ge? Il me semble qu'un sentiment d'a-
mour qui naît avant la réflexion , ne
sçauroit avoir plus d'étenduë que ce
qu'on appelle communément *la con-*
cupiscence. †

C'est l'Homme de Qualité qui parle, il a étudié , il a du jugement
& de la lecture ; avec tout cela devroit-il ignorer pourquoi nos incli-
nations particulieres pour certaines
Maitresses, ont souvent & même
presque toujours plus de force que
notre penchant général pour les
femmes? Encore moins devroit-il
rejetter , comme il fait dans la page suivante, ce Phénomene de notre cœur sur un principe caché ;
rien ne paroît plus facile à developper que la chose dont il s'embarrasse.

Pourquoi notre pen-chant général pour les fem mes est moins fort qu'un amour parti-culier.

Le penchant général que nous
avons pour les femmes, n'est qu'un
mouvement indéterminé ; c'est
moins un amour réel qu'un principe d'amour, & ce principe est plus
ou moins violent dans le cœur des
hommes, suivant la diversité de

† Ibid. Loc. sup. cit.

leurs temperamens ; mais quelque violent qu'on le suppose, l'amour qui en provient pour une Maitresse en particulier, l'est encore davantage, parce qu'alors nos désirs qui se répandoient auparavant sur tout le beau sexe, venant à se concentrer pour un seul objet, ont une force réunie & décidée, que l'indécision & le partage affoiblissoient nécessairement.

Quoique ce raisonnement me paroisse à la portée de tout le monde, je crois qu'une comparaison pourra lui prêter quelques nouveaux traits de lumiere : En général les cailloux renferment un principe de feu; laissez dormir ce principe, ne le déterminez point, vous ne le verrez jamais briller, jamais il ne jettera des étincelles; mais au contraire frappez le caillou avec un morceau d'acier, sur le champ les particules ignées se developpent, la flamme part, & cette flamme est cent fois plus ardente & plus impétueuse que le principe secret d'où elle provient. L'application n'est pas difficile.

C'est donc dans la détermination du mouvement de notre cœur, &

dans la réunion de nos défirs que l'Homme de Qualité devoit chercher la caufe du Phénomene qu'il n'approfondit pas ; il auroit trouvé que rien n'eft plus naturel , il auroit fenti qu'avec le feul penchant général , pour toutes les femmes , on n'en aime aucune en particulier ; mais que quand nous en aimons véritablement une , elle nous tient lieu de toutes les autres. N'en difons pas davantage ; nous parlons à un homme d'efprit , qui comprendra facilement fi nous avons raifon ou tort.

Un peu plus bas il ajoute que la concupifcence à l'égard des femmes n'eft que le penchant général que nous avons pour elles. †

Le penchant général que nous avons pour les femmes , eft l'ouvrage de Dieu même , la concupifcence n'en eft que le déreglement ; ainfi l'un n'eft pas l'autre , par la même raifon que la témérité n'eft pas la valeur , ni l'avarice l'économie.

Qu'entend - on par la concupifcence ? *Un defir effrené d'un bien dont*

Difference de la concupifcence & du penchant général que nous avons pour les femmes.

† Ibid Loc. fup. cit.

on ne peut joüir fans crime. Qu'eft-ce que le penchant général qu'on a pour les femmes? *Une inclination naturelle que Dieu prend foin de jetter dans nos cœurs pour nous engager doucement à conferver notre efpece.* J'avoüe que cette inclination fe joint fouvent chez nous aux fureurs de la concupifcence la plus fougueufe; mais cela n'empêche pas qu'on ne puiffe les féparer, & fi l'on peut les féparer, on ne doit point les confondre dans une même idée.

Le Doyen de Killerine prêt à quitter l'Irlande avec fes freres & fa fœur, leur dit: *Il eft certain que je me dois à vous plus qu'au refte du monde.* †

Un homme tel qu'on nous dépeint ce Doyen-là, grand Théologien & fort rigorifte dans fa Morale, ne fonde jamais fes démarches fur un principe de cette efpece; au contraire il penfe qu'il fe doit au refte du monde plutôt qu'à fes freres & à fes fœurs, & dans le fonds je crois qu'il n'a pas tort; chez une ame livrée aux maximes nobles les

† Doy. de Kil. Liv. 1. p. 42.

attentions particulieres , & les
liens du fang ne vont qu'après le
foin de la multitude. L'illuftre Evêque de Marfeille n'auroit pas acquis tant de gloire , fi laiffant fon
troupeau défolé par les fureurs de
la pefte , il s'étoit avifé de fuivre
un de fes parens dans quelqu'autre climat ; aucun prétexte n'au-

En bonne
morale les
foins de la
multitu 'e
vont avant
les foins par-
ticuliers.

roit pû le juftifier. Notre Doyen
s'éloigne dans une conjoncture où
fa défertion paroît encore moins
excufable, fes brebis font environ-
nées de Proteftans , qui ont le pouvoir en main, & qui peut-être après
fon départ, leur fouffleront le venin de l'erreur ; bon frere & mauvais Pafteur, il abandonne un interêt fi précieux pour fonger aux
befoins de fa famille.

Mon deffein n'eft pas pourtant
de blâmer le voyage du Doyen de
Killerine ; j'aurois fouhaité feulement qu'il l'autorifât d'une autre
maniere. Quand il dit *que fi l'a-*
mour du prochain nous eft ordonné par
l'Evangile , c'eft fans doute avec une
jufte proportion , dont les differens de-
grés de proximité doivent toujours être

la regle. * Cette réflexion ne le sau-
ve pas. Premierement si on la con-
sidere dans toute son étenduë, on
peut en appeller ; car il est certain
que je me dois plutôt à mon Prince qu'à mon frere & qu'au plus
cher de mes parens. En second
lieu quelle conséquence le Doyen
peut-il tirer de là ? Que nos pro-
ches doivent l'emporter dans notre cœur sur tel & tel particulier ;
j'en tombe d'accord. Mais s'ensuit-
il que *le reste des hommes*, la Patrie,
le troupeau confié par le Ciel à notre vigilance, doivent ceder aux
tendresses du sang, & aux intéréts
d'une famille? C'est ce qu'il auroit de
la peine à nous prouver sans renver-
ser les principes de la bonne Morale.

Si le Doyen sort un peu de son
caractere dans cet endroit, j'appréhende qu'on ne l'accuse de s'en
écarter beaucoup davantage dans
la suite. Il voit qu'à Paris ses freres & sa sœur ne font pas grand cas
de ses conseils ; là-dessus il forme
brusquement le projet de les abandonner & de s'en retourner en Irlande. Il a la bonne-foi d'avouer

* Ibid. Loc. sup. cit.

qu'il entroit un peu de dépit dans
la résolution ; mais il ajoute qu'il
se rassuroit en songeant *que du moins
la raison & la Religion n'y trouvoient rien à condamner.* *

On pourroit lui dire : Vous n'y
pensez pas, mon cher Abbé ; la Religion & la raison , si l'on doit
vous en croire, vous ont amené en
France, & vous prétendez qu'elles
vous en bannissent aujourd'hui ? *J'y
suis venu pour donner de sages conseils
à ces jeunes gens ; ils ne m'écoutent
pas, ils se perdent, je m'en vais.* Mais
c'est justement parce qu'ils se perdent que vous devez rester ; plus
leurs besoins redoublent, & moins
la charité fraternelle vous permet
de leur ôter votre secours ; oubliez-
vous que vous ne vous étiez propo-
sé de rentrer dans votre Pays *que
quand votre présence cesseroit de leur
être necessaire ?* † Elle leur devient
maintenant plus necessaire que jamais. Convenez d'une chose ; vous
vous éblouissez vous-même en prenant tantôt les tendresses du sang,
& tantôt l'humeur pour des mouvemens de Religion.

* Réf. p. 118
† Ibid. p. 43.

Souffrez que je vous interrompe un moment, dit Philinte; on pourroit vous repréfenter que M. l'Abbé Prevôt ne donne pas fon Doyen pour un homme infaillible? C'eſt un Sçavant nourri dans la folitude; il n'a point appris dans fes Livres l'uſage du monde, & de là procedent quelquefois les faux principes que fa Morale lui fait embraffer. Tel eſt fon caractere. Quand vous le chicanez là-deſſus, n'eſt-ce pas comme fi vous alliez gronder Corneille d'avoir mis des maximes de cruauté dans la bouche d'Attila?

Objection en faveur du Doyen de K.lerine.

O mon cher Philinte, dit Eudoxe, où courez-vous? Un homme tel qu'on nous peint le Doyen de Killerine, peut fort bien porter de faux jugemens fur les affaires du monde, s'inquiéter fur des démarches innocentes, regarder comme criminels des plaifirs qui ne le font point; en un mot paroître fauvage, & quelquefois importun dans fa cenfure; mais il ne doit pas errer dans les principes fondamentaux de la Morale Chrétienne: Sa piété, fa fcience fuffifoient pour l'en

Réponſe à l'objection.

garantir, & l'usage du monde ne lui étoit point du tout nécessaire pour cela. On pouvoit lui donner un zéle outré ; mais il falloit que sa doctrine fût irreprochable.

Au moins, ajouta Philomuse, si l'on prétendoit en faire un de ces dévots qui caressent leurs humeurs, & qui les prennent pour des principes de Religion, la prudence vouloit qu'en écrivant son Histoire, il développât les illusions dangereuses où son amour propre l'avoit jetté quelquefois. Par exemple, s'il eût dit *que les tendresses du sang l'obligerent à quitter son troupeau pour escorter ses freres & sa sœur, & que dans cette occasion il s'étoit faussement imaginé qu'il suivoit l'esprit de l'Evangile* ; on n'auroit rien à lui reprocher, parce que le contrepoison seroit à côté de l'erreur.

C'est ce qu'on devoit attendre, continua Philomuse, de la promesse qu'il fait lui-même dans son introduction ; car il dit en termes bien formels, *qu'il sera non-seulement sage & raisonnable, mais solidement Chrétien dans les principes de sa Morale.*

rale. * Or je vous demande s'il a tenu parole ? Mais reprenons notre Lecture.

Voilà le Doyen parti pour s'en retourner en Irlande, il passe par S. Germain où ses freres devoient se rendre avec sa sœur : son amitié pour eux l'engageoit à chercher l'occasion de les voir encore une fois ; mais une réflexion qu'il fait, l'en empêche : *Qui sçait , dit-il, de quelle maniere ils auroient pris ma visite , & si Georges qui avoit été capable de se faire un jeu de mes infirmités naturelles avec Messieurs de Sercine & Dillon, n'eût pas couronné sa vengeance par quelqu'insulte éclatante ?* ¶

Un peu plus bas, le même Doyen nous représente son frere Georges avec tous les traits qui peuvent caractériser le plus galant homme : *La sagesse de ses mœurs , la droiture de son jugement , & l'honnêteté de ses principes étoient trois points sur lesquels on ne lui avoit jamais reconnu de foible.* **

* Ibid. p. 4.
¶ Ibid. p. 118.
** Ibid p. 131.

Tome II.   O

Comment l'Auteur n'a-t-il pas songé que quand on fait paroître un galant homme sur la Scene, on ne doit lui attribuer rien de méprisable ? Est-il rien de plus bas, de plus contraire *à l'honnêteté des principes & à la droiture du jugement*, que de railler quelqu'un sur ses infirmités naturelles ? Et si la personne raillée est un frere dont nous avons reçu mille témoignages de tendresse, nos mauvaises plaisanteries ne sentent-elles point l'ingratitude, & n'annoncent-elles pas un cœur gâté ? J'aurois souhaité que les traits *de Georges* eussent été un peu mieux assortis,

Quand sous la tête d'une Belle
Vous attachez le corps d'un monstrueux poisson,
  L'image n'est pas naturelle,
C'est offenser les yeux, & blesser la raison. *

Patrice le plus jeune des freres du Doyen, se trouve engagé dans un duel contre Mylord Linch, *homme vif, fougueux, brutal, & d'ailleurs*

* Definit in piscem, &c. Hor. de Art. Poet.

Il faut soutenir les caracteres.

juftement irrité. † *Que dit le bon Patrice en racontant cette affaire? Nous combattîmes vivement, & je parai des coups fi furieux, qu'il me fut aifé de comprendre qu'on en vouloit à ma vie.* §

En vérité tout autre l'auroit compris même avant que de tirer l'épée du fourreau. Cette explication fuperfluë forme une de ces phrafes que les Grecs appelloient *des périodes qui traînent une queue inutile.* *

Il y a auffi dans le Cleveland quelques raifonnemens qui ne paroiffent pas hors d'atteinte. Par reconnoiffance pour le plaifir qu'il m'a fait, je n'en marquerai que deux ou trois.

Cleveland dit que le cœur d'un malheureux eft idolâtre de fa triftefe, autant qu'un cœur heureux & fatisfait, l'eft de fes plaifirs. §

Ce fentiment n'eft pas naturel: un infortuné peut trouver quelque douceur à s'entretenir de fes difgraces; mais il ne s'enfuit point

† Ibid. p. 213. & 215.
§ Ibid. p. 220.
* Τὰς Συρματοφόρας περιόδες.
§ Clev. t. 3 p. 3.

O ij

de-là qu'il aime la tristesse, &
moins encore qu'il en soit idolâtre, puisqu'il la troqueroit volontiers contre le bonheur qu'il re-
grette.

Objection en faveur de Cleveland.

Je crois pourtant, interrompit
Philinte, que l'on peut dire, *ma
tristesse m'est chere, j'aime ma douleur.*

Réponse à l'Objection.

On le peut sans doute, avoua
Philomuse ; pareilles expressions,
quoique fausses en effet, marquent
avec vivacité l'attendrissement que
nous sentons pour nous-mêmes
dans un état déplorable ; mais la
comparaison d'un homme heureux
& content, porte un air trop dé-
cisif : elle empêche qu'on ne se
prête à la pensée de l'Auteur ; on
prend son discours au pied de la
lettre, on se consulte, & l'on trouve qu'on aimeroit cent fois mieux
passer ses jours dans les plaisirs que
dans la tristesse. Il n'y a pas de quoi
balancer.

*C'est une consolation plus douce en-
core*, poursuivit Philomuse en lisant, *de pouvoir exprimer ses sentimens par écrit : Le papier n'est point
un confident insensible*, comme il le

semble ; il s'anime en recevant les ex-
preffions d'un cœur trifte & paf-
fionné. *

J'ai peur que le Pere Bouhours
n'eût trouvé cela un peu trop brillant ; l'Auteur n'auroit-il pas mieux
fait de dire : *Il nous femble que le* Adouciffe-
papier n'eft pas un confident infen- mens néceffaires dans
fible , & qu'il s'anime en recevant certaines ex-
nos expreffions ? Cet adouciffement preffions.
rendroit la penfée tolérable ; mais
en difant *que le papier n'eft point
un confident infenfible , comme il le
femble,* tout efpoir d'adouciffement
difparoît, on eft tenté de croire
que l'Ecrivain veut détruire l'idée
que nous avons de l'infenfibilité du
papier.

*Rien n'ouvre tant l'efprit que l'in-
fortune.* †

Cela peut arriver quelquefois ;
mais quelquefois, au contraire,
l'infortune émouffe & rabaiffe notre efprit ; les malheurs de Georges de Trébizonde lui firent perdre
le fien, & certainement il en avoit
beaucoup. Je voudrois qu'avant de L'infortune
rifquer des propofitions générales, rabaiffe fouvent l'efprit.

* Ibid.
† Ibid.

qu'on peut tourner en maximes,
l'on examinât si elles sont vraies
dans toute leur étendue ; c'est une
attention qu'on doit au Lecteur
pour ne le jamais exposer au désagrément de retracter ses idées.
Cleveland ne se souvenoit point de
l'emblême d'Alciat, qui pour montrer que la mauvaise fortune empêche presque toujours l'élevation
des grands esprits, représente un
homme qui a des aîles à une main,
& un grosse pierre à l'autre.

Admirez mon destin : ma main droite est ai-
lée,
Et d'un pesant fardeau ma gauche est acca-
blée,
Mon génie auroit pû voler jusques au Ciel ;
       Mais la pauvreté me resserre,
       Dans un abbaissement cruel,
J'expire sous son poids, & je rampe sur terre. †

Ce que fait ici la pauvreté, tout
autre malheur peut le faire de
même.

Stile de M.
l'Abbé Pre-
vôt.

N'en disons pas davantage sur
les raisonnemens, & voyons le
stile : j'ai déja marqué ce que j'en

† Læva tenet lapidem, &c. And. Alc. Emb.

pense en général, j'ajouterai maintenant que je m'estimerois beaucoup si j'écrivois comme M. l'Abbé
Prevôt, tout se change en or sous
sa plume ; cependant il me permettra de lui faire observer que son
heureuse fécondité laisse échapper
quelquefois certaines expressions
qu'on pourroit pardonner dans les
Ouvrages d'un autre ; mais non pas
dans les siens, car on n'attend de
lui que de la pureté, de l'élégance
& de la justesse.

*Tu te flattes si tu crois que j'ap-
prouverai ta folle amour.* Mem. d'un
Homm. de Qual. t. I. p. 16. N'auroit-il pas été mieux de dire *tes fol-
les amours ?* Ce terme n'est plus fé-
minin au singulier.

*Quoi ! m'écriai-je, vous osez me
refuser de voir mon Pere !* Ibid. p. 85.
J'apperçois un peu d'équivoque là-
dedans. Est-ce vous *qui ne voulez
pas voir mon Pere,* ou bien le *déro-
bez-vous à mes yeux ?* L'expression
paroîtroit plus nette s'il y avoit,
*vous osez me refuser la liberté de voir
mon Pere.*

*Il n'y eut peut-être jamais plus d'a-
mitié si tendre & si parfaite que la*

nôtre. Ibid. p. 31. *Plus* eſt inutile dans cet endroit, on pourroit dire en parodiant Moliere :

De *plus* mis avec *ſi* l'on fait la recidive,

Et c'eſt aſſurément trop d'une poſitive. *

J'étois par derriere lui au premier rang des volontaires. Ibid. 262. Par auroit bien fait de ne ſe pas mettre là.

Ils ont beſoin d'une circonſpection extrême pour ſe contenir dans les bornes qui leur ſont accordées par les Loix. Doy. de Kil. Liv. I. p. 15. *Accordées* n'eſt pas le terme propre, je crois que *marquées* ou *preſcrites*, ſeroit mieux.

Je l'exhortai à l'amour du moins de la vertu, lors même qu'il en oublieroit la pratique. Ibid. p. 120. *L'amour du moins de la vertu*, cette conſtruction n'eſt pas flateuſe : on pourroit dire, *je l'exhortai à conſerver du moins un fonds d'amour pour la vertu*, &c.

Cleveland T. I. p. 143. Dans la caverne où ſa mere eſt enterrée,

* Femm. Sçav. Com.

commence avec Madame Riding
*un de ces entretiens, où l'esprit a moins
de part que le cœur.* L'endroit est lu-
gubre, la scene est triste, les acteurs
sont affligés, on n'attend d'eux que
des sentimens, & point de ces pensées fleuries qui ne s'offrent à nous
que dans une situation tranquille.

Les pensées
fleuries ne
conviennent
pas dans la
douleur.

Cependant Madame Riding dit :
*C'est ici que la constance, la droiture,
la bonté, toutes les perfections du
corps & les vertus de l'ame sont ense-
velies avec cette chere personne.* Jus-
ques-là tout va bien ; mais elle
ajoute : *La terre n'y devroit plus pro-
duire que des fleurs, & exhaler des
vapeurs agréables.* Croira-t-on que
des gens qui ont le cœur serré, qui
ne doivent que soupirer & verser
des larmes, s'amusent à dire de si
jolies choses ? Ce n'est pas là le
langage de la douleur & de l'attendrissement.

*Nous eûmes tout le tems de boire
l'onde amere.* Ibid. p. 184. C'est
Cleveland qui pendant une tem-
péte affreuse, est tombé dans l'eau
avec l'aimable Fanny sa Maitresse.
L'onde amere est une expression poëtique, qui peut figurer dans le Té-

Il ne faut
point d'ex-
pressions poë-
tiques dans
des Mémoi-
res.

O v

lemaque & dans d'autres Ouvrages de cette nature; mais elle ne convient point du tout dans la vie d'un Particulier, ni dans des Mémoires dont le ftile doit être fimple ; cela s'appelle emboucher la trompette dans une Eclogue.

Oferai-je dire encore à l'Auteur qu'il employe quelques termes un peu paffés de mode, comme *bien que & de nouveau?* Car *bien qu'il fe fût attendu*, Mem. d'un Hom. de Qual. T. I. p. 23. *je l'embroffai de nouveau , l'interrompis de nouveau.* Doy. de Kil. Liv. I. p. 152. & 178. Un mot furanné bleffe la pureté du ftile, nous devons toujours craindre en écrivant qu'on ne nous applique cette réflexion de Macrobe : *Nos Peres, tels que Fabricius , Coruncanus & les trois Horaces n'employoient pas dans leurs difcours le vieux jargon des Aurunces , des Sicaniens & des Pélafgiens, qui furent les premiers Habitans de l'Italie ; ils parloient fuivant l'ufage de leur fiécle , & vous au contraire vous parlez comme fi vous vous entreteniez avec la mere d'Evandre.* *

* Fabritius & Coruncanus antiquiffimi viri , vel

J'acheve mes remarques en protestant que je n'en tire aucune induction fâcheuse contre les Ouvrages de M. l'Abbé Prevôt : il fait des coups de maître ; mais il est homme. Les Homeres & les Platons l'étoient aussi.

> Quand sur le visage d'Iris
> Je vois éclater mille charmes,
> Un front noble, un air frais, un brillant coloris,
> Une bouche, dont le souris
> Semble appeller l'amour pour lui prêter des armes,
> Et deux yeux plus piquans que les yeux de Cypris :
> Mon cœur me dit qu'Iris est belle.
> Certain Argus qui lui trouve un défaut,
> Prétend qu'à tort je soupire pour elle,
> Non ; non : Iris sçait plaire, & c'est tout ce qu'il faut.
> D'un Auteur séduisant tels sont les avantages,
> La Satyre sur lui peut verser son poison,
> Mais pour défendre ses Ouvrages,

etiam.... Horatii illi trigemini .... neque Auruncorum, aut Sicanorum, aut Pelasgorum, qui primi coluisse in Italiâ dicuntur ; sed ætatis suæ verbis loquebantur, tu autem proinde, quasi cum matre Ivandri, nunc loquere. *Sat. lib. I. cap. V.*

On n'a qu'à dire *il plaît* ; c'est la bonne raison.

Après cette lecture, Philomuse rentra pour écrire des Lettres. Ses trois Amis terminerent la Conférence par le Livre suivant de Don Palmerin.

LES AVANTURES

DE

DON PALMERIN

ET

DE THAMIRE.

LIVRE HUITIE'ME.

LE même jour que les Amans d'Olinde, ou plutôt de Thamiré avoient combattu dans Grenade, la Duchesse d'Ampure s'étoit levée avant l'Aurore ; elle venoit de passer une mauvaise nuit, ses tendres frayeurs pour Don Palmerin ne lui avoient donné aucune tréve.

Quand elle fut habillée, elle fit appeller l'Officier de sa Garde, & lui demanda s'il n'y avoit rien de nouveau dans la Ville ou dans le Camp. Il lui répondit que non, & la laissa dans une incertitude parfaite sur le sort de Don Palmerin.

Quelques heures après on vint lui dire qu'on entendoit un grand bruit de trompettes & de clairons qui retentissoient dans Grenade ; elle sort, elle écoute, & le même bruit lui frappe l'oreille.

Surprise & confuse, elle se renferme dans sa tente, elle promene son imagination sur tous les malheurs qui lui paroissent vrai-semblables, & son cœur les prend pour autant de vérités.

Elle examine, elle cherche d'où peuvent procéder les accords belliqueux qu'elle vient d'entendre. Sont-ce des fêtes publiques ? Mais quelle apparence qu'on songe à se réjouir dans une Ville assiegée où le Peuple gémit sous le poids de sa misere, où les guerriers n'ont encore pû se consoler de leur défaite, & où le Roi doit craindre la chûte de son Trône ? Ne seroit-ce pas plutôt Don Palmerin que l'on conduit solemnellement au supplice ?

Cette idée remplit la Duchesse d'horreur & d'effroi, & ce n'est qu'avec peine qu'elle ose se rassurer un peu en faisant réflexion que l'u-

sage de la guerre ne permet pas d'attenter de sang froid sur les jours
d'un Prisonnier de si grande impor-
tance. Telle étoit la situation de
cette malheureuse Princesse, lorfqu'on lui vint annoncer un de ses
Soldats qui demandoit à lui parler.

On le fit entrer, & il dit à la Duchesse : Madame, comme je me promenois cette nuit dans notre Camp,
j'ai entendu le sifflement d'une fléche qui venoit du côté de la Viile, &
qui est tombée auprès de moi ; j'ai
vu qu'on y avoit attaché une Lettre, je l'ai prise, & j'ai l'honneur
de la présenter à Vôtre Excellence,
n'ignorant pas que par ce moyen
on reçoit souvent de bons avis des
Places assiegées.

La Duchesse prit la Lettre en
tremblant, & congédia le Soldat
après lui avoir fait quelques libéralités : Prépare-toi mon cœur,
dit-elle en soupirant, tu vas peut-
être recevoir le coup de la mort !
Seroient-ce des nouvelles du trépas de Don Palmerin, ou seulement de sa prison ? Je ne sçais : O
Dieu! dois-je lire, ou ne lirai-je pas?

En parlant de la sorte, elle jetta les yeux sur la Lettre, & vit qu'elle s'adressoit à Don Palmerin : Hé quoi ! poursuivit-elle, on écrit de Grenade à Don Palmerin ! On ne sçait donc pas dans Grenade s'il n'est plus, ou s'il respire encore ; on ne sçait pas même qu'il y soit entré.

Mais, ajouta-t-elle, ne nous perdons point dans notre étonnement, & tâchons de jetter quelques traits de lumiere sur nos idées. Don Palmerin peut avoir été tué dans la Ville sans qu'on le connoisse. Non, il se seroit défendu, & sa valeur l'auroit découvert. Peut-être s'est-il caché dans la maison de Férondal : Ah mon cœur, tu le desires ! Mais oserois-tu t'en flater ? Quelles frivoles pensées m'occupent ! Cette Lettre est venuë pendant la nuit ; les Assiegés auront trouvé Don Palmerin dès le point du jour, & l'auront massacré ou traîné en prison ; c'est sans doute leur cruel avantage qu'ils publioient au son des trompettes. Grand Dieu, tirez-moi de peine, en voilà trop pour une femme !

Quoique la Lettre fût pour Don Palmerin, la Duchesse l'ouvrit; son cœur, qui ne sçavoit sur quoi se fixer, cherchoit du soulagement ou de nouvelles inquiétudes. Quelle fut sa surprise & sa rage lorsqu'elle vit que c'étoit Thamire qui avoit signé! Quoi Thamire, s'écria-t-elle! Quoi cette Rivale qui fait tout mon malheur, se trouve dans Grenade & Don Palmerin aussi! Cruelle fortune, je te loue de ta persévérance, tu ne veux accabler que moi, il n'y avoit que moi dans tout le Camp pour recevoir cette Lettre odieuse! Ta bonté m'a choisie entre tant de milliers d'hommes! Voyons, lisons, acheve ton ouvrage par ma mort!

Elle lut la Lettre, qui contenoit les paroles suivantes : *Je vous annonce, mon cher Palmerin, que je suis dans Grenade, & que j'y suis esclave de trois Cavaliers nommés Férondal, Orcan & Thamon. Les deux premiers sont amoureux de moi, & l'un ni l'autre ne veut me ceder à son concurrent. Ils doivent terminer demain leur querelle par la voïe des armes ; c'est le Roi qui l'a ordonné, on* me livrera au vainqueur. Orcan & Thamon paroîtront dans la lice contre Férondal & un de ses Cousins. Quand même le fier Orcan seroit tout seul, il ne suffiroit que trop pour remporter l'avantage, & c'est le plus grand malheur qui puisse m'arriver. Si je tombois entre les mains de Férondal, sa générosité me rassureroit, j'aurois quelqu'espoir de conserver mon innocence & ma vertu avec lui; mais Orcan ne suivra que sa passion, & je mourrai plutôt que de m'y soumettre. Je ne sçais quel secours vous demander dans la conjoncture où je me trouve; faites vos efforts pour empêcher ce combat, ou du moins tirez-moi bientôt de la servitude qui m'attend; sans cela vous perdrez votre fidèle Thamire.

Pendant que la Duchesse lisoit, son cœur se remplissoit de fiel & d'amertume; & quand elle eut achevé, on l'auroit prise pour une furie, si son visage n'avoit eu des appas qui embellissoient la fureur même. Rivale abhorrée, s'écria-t-elle, tu mourras; Don Palmerin ne verra jamais ta Lettre! Mais que dis-je? Il est dans Grenade, Férondal l'aura

caché sans doute dans sa maison,
ils se seront unis tous deux pour
combattre Orcan; & peut-être
qu'ils ont déja remporté la victoire;
peut-être qu'en ce moment Don
Palmerin embrasse Thamire, Férondal la lui cede par générosité; je
le vois d'ici, mon cœur me l'annonce. O Ciel! toute ta protection
est pour eux; & toutes tes rigueurs
sont pour moi! Amene-la moi donc
cette Thamire qui t'est si chere! Je
la massacrerai, je me baignerai
dans son sang; je trahirai Don Palmerin, je jouirai de son malheur,
& je deviendrai plus barbare que
les tigres les plus cruels!

Elle passa toute la matinée dans
cette agitation. Vers les deux heures après midi, Chymene sa De-
moiselle d'atour lui présenta un
jeune Page qui étoit d'une beauté
surprenante; il avoit demandé
qu'on le fit parler à la Duchesse,
& lorsqu'il fut devant elle, il lui
remit un Billet qui étoit conçu en
ces termes:

Madame, je prends la liberté de
vous recommander la personne qui
aura l'honneur de vous rendre ce Bil-

let, je m'intereffe à fon fort, & je reffentirai vivement les bontés dont il vous plaira lui donner des témoignages ; j'efpere vous en remercier dès ce foir même, ou demain tout au plus tard. Daignez, je vous en fupplie, être toujours perfuadée du profond refpect que j'ai pour votre Excellence.

Ce Billet n'eft point figné, dit la Duchefse, après l'avoir lû. Madame, répondit le Page, c'eft Don Palmérin qui a l'honneur de vous écrire ; il n'aura pas jugé à propos de mettre fon nom, parce que l'on pouvoit m'arrêter dans Grenade, & fa Lettre l'auroit trahi en tombant dans les mains des Maures.

Le ton de la voix du Page, & fon extrême beauté donnerent bien-tôt de violens foupçons à la Duchefse ; elle ne douta point que ce ne fût Thamire qui s'offroit à fes yeux, & dans le fonds de fon cœur elle en reffentit une maligne joye.

La converfation alla fi loin, que le Page ne put s'empêcher d'avouer qu'il étoit Thamire ; & cet aveu ne lui coûta pas beaucoup, elle n'avoit aucun fujet de fe défier de la

Ducheffe, elle la regardoit comme
une généreufe amie de Don Palmerin, & ne fe figuroit pas que tant de
charmes puffent cacher des fureurs
fi noires.

Thamire pouffa jufqu'au bout fa
dangereufe confiance, elle inftruifit
la Ducheffe des chofes qui s'étoient
paffées dans Grenade entr'elle &
Don Palmerin ; elle lui raconta
par quel bonheur il s'étoit fauvé
dans la maifon de Férondal, comment il fe flatoit d'en fortir ; enfin
tout ce qu'elle fçavoit.

Chaque mot perçoit le cœur de
la Ducheffe ; mais poffedant au
fuprême degré l'art de diffimuler
fes paffions, elle ne laiffa point
paroître fon trouble, elle embraffa
Thamire ; & l'accabla de témoignages d'amitié. Enfuite s'adreffant
à Chymene qui avoit entendu tous
leurs difcours, elle lui recomman-
da d'avoir foin de cette belle perfonne.

Chymene fortit avec Thamire,
& la mena dans un pavillon voifin.
Lorfque la Ducheffe fut feule, elle
donna une libre carriere aux fentimens qu'elle avoit renfermés dans

son cœur ; elle médita les moyens
de faire périr sa rivale , & les ayant
trouvés : Fortune , s'écria-t-elle ,
je ne me plains plus de toi , tu me
traversés dans mes amours ; mais
tu me favorises dans ma vengeance!

Elle fit rappeller Chymene, & lui
ordonna de garder un profond silence sur l'arrivée de Thamire ; parce
qu'il importoit qu'elle demeurât in-
connuë dans le Camp jusqu'au retour
de Don Palmerin. Chymene assura
qu'elle se tairoit ; cependant elle
ne tint pas sa promesse. Virginio
vint la voir : Comme ils s'aimoient
tendrement tous deux ; ils n'avoient
rien de caché l'un pour l'autre.

Virginio étoit triste , parce qu'il
n'avoit aucune nouvelle de son
Maître ; Chymene se fit un plaisir
de le tranquilliser en lui communi-
quant tout ce qu'elle venoit d'apprendre , soit par le rapport de
Thamire , soit par la Lettre de Don
Palmerin. Quoi ! dit l'Ecuyer ,
Thamire est dans ces lieux ! Oui ,
reprit Chymene , elle est dans une
des tentes de la Duchesse.

Ma chere Chymene , ajouta
Virginio , tu me rends la vie ; je

tremblois que mon Maître ne fût
mort dans Grenade; mais, continua-t-il après quelques réflexions,
j'ai bien peur qu'il n'ait mal fait
d'envoyer Thamire à la Duchesse :
Celle-ci aime Don Palmerin , tu ne
l'ignores pas , tu sçais aussi jusqu'où
peuvent aller ses fureurs , & combien elle est violente dans ses paf-
sions. Verra-t-elle d'un œil tranquille son heureuse Rivale ? S'il faut
te parler naïvement , je crains le
meurtre, ou le poison pour Thamire.

Tes soupçons , interrompit Chymene , me paroissent assez justes ; je
viens de voir ma Maîtresse , elle est
toute changée , elle a l'air sombre ,
& le regard terrible. Tâche d'é-
couter tous ses discours , repliqua
Virginio , examine ses démarches ,
& fais-m'en un rapport fidéle. Don
Palmerin est généreux , il te récom-
pensera , & tu peux croire qu'il
aura soin de notre fortune , quand
nous serons mariés. Chymene lui
promit de s'acquiter de cette commiffion , pourvu qu'il lui gardât le
secret.

Pendant qu'ils s'entretenoient de

la sorte, ils virent arriver le General Rodrigue qui venoit faire sa Cour a la Duchesse. Virginio dit tout bas à Chymene : Je m'en vais, rentre dans le pavillon, & prête bien l'oreille, nous ne devons rien négliger dans une conjoncture si délicate.

Rodrigue trouva la Duchesse toute abbatue & plongée dans une noire mélancolie. Après les premieres civilités, il lui demanda la cause du chagrin qui paroissoit sur son visage. Je songeois, lui dit-elle, aux moyens de punir un de mes serviteurs qui m'a outragée, son crime mérite la mort ; cependant j'ai des raisons pour ne le pas livrer à la honte d'un supplice public ; en un mot je ne veux point que la chose éclate ; mais je ne sçais à qui confier le soin de ma vengeance, & cela me fait peine.

Son dessein étoit de tromper Rodrigue, & de l'employer pour donner la mort à l'innocente Thamire. Ne pourriez-vous pas, continua-t-elle, me rendre service dans cette occasion ? J'enverrai cette nuit le coupable chez vous sous prétexte

de

de vous dire quelque chofe de ma part ; donnez vos ordres pour qu'il foit poignardé, qu'on le jette dans le foffé voifin, & qu'on le couvre de terre.

Le Général eut horreur de cette propofition. Madame, répondit-il, vous voulez fans doute m'éprouver ? Hé quoi ! deviendrai-je l'affaffin d'une perfonne qui ne m'eft feulement pas connuë ? Ah ! j'ai trop l'honneur de vous connoître vous-même, pour n'être pas affuré que je perdrois votre eftime, fi je vous obéiffois. Vengez-vous publiquement du coupable, ou bien pardonnez-lui, c'eft le moyen de fignaler votre juftice ou votre générofité ; l'une & l'autre font des vertus dignes de vous, & qui doivent toujours accompagner les Souverains.

Seigneur, repliqua la Ducheffe, je vous demande un fervice, & non pas des confeils ; mais je fens bien que j'ai trop compté fur vous, vous avez peu de complaifance, & moi beaucoup de fierté ; votre premier refus me fuffit, j'aurai foin de ne me pas expofer au fecond. Ah, Ma-

Tome II. P

dame, s'écria Rodrigue, ordon-
nez-moi de braver mille dangers
affreux, vous m'y verrez courir
avec des tranfports de joye qui vous
convaincront de ma foumiffion &
de ma tendreffe ; la plus cruelle
mort me paroîtra douce dès qu'elle
n'entraînera point le facrifice de
ma gloire, ni de la vôtre !

Souffrez, continua-t-il, chere
Princeffe, qu'un homme qui vous
aime fincerement, rappelle la vérité devant vos yeux ; quelque paffion violente vous agite, ou bien
quelqu'un de ces flateurs détefta-
bles qui n'empoifonnent que trop
fouvent le cœur des Souverains,
vous fuggere un projet indigne de
vous, ne les en croyez pas ; ce n'eft
point à moi, ce n'eft à perfonne en
particulier que vous devez rendre
compte de vos actions ; c'eft à tout
l'Univers. Je prévois que fi vous ne
changez point d'idée, vous m'acca-
blerez de votre haine, j'en mourrai de douleur ; mais j'aurai du
moins la confolation de ne vous
avoir point trahie en vous obéiffant.

Comme le Général apperçut que
la Ducheffe paroiffoit touchée de

ses discours : Je ne vous quitterai
point, poursuivit-il, que vous n'a-
bandonniez cette odieuse résolution, accordez-moi la grace du
coupable, ou bien si sa faute est
trop noire pour l'excuser, faites-en
un exemple aux yeux de vos sujets;
en un mot rendez-vous à vous-mé-
me, rendez-moi Madame d'Ampure toute aimable, toute vertueuse, telle que je l'ai connuë jusqu'à
ce jour.

La Duchesse ne put s'empêcher
d'approuver les sentimens de Rodrigue, elle se tranquillisa, &
quoiqu'elle ne s'expliquât point
encore d'une maniere positive, le
Comte crut l'avoir gagnée ; il l'aimoit, c'en étoit assez pour la juger
incapable de s'affermir dans le crime. Lorsqu'il se fut retiré, elle passa près de deux heures toute seule ;
son trouble & ses agitations ne
trouvant plus d'obstacle, prirent une
nouvelle force, & firent en peu
de tems des progrès funestes : tantôt elle se promenoit à grands pas
dans sa chambre, tantôt elle se jettoit sur son lit qu'elle arrosoit de ses
larmes ; enfin la fureur & le deses-

poir l'ayant surmontée : Mourons,
s'écria-t-elle en se saisissant d'une
épée courte, qui lui servoit d'ornement lorsqu'elle s'habilloit en
Amazone ; mourons, & puisque la
vertu nous défend d'attenter sur
notre Rivale, délivrons-nous au
moins de nous-mêmes.

. Elle alloit se percer le cœur ; mais
une réflexion jalouse lui retint le
bras : Hé quoi, poursuivit cette
Amante infortunée, Thamire
triomphera donc de ma mort, j'aurai versé mon sang pour elle, les
plaisirs seront son partage, & tout
le malheur sera pour moi ! Non,
non, c'est en vain qu'on prétend
m'en dissuader ; je veux que Don
Palmerin pleure mon trépas en dé-
testant ma mémoire.

Alors elle oublia les sages conseils de Rodrigue, elle s'affermit
dans l'idée du meurtre qu'elle mé-
ditoit ; l'opprobre & la honte ne
l'épouvantèrent plus. Tel est l'effet
inévitable des passions qu'on n'a
pas modérées dès leur naissance ;
elles prennent un dégré de force
qui nous ôte le pouvoir de leur résister ; la raison s'obscurcit, la ver-

th s'éclipse , & l'amour de la vraïe gloire s'éteint.

Pendant que la Duchesse étoit dans cette malheureuse disposition , un Officier nommé Turmélic vint lui rendre ses hommages ; c'étoit un Maure d'Alger , homme assez méprisable par le sang dont il étoit né , mais beaucoup plus par la bassesse de son cœur , qui ne se refusoit jamais au crime , pour peu que les appas de l'intérêt s'offrissent à ses yeux. Plusieurs actions infâmes l'avoient obligé à quitter sa Patrie depuis quelques années ; il étoit venu s'établir en Espagne , où il avoit changé de Religion sans changer de mœurs.

Tel fut le ministre que la Duchesse jugea devoir employer pour l'exécution de son projet ; elle lui tint les mêmes discours qu'elle avoit tenus au Général , & le traité fut conclu sans résistance. Turmélic n'en sçavoit point faire en pareille occasion : il se retira en disant à la Duchesse : L'homme qui viendra cette nuit me demander de votre part , sera donc le coupable ? Vous ne pouvez vous y tromper , répon-

P iij

dit-elle, car je n'enverrai que lui, ou bien je n'enverrai personne.

Là-dessus ils se quitterent. Pendant cet intervalle, Rodrigue étoit allé chez le Roi ; leur conversation roula d'abord sur les affaires du Camp, ensuite sur Don Palmerin ; on n'en recevoit aucune nouvelle à la Cour, & l'on n'osoit en parler publiquement, de peur d'affliger les Soldats, s'ils découvroient qu'il fût dans Grenade exposé aux caprices & à la fureur des Maures. Don Alfonse & la Reine étoient dans une cruelle inquiétude ; la Duchesse auroit pû les tranquilliser ; mais elle ne songeoit qu'à sacrifier Thamire ; & pour exécuter surement un projet si barbare, elle sentoit qu'il ne lui convenoit pas de divulguer ce qu'elle sçavoit du sort de Don Palmerin.

Il étoit toujours dans le souterrain chez Férondal, & il attendoit avec impatience qu'on vînt l'en retirer. Déja quatre heures après midi s'étoient passées sans qu'il vît paroître personne ; le desespoir commençoit à s'emparer de son cœur ; mais enfin il entendit qu'on ou-

vroit la trappe, & qu'on descendoit:
une lumiere que l'on apportoit lui
frappa les yeux.

Courage, se dit-il à lui-même en
sautant sur son épée, on vient m'arracher du tombeau ; sont - ce des
amis ou des ennemis ? Que m'importe ? Je reverrai le jour avec les
uns, ou bien en me défendant contre les autres ; je remplirai de morts
& de mourans cet azile ténébreux,
& je m'enfevelirai dans ma victoire : Ah Thamire, chere Thamire,
t'ai-je perdue pour jamais ?

Il parloit encore quand il apperçut un homme tout seul qui entroit
dans le caveau ; c'étoit Zégri, qui
le voyant l'épée à la main, lui cria:
Seigneur, réservez votre bras &
vos armes pour dompter nos ennemis communs ! Je vous fournirai
bien-tôt l'occasion de vous signaler.
Don Palmerin lui dit en l'embrassant: Me voilà prêt, que faut-il faire?
Il n'est point de danger que je n'af-
fronte ; mais quelles mesures avez-
vous prises ? Qu'est devenu mon
cher Férondal?

Seigneur, repliqua Zégri, vous
sçavez que le Roi l'a envoyé cher-

cher ce matin sur la déposition
d'Orcan & de mon Ecuyer ; vous
sçavez encore qu'il s'est rendu sur
le champ au Palais : en pareille
conjoncture la moindre désobéïs-
sance auroit prouvé qu'il se sentoit
coupable. Albazar lui a demandé
quel secours il avoit employé pour
combattre son Rival. Mon Cousin
a répondu sans se troubler que c'é-
toit moi-même qui lui avois servi
de second.

Albazar disoit que des témoins
fidéles prétendoient que je n'avois
point paru dans la lice ; Férondal
les a désavoués hautement , & sur
ce qu'il ajoutoit que quand même
je n'aurois pas été son second , l'on
ne pouvoit lui reprocher rien , puisque suivant l'Ordonnance de Sa
Majesté , il lui étoit permis de prendre quiconque voudroit partager sa
défaite ou sa victoire : J'avoue , lui
a repliqué le Roi , que je vous ai
laissé libre sur le choix de votre
Compagnon ; mais je n'entendois
pas que vous appellassiez aucun Cavalier du Camp des Espagnols , ni
moins encore le fameux Don Palmerin , & c'est à vous un crime

inexcufable de l'avoir introduit dans la Ville.

Férondal perfiftoit à dire qu'il n'avoit eu d'autre fecours que le mien ; Orcan & Maléon lui foutenoient le contraire ; d'un & d'autre côté ils s'accufoient mutuellement d'impofture.

Qu'a-t-on fait de Férondal, interrompit brufquement Don Palmerin ? Seigneur, dit Zégri, on l'a mené en prifon. L'implacable Orcan exigeoit que tous les Chefs de notre famille euffent le même fort ; mais le Roi ne l'a pas voulu, il fçait quelle eft notre autorité dans Grenade ; il a craint que le Peuple dont nous fommes aimés, ne fe foulevât en notre faveur: D'ailleurs ne voyant aucune preuve décifive contre mon Coufin, il ne croyoit pas devoir nous accabler fur le fimple témoignage de notre ennemi le plus cruel.

J'ai fçu toutes ces chofes, continua Zégri, par le moyen de quelques Courtifans qui font dans nos intérêts, & pour qui le Roi n'a rien de caché: On eft venu faire une vifite dans cette maifon; & com-

P v

me on ne vous y a trouvé ni vous ni Thamire, Orcan s'est livré aux fureurs dont il est capable; il se désesperoit, il crioit que nous vous avions renvoyé aux Espagnols, & qu'à l'égard d'Olinde, nous la tenions renfermée chez quelqu'un de nos Amis, parce que sçachant bien que nous n'avions que des droits injustes sur elle, nous apprehendions qu'on ne nous l'enlevât.

Il a fait prendre tous les domestiques de mon Cousin, on les a interrogés; n'étant point instruits de nos secrets, ils n'ont pû donner aucun éclaircissement contre nous. Orcan vouloit qu'ils fussent mis à la torture, mais le Roi n'y a pas consenti : On a cherché Nogel, il s'est refugié chez un de mes parens, je vous assure qu'on ne le trouvera point.

On a été dans la prison pour demander à Férondal ce qu'il avoit fait d'Olinde : il a répondu qu'il l'avoit laissée chez lui, qu'apparemment elle s'étoit évadée, & qu'il falloit qu'elle fût dans quelqu'autre maison où elle se cachoit, mais qu'il n'en sçavoit rien: & pour donner plus de couleur à ſes diſcours, il a témoigné une inquiétude extrême ſur le ſort de ſon aimable Captive.

Pendant que les Abencerrages importunoient de leurs plaintes le Roi & toute la Cour, quelques-uns des nôtres ſe ſont tranſportés au Palais ; ils ont accuſé Orcan d'avoir dérobé Olinde à Férondal par le miniſtere de Nogel ; ils ajoutoient que ſi Nogel ne ſe trouvoit pas, c'étoit parce que nos ennemis l'avoient fait diſparoître : Chacun crioit de ſon côté, Albazar ne ſçavoit à qui prêter l'oreille, ni ſur quoi porter ſon jugement.

Cette confuſion qui regne dans la Cour, m'a laiſſé la liberté de mettre les momens à profit ; j'ai raſſemblé les principaux Chefs de notre famille, je leur ai découvert que vous êtes dans Grenade, votre nom a renouvellé dans leurs cœurs le zele & l'attachement dont les Zégris ſe ſont toujours piqués pour vos illuſtres Ayeux : D'ailleurs peu ſatisfaits de la domination préſente, nous n'aſpirons qu'à changer de Maître.

P vj

Voici le projet que nous avons formé. Notre faction s'armera cette
nuit deux heures après que l'on aura battu la retraite;nous serons quatre mille hommes ; mais au lieu de
nous unir , nous ferons trois Corps,
qui prendront en même-tems diverses routes ; l'un attaquera le Palais , l'autre forcera la prison de Férondal , & le dernier s'emparera
des portes de l'Alhambre.

Quand on aura tiré Férondal de
prison , ses Libérateurs se replie-
ront sur la Troupe qui assiégera le
Palais, parce que c'est-là que les
Abencerrages & tout le reste de nos
ennemis feront leurs plus grands
efforts dès qu'ils reviendront de
leur premiere surprise.

Notre troisiéme Corps ouvrira les
portes de l'Alhambre aux Chrétiens, qui se répandront en foule
dans la Place , & qui par leur secours, nous assureront la victoire.
Il est d'une extrême conséquence
que le Roi de Castille soit informé de bonne heure du projet que
nous méditons , qu'il tienne ses
Troupes prêtes , & qu'il les fasse
approcher vers minuit ; car sinous

attendions trop long-tems les Eſpagnols, nous nous verrions peut-
être accablés par la multitude.

Je ſçais, dit alors Don Palmerin, que dans ces ſortes d'occaſions
la diligence eſt la mere des grands
ſuccès; mais comment voulez-vous
que nous avertiſſions Don Alfonſe? en avons-nous les moyens & le
tems? Il nous reſte encore deux heures de jour, reprit Zégri, & le tems
ne nous manquera pas. A l'égard
des moyens, je vous les apporte:
Voici tout ce qu'il vous faut pour
écrire pluſieurs Lettres au Roi d'Eſpagne; je les conſierai à deux Officiers de notre Faction, qui gardent un Ouvrage avancé, d'où
ils les feront voler ſur des flèches
juſques dans votre Camp.

Don Palmerin approuva les meſures de Zégri, & ſe mit à écrire.
Quelques momens après il quitta
la plume en diſant: Je fais une réflc-
xion qui m'arrête; vous prétendez
attaquer le Palais d'Albazar, au-
riez-vous réſolu d'attenter ſur ſes
jours? La vie des Souverains eſt ſa-
crée; vous & moi & tous vos Amis
nous demeurerions couverts d'un

opprobre éternel, si l'on pouvoit nous reprocher d'avoir conspiré la mort de ce Prince; il ne sera que trop malheureux en perdant la Couronne.

Seigneur, répondit Zégri, daignez croire que les sentimens de générosité ne sont pas éteints dans notre famille; nous sommes convenus mes parens & moi qu'on ménageroit la personne d'Albazar, & quoiqu'il ne soit qu'un usurpateur, nous respecterons le Diadême sur sa tête: nous ne cherchons qu'à le faire prisonnier, non intérêts communs & vôtre sureté l'exigent : Au reste s'il lui arrivoit quelque malheur dans le fort du combat, s'il s'obstinoit à périr malgré nos précautions, je ne vois pas qu'on eût droit de nous en imputer la faute : Ecrivez, je vous en supplie, & profitons des momens.

Les Lettres furent bien-tôt achevées, elles étoient courtes, mais instructives; Zégri s'en chargea, & prenant congé de Don Palmerin : J'ai là-haut, lui dit-il, deux de mes parens qui m'attendent, je vais les joindre, nous viendrons vous chercher après la retraite ; vous nous trouverez tout prêts à combattre, à vaincre, ou à mourir sous vos ordres ; notre zele secondera votre valeur, la fortune reglera le succès. Mais êtes-vous bien assuré, interrompit Don Palmerin, qu'on n'observe pas vos mouvemens ? Bannissez vos inquiétudes, repliqua Zégri, les Abencerrages ne songent qu'à se plaindre de nous dans le Palais, leurs cris éternels jettent Albazar dans un trouble qui dégenere en stupidité ; Sobrin son Ministre est malade, & peut-être qu'en ce moment il touche à sa derniere heure. C'étoit l'unique personne dont nous aurions dû craindre la vigilance. On diroit que nos ennemis ont un bandeau sur les yeux ; quelque Dieu vengeur les aveugle pour favoriser notre projet.

Zégri monta, ses deux parens lui ouvrirent l'embouchure du souterrain, & l'ayant refermée, ils s'en allerent chacun où leur entreprise les appelloit. On lança les Lettres dans le Camp des Espagnols, & comme il faisoit encore jour, plus sieurs d'entre elles tomberent entre les mains de quelques Soldats qui les porterent au Roi.

Don Alfonse étoit bien éloigné d'attendre des nouvelles si flateu-se ; il reconnut l'écriture de Don Palmerin , & se sentit pénétré de joye en voyant par-là que son Ami n'étoit pas mort ; mais cette même joye monta jusqu'à l'excès le plus doux , lorsqu'il eut achevé de lire les Lettres : Grand Dieu , s'écria-t-il en levant ses mains & ses yeux vers le Ciel , vous me comblez de faveurs ! Ah que votre Providen-ce est digne d'admiration ! Je crai-gnois de perdre mon cher Palme-rin , je n'avois plus qu'un foible es-poir de prendre Grenade , & vous me rassûrez sur l'un & l'autre ! Sei-gneur , je ne doute point de l'ac-complissement de votre promesse ! J'ose vous demander encore une grace ; daignez nous ramener la vertueuse Thamire , c'est d'elle que vous vous êtes servi pour sauver Don Palmerin sur les rivages de Maroc ; c'est lui que vous avez em-ployé pour la rendre Chrétienne , ne souffrez point qu'ils passent tous

deux leurs jours dans une longue
mifere & dans des ennuis éternels,
leur bonheur augmentera le mien,
& nous unirons nos voix pour célé-
brer votre clémence !

Comme il n'y avoit point de tems
à perdre, le Roi envoya chercher
Rodrigue, & lui ayant montré l'u-
ne des Lettres de Don Palmerin,
il lui ordonna de tenir les Troupes
Françoifes, & l'élite des Efpagnols
fous les armes pour les faire marcher fans bruit lorfqu'il en feroit
tems ; enfuite il paffà chez la Reine,
& lui annonça les bonnes nouvelles qu'il venoit de recevoir.

Rodrigue en s'acquittant des ordres dont il étoit chargé, rencontra la Ducheffe qui fe promenoit
dans le Camp ; il lui apprit tout
ce qu'il fçavoit de Don Palmerin,
& de la révolution qui étoit fur le
point d'arriver dans Grenade. Elle
en témoigna de la joye, mais elle
fe confirma de plus en plus dans la
penfée de perdre Thamire.

Les inquiétudes dont elle étoit
agitée, l'obligerent à rentrer dans
fa tente ; & Virginio y vint peu de
tems après pour voir Chymene.

Cette fille avoit entendu l'entretien de sa Maitresse avec le Général, & peu de tems après avec le Capitaine Turmélie; elle en informa son Amant, qui ne douta point que Thamire ne fût l'objet d'une fureur si noire.

Oh barbare Duchesse, s'écria-t-il! Oh malheureux Don Palmerin! à qui t'es-tu confié? Chymene, fais-moi parler promptement à Thamire, je t'en conjure.

Chymene répondit que Thamire étoit sortie depuis environ deux heures, & qu'on ne l'avoit point vûe rentrer. Lorsqu'elle viendra, reprit Virginio, avertis-la secrettement d'abandonner ces funestes lieux, & d'aller se mettre sous la protection du Roi; surtout qu'elle n'approche point du Quartier de Turmélie; ne vois-tu pas que c'est elle qu'on veut assassiner? Les Souverains ont-ils besoin de se cacher pour punir leurs sujets? Je cours chez Don Alfonse, continua-t-il, je lui révélerai cette trahison infâme.

Ecoute, interrompit Chymene, je crois que tu devrois passer

d'abord chez Rodrigue ; il est généreux , il estime Don Palmerin ,
& dès qu'il soupçonnera les intentions de la Duchesse , tout l'amour
dont il est prévenu pour elle , ne
l'empéchera pas d'appuyer ton rapport.

Virginio jugea que sa Maitresse
avoit raison ; il courut chez le Général , mais ne l'ayant pas trouvé ,
il prit le parti d'aller tout dire au
Roi.

D'un autre côté , la Duchesse
qui ne songeoit qu'à précipiter
l'exécution de son dessein , fit appeller Thamire, & témoigna beaucoup d'inquiétude , lorsqu'elle
apprit que cette aimable personne
étoit allée se promener dans le
Camp. Fortune inexorable , dit-
elle aussi-tôt qu'elle fut seule , vou-
drois-tu me dérober ma victime ?
La nuit avance , & Thamire vit
encore ! Don Palmerin va subjuguer Grenade , sans doute le
Roi lui mettra la Couronne sur la
tête , & l'ingrat que j'aime ne la
recevroit que pour la partager avec
ma Rivale ! Non, non , qu'elle pé-
risse , & qu'elle m'entraîne plutôt

mille fois dans fa chûte ; mes yeux ne feront pas les témoins de fon triomphe !

Tranſportée de fureur & ne fe poſſedant plus, elle fait appeller Chymene ; elle ordonne qu'on cherche Thamire par-tout. Dans l'inſtant même on lui vient annoncer un Officier qui demande à lui parler de la part du Roi. Il entre, & l'ayant faluée : Madame, dit-il, Sa Majeſté vous prie de lui envoyer fur le champ ce jeune Page qui eſt venu de Grenade, & qui vous a remis une Lettre du Seigneur Don Palmerin. On m'a chargé de l'emmener avec moi.

La Ducheſſe parut toute interdite ; elle s'imagina que Chymene la trahiſſoit, & dans le premier feu de fa colere, elle jetta fur cette fille un regard menaçant, qui étoit l'avant-coureur de quelque grand orage.

Chymene eut peur, elle s'enfuit du pavillon, & fe retira promptement vers le Quartier du Roi. La Ducheſſe répondit à l'Officier qu'elle ignoroit où étoit le Page, mais qu'auſſi-tôt qu'il feroit revenu, elle ne manqueroit pas de l'envoyer, ou bien de le conduire elle-même.

Ensuite elle tâcha de pénétrer quels étoient les motifs qui faisoient agir le Roi ; mais l'Officier ne put lui donner aucun éclaircissement là-dessus. Il persistoit à demander le Page ; elle lui repliqua d'un ton d'aigreur : Je vous ai deja dit que je l'ai point, on va le chercher, c'est une personne qui m'est fort indifférente, & je ne sçavois pas que je dusse éclairer ses démarches.

Le Roi qui avoit été instruit de tout par Virginio, fut très mécontent de la réponse que l'Officier lui rapporta : il jugeoit que Thamire ne devoit pas se promener si tard dans le Camp sans quelqu'ordre de la Duchesse : Il trembloit que celle-ci n'eût déja exécuté son projet sanguinaire.

Chymene survint toute épouvantée, ses frayeurs augmenterent les allarmes du Roi dont elle imploroit la protection. Rodrigue parut quelque tems après ; il venoit annoncer que les Troupes choisies commençoient à défiler vers les portes de l'Alhambre , & que tout étoit bien difposé pour feconder Don Palmerin dans fon entreprife.

Quand le Général eut fini fon rapport, Don Alfonfe lui deman-da s'il étoit vrai que Madame d'Ampure lui eût propofé de faire tuer certain malheureux qu'elle de-voit lui envoyer cette nuit. Rodri-gue voyant bien que le Roi fçavoit tout, n'ofa nier la vérité. On en-voya chercher Turmélic : il eut d'abord recours au menfonge; mais la frayeur des tourmens dont on le menaçoit, l'obligea bien - tôt à changer de langage. Lorfqu'il eut fait fa dépofition, il ajouta qu'il avoit chargé un Soldat nommé Léonard d'exécuter les ordres de la Ducheffe ; qu'il n'y avoit là-dedans rien de criminel, & qu'u-ne Souveraine outragée par un fujet coupable, pouvoit le condamner à la mort.

Infâme, reprit vivement le Roi, cette maniere de châtier les coupa-bles te paroît - elle permife dans mon Camp? Elle n'eft pas auto-rifée chez les Nations les plus bar-bares, & tu prétends l'introduire chez les Chrétiens ! Mais enfin qu'eft-il arrivé ? Tes ordres ont-ils eu leur effet ? Turmélic repliqua qu'il croyoit que non, à moins que ce ne fût depuis une heure, qu'il s'étoit éloigné de fa tente. Hé bien, dit Don Alfonse, cours les révoquer ces ordres funeftes, & plaife à Dieu qu'il en foit tems encore ! Courrez-y, mon cher Rodrigue ; j'y vais moi-même, continua-t-il en foupirant, je ne fçaurois prendre trop de mefures pour empêcher l'accompliffement d'un crime fi déteftable.

Ils fortirent enfemble. Virginio & plufieurs autres perfonnes de la Cour les fuivoient. A peine eurent-ils fait quelques pas dans le Camp, qu'ils rencôntrerent Léonard. On l'interrogea, il dit que la chofe étoit faite. Quoi, s'écria Don Alfonfe, tu as maffacré celui qui eft venu de la part de Madame d'Ampure ? Seigneur, répondit Léonard, mon Capitaine me l'a commandé, j'ai fuivi fes ordres.

Miférables, reprit le Roi, vous m'avez percé le cœur ! Infortuné Don Palmerin, quelle récompenfe vas-tu recevoir de tes travaux !

Seigneur, interrompit Léonard, si Votre Majesté s'afflige de la mort d'un homme, elle peut bien se consoler; car c'est une femme qui vient de périr, je l'ai reconnue après avoir fait le coup.

Hé c'est-là précisément ce qui me désespere, disoit le Roi, c'est le sang de Thamire qu'on vient de verser. Rodrigue, allez me chercher son corps, amenez-moi la Duchesse, qu'on ne l'épargne pas, qu'on l'entraîne, si elle ose faire la moindre résistance : Ah la cruelle ! Son rang ne la dérobera point à ma juste fureur.

Turmélic fut mené en prison, Rodrigue & Léonard s'éloignerent aussi troublés l'un que l'autre, Don Alfonse rentra dans son appartement. Virginio s'avança du côté de Grenade, où le bruit des armes commençoit à se faire entendre ; son idée étoit d'aller joindre Don Palmerin, non pas pour lui donner des nouvelles si funestes ; mais plutôt pour empêcher qu'il n'en fut instruit dans la chaleur du combat.

Fin du huitième Livre.

Sui

Sur le déclin du jour les Académiciens entrerent dans la Bibliothéque d'Eudoxe, & s'amuserent à feuilleter des Ouvrages nouveaux qu'il avoit reçus de Paris.

Parmi plusieurs feuilles de M. l'Abbé des Fontaines, Gelase en trouva deux où cet Ecrivain donne encore quelques coups de dents à Philomuse : il les lut tout bas ; ensuite s'adressant à Eudoxe : Je viens, lui dit-il, de faire une découverte, nous n'avons pas répondu à toutes les Critiques de l'Observateur ; le voilà qui revient à la charge contre la Traduction du Camoëns. Quoi, repartit Eudoxe, il en parle ailleurs que dans les deux Lettres que nous avons examinées ? C'est la sangsuë d'Horace.

Jamais elle ne lâche prise

Que lorsqu'elle est pleine de sang ;

Un Censeur éternel que la bile maîtrise,

Doit être mis au même rang. †

Eudoxe & Philomuse prirent les deux feuilles en question, & les

* Non missura cutem nisi plena cruoris hirudo.
Hor. de Art. Poët.

Tome II.   Q

parcoururent des yeux. C'est du fruit nouveau pour moi, dit Philomuse, cela n'étoit point parmi les Livres que j'ai achetés dans Final. Voyons de quoi il s'agit, continua Eudoxe, & il lut les Articles suivans.

paroles de l'Observateur. T. II. Let. 18,

Nous sommes assurément très-obligés à Philomuse de nous avoir donné dans notre Langue un Poëme célèbre, où il y a tant de beautés de détail, & qui n'est défectueux que par la foiblesse de son sujet & par le mauvais usage de la Fable; mais nous aurions été plus redevables encore à ce Traducteur, s'il avoit bien voulu supprimer ses notes, au moins les réduire au demi quart, je les trouve presque par-tout inutiles, & fort souvent fautives.

Réponse.

Pour ce qui concerne le choix du sujet & l'usage de la Fable, dit Eudoxe, nous avons déja refuté les sentimens de l'Observateur. Je me flate, ajouta Philomuse, qu'il ne sera guere plus difficile de détruire ses objections contre les notes: Sans doute qu'il va nous donner quelqu'exemple de celles qui lui paroissent fautives & superflues; en at-

rendant je le prie de songer que
les notes ne sont pas faites ordinai-
rement pour des Sçavans ; mais
pour la commodité des personnes
qui ont peu de lecture. Quoique
jusqu'à présent il n'ait montré sa
science & son érudition que par
des preuves assez minces, je veux
bien croire qu'il n'a point trouvé
de quoi s'instruire dans mon Commentaire ; cela n'empêche pas que
d'autres n'ayent pû en tirer quelque
profit, c'est précisément pour eux
que j'écrivois.

Par exemple à la page 34. Tome I.
le Camoëns compare l'ardeur des Por-
tugais combattans contre les Maures
au courage d'un Amant, qui pour mé-
riter l'applaudissement des Amphi-
théatres & les regards de sa Maitres-
se s'expose sur l'arene aux fureurs du
taureau : il se poste au-devant de lui,
il saute, court, sifle, crie, & pro-
voque le fougueux animal par des ges-
tes qui redoublent sa férocité. Le Tra-
ducteur s'imaginant que cet endroit
avoit besoin de Commentaire, a fait
la remarque suivante au bas de la pa-
ge. Pour bien entendre, dit-il, cette
comparaison, & pour en sentir la va-

Les Com-
mentaires ne
sont pas faits
pour les Sça-
vans.

Paroles de
l'Observa-
teur, ibid.

leur, il faut sçavoir un usage qui se pratique en Espagne; on y fait battre des taureaux avec des chiens dans les places publiques: Je demande d'abord si ces combats de taureaux avec des chiens servent beaucoup à faire sentir la valeur de la comparaison, où il s'agit du combat d'un taureau contre un homme? Mais si le docte Commentateur avoit été en Espagne, s'il eût au moins consulté tant de François qui y ont servi, ou s'il eût lû les Relations les plus communes de ces Pays-là, il auroit sçu que jamais on ne fait combattre en Espagne les taureaux contre les chiens; ce sont toujours les hommes qui les attaquent, & ces hommes s'appellent Toradores.

Réponse. Voilà beaucoup de verbiage, s'écria Philomuse, c'est la montagne qui enfante une souris. Si dans la note que l'Observateur critique injustement, je m'étois contenté de dire qu'en Espagne on fait battre des chiens contre des taureaux, il n'auroit pas tort de juger qu'elle ne répand aucun trait de lumiere sur la comparaison; mais j'ajoute que dans ces sortes de fêtes, on voit souvent des Amans parés des rubans &

des livrées que leurs Maitresses leur donnent, s'avancer fierement contre ces animaux fougueux, & faire avec une javeline ou une épée courte & large tout le manége que décrit le Poëte Portugais. Il me semble qu'il étoit nécessaire de rapporter cet usage, puisque de-là dépend l'éclaircissement du Texte; plusieurs de nos François pouvoient fort bien ignorer qu'on se fasse en Espagne un point de galanterie d'affronter la fureur des taureaux, moyennant quoi la comparaison auroit été obscure pour eux. Remarquez l'adresse du Censeur, il veut rendre ma note ridicule, & il en trouve le moyen en la mutilant misérablement.

Irrégularité de la Critique de l'Observateur.

Ainsi les oiseaux du Stymphale *
Sur les mets les plus doux brusquement s'attachoient :

Et leur avidité fatale

Corrompoit tout ce qu'ils touchoient.

Poursuivons l'Observateur, ajouta Philomuse, dans ses retranchemens, ou plutôt dans ses écarts. Il

* Les Harpies.

Q iij

lui plaît de deviner que je n'ai pas
été en Espagne, & cela pour avoir
lieu de nous étaler la belle érudition, qu'il puise dans les Gazettes
& dans d'autres Relations communes : *O Vappam , ô Cyclicum Doc-
torem !* Nous avons déja reconnu, interrompit Philinte , que cet
homme n'est pas heureux à deviner.

J'ai été en Espagne & en Portugal, reprit Philomuse, vous le sçavez , & bien d'autres personnes qui
m'honorent de leur amitié le sçavent aussi : J'avouë qu'on n'y fait
point toujours battre des chiens
contre les taureaux ; mais cela ne
laisse pas d'arriver quelquefois, &
même très-souvent dans la Galice,
qui produit des chiens fort coura-
geux, qu'on appelle *perros tore-*
ros : * Un ancien Romance que les
Paysans chantent continuellement
dans cette Province, pourra nous
servir ici de preuve : On y voit *que*
le fameux Cid Ruydiaz avoit deux
dogues qu'il fit battre dans la Ville
de Lugo contre un taureau furieux ; le

* C'est-à-dire, des chiens propres à combattre
des taureaux.

taureau les tua, leur maître qui les aimoit, s'arracha la barbe de dépit, à ce que raconte plaisamment l'Auteur, & jura par son Dieu & par Chymene son épouse qu'il les vengeroit : Alors étant monté sur son cheval Babieça, & tirant son épée qu'il nommoit Tizone, il massacra le taureau comme si ce n'eût été qu'une foible brebis. *

C'en est assez, dit Eudoxe, pour ruiner l'érudition triviale du Censeur, & pour lui montrer qu'il n'est pas bien informé. J'apperçois encore d'autres fautes dans l'endroit

* On a mis le Romance Espagnol après la Table ; je ne me trompe point sur le fait dont il s'agit : mais comme l'Observateur pourroit douter de mon témoignage, ou penser qu'une Chanson surannée ne tire pas à conséquence, achevons de le convaincre en lui citant des Relations Françoises de nos jours, & qui sont entre les mains de tout le monde. Qu'il se donne la peine de lire le Mercure de l'an 1714. il verra dans le volume du mois de Juillet page 82. que dans les courses qui se font au Château d'Arranjuës sur le bassin nommé el mar d'Ansigola ; on lâche quantité de chiens contre les taureaux. & dans le Tome du mois d'Octobre, il trouvera ces paroles page 59. Ce qu'il y eut de plus divertissant dans ce combat, ce fut le courage d'un chien, qui dès le moment qu'il vit entrer le taureau dans la carriere, le prit à la barbe, & ne le quitta qu'à la mort. J'ai honte d'être obligé de m'étendre sur de pareilles minuties ; cependant je n'aurai pas perdu mon tems, si le Censeur est homme à se corriger.

Q iiij

que nous venons de lire ; on n'appelle point *Toradores ceux qui attaquent les taureaux* ; *Toradores* est un barbarifme en Langue Efpagnole ; c'eft *Toreadores* qui eft le bon terme.

Croyez - vous , infifta Gelafe , que l'Obfervateur fe pique de fça-voir les Langues dans toute leur juftefle ? On fonge bien à d'autres chofes quand on s'abandonne déli-cieufement au plaifir de faire des extraits , & d'exercer le noble métier de Critique banal.

Je remarque , ajouta Philinte , une autre méprife du Cenfeur ; il dit *que le Camoëns compare l'ardeur des Portugais combattans contre les Maures au courage d'un Amant qui s'expofe aux fureurs du taureau.* Ce

Méprife de l'Obfervateur.

n'eft point là le fens du Poëme, non plus que de la Traduction ; l'un & l'autre comparent les Por-tugais au taureau qui terrafle tout , & les Maures au téméraire Amant qui le harcelle. Eft-ce ainfi qu'un fage Critique doit prendre les idées d'un Auteur ? La comparaifon eft cependant fort claire.

A cette étourderie , repliqua Gelafe, je reconnois l'Obfervateur ; il lit avec précipitation , il ne faifit les objets que fuperficiellement , & décide pourtant avec toute la confiance imaginable ; fous quelle malheureufe étoile eft-il né ? On diroit qu'il a fait ferment de mutiler , de falfifier , & de ne raifonner jamais jufte.

Le Traducteur fe plaît tellement à enfanter des notes , que croyant que ces paroles du Texte au même endroit, le taureau frappe , renverfe , immole tout ce qu'il rencontre, *avoient befoin d'éclairciſſement , il a jugé à propos de faire cette Obfervation curieufe fur le mot de* renverfe : *Ce mouvement,* dit-il , *eft naturel au taureau , lorfqu'il eft en fureur , & qu'il veut frapper quelque chofe avec violence :* Pour juftifier le Commentateur , on pourroit dire qu'à l'exemple du Docteur Mathanafius , il a prétendu par un Commentaire ridicule , fe moquer des Scholiaftes. *Paroles de l'Obfervateur.*

Pour juftifier l'Obfervateur , s'écria Philomufe , on pourroit s'imaginer qu'en nous donnant l'exemple d'une Critique odieufe , il veut nous infpirer une horreur nouvelle *Réponfe.*

Q v

pour Zoïle & pour tous ſes deſcen-
dans. Montrez-moi, je vous prie,
le premier Volume de mon Camoëns; tenez, voilà le Texte. *Alors
le taureau pouſſe des mugiſſemens horribles, baiſſe fierement ſa tête armée
de cornes redoutables, ferme les yeux,
frappe, renverſe, immole tout ce qu'il
rencontre.* La note en queſtion tombe ſur ces deux mots *ferme les yeux.*
Effectivement le taureau les ferme
lorſqu'il eſt en fureur, & qu'il veut
frapper quelque choſe avec violence: pluſieurs Naturaliſtes l'ont remarqué; mais tout le monde n'eſt
pas obligé de le ſçavoir; ai-je mal
fait d'en inſtruire des Lecteurs, que
cet endroit pouvoit jetter dans quelqu'embarras? Au ſurplus lorſque
ma Luſiade étoit ſous la preſſe, j'é-
tois en Allemagne, & je n'ai pû
en corriger les épreuves; doit-on
s'en prendre à moi, ſi l'Imprimeur
a placé ſur le mot de *renverſe*, l'é-
toile qui renvoye à la note, au lieu
de la mettre ſur *ferme les yeux?*

Dans le fonds, cette faute d'im-
preſſion n'eſt d'aucune conſéquen-
ce; un homme de bon ſens ne s'y
trompera jamais; & pour vous par-

fer franchement, je ne crois pas que l'Observateur lui-même s'y foit trompé ; car s'il m'avoit cenfuré avec candeur, pourquoi auroit-il fupprimé dans la phrafe du Camoëns ces deux mots *ferme les yeux?* Ne feroit-ce point dans la jufte crainte de laiffer aux Lecteurs un moyen affuré pour developper le faux de fa réflexion ? Cela s'appelle jouer des gobelets en fait de Critique, c'eft efcamoter finement les raifons de fon Adverfaire ; quelle gentilleffe !

Si on jugeoit de la Lufiade par la Traduction Françoife qui en a paru cette année, on croiroit que cet enthoufiafme effrené feroit le caractere de ce Poëme Portugais ; mais il eft bon que le Public foit informé que le Poëme n'eft point du tout écrit dans ce ftile pétillant qu'il a plu au Traducteur de lui prêter.

Paroles de l'Obfervateur , Tom. III. Let. 411.

On n'eft pas , dit Philomufe , à la peine de donner des avis au Public fur la Traduction des Pfeaumes par l'Obfervateur ; tout le monde voit dès le premier coup d'œil qu'il les a défigurés entierement, qu'il y a mêlé des expref-

Réponfe.

Q. vj

sions basses & des pensées fausses ; on le sçait, on le lui a prouvé d'une maniere qui ne souffre point de replique.* Mais lui, pourra-t-il nous prouver qu'il ne tombe pas maintenant dans une contradiction ridicule ? Il a reconnu dans sa septiéme Lettre, qu'il n'étoit point en état de juger si ma Traduction est fidéle ; avec quel front vient-il nous dire aujourd'hui que j'ai changé le stile & le caractere de mon Auteur ? Certainement il ne sçait point le Portugais, & ne le sçachant pas, comment oseroit-il décider avec tant de sécurité, s'il n'étoit aveuglé jusqu'au point de prendre son aveuglement même pour un rayon de lumiere ?

Je veux bien, ajouta Eudoxe, que quelqu'un ait dit à l'Observateur que vous avez prêté au Camoëns un stile qui ne lui est pas naturel ; mais ce quelqu'un aura fait voir des preuves, ou non. S'il en a donné, on devoit les rapporter sincerement ; & s'il n'en a point donné, devoit-on s'en reposer sur un témoignage si foible ?

* Dans le faux Aristarque.

Quoi qu'il en foit, reprit Philó-
mufe, je pourrois vous montrer
fans peine que je n'ai rien prêté au
Camoëns, & que de tous les Poëtes qui ont jamais écrit, c'eft peut-
être celui qui avoit le plus d'enthoufiafme, & le ftile le plus *pétillant*.
Cela nous jetteroit dans une longue difcuffion ; je me contenterai
de vous rapporter l'endroit même
fur lequel j'ai fait la note que l'Obfervateur vient de critiquer ; il ne
nous reprochera pas que nous allons chercher nos exemples trop
loin de fes remarques : Voici comment l'Auteur Portugais s'exprime.

Andão pela Ribeira alva arenofa
Os bellicofos mouros acenando
Có a adarga, e có a hafta perigofa,
Os fortes Portuguefes incitando :
Não fofre muito a Gente generofa
Andarlhe os caés os dentes amonftrando :
Qualquer em terra falta tam ligeiro
Que nenhũ dizer pòde qu'he primeiro.

Qual no couro fanguineo o ledo amante
Vendo a fermofa Dama Defejada
O Touro bufca, e pondo fe diante,
Salta, corre, fibila, acena, e brada:

Mas o animal atroce neſſe inſtante

Cõ a fronte cotnigera inclinada

Bramando duro cotre , e os ol hos cerra,

Derriba , fere , mata , e poem por terra.

೮ಾ

Eis , nos bateis o furor ſe levanta,

Cõ o fogo na dura artilheria ,

A plumbea morte vola , o brado eſpanta

No monte o ar retumba , e aſſouria :

O coraçaõ dos mouros ſe quebranta ,

O temor grande o ſangue lhes resfria :

Ja foge o eſcondido de medroſo ,

E morre o deſcuberto aventuroſo. *

Voyez maintenant , continua
Philomuſe, de quelle maniere j'ai
rendu cette deſcription. Si l'Obſervateur connoît un peu l'art de
traduire, je le défie de me montrer
que j'aie rien prêté à mon Original ; toute la crainte que je dois
avoir, c'eſt que mon ſtile ne ſoit pas
aſſez *pétillant* pour repréſenter l'en-
thouſiaſme & le feu qui regnent
dans l'expreſſion du Camoëns.

*La Troupe Mauriſque inſulte les
Portugais, les harcelle, & tourne

* Luſ. Cant. 1.

contr'eux la pointe menaçante de ses
dards : Irrités autant que surpris d'u-
ne audace si vaine, ils s'élancent tous
sur le sable avec la même ardeur, nul
ne peut se vanter d'être le premier qui
se soit offert au péril ; ainsi lorsque
dans les jeux publics pour mériter l'applaudissement des Amphithéatres &
les regards de sa Maitresse, un Amant
s'expose sur l'arene aux fureurs du
taureau ; il se poste au-devant de lui,
il saute, court, siffle, crie, & pro-
voque le fougueux animal par des ges-
tes qui redoublent sa férocité : Alors
le taureau pousse des mugissemens horribles, baisse fierement sa tête armée
de cornes redoutables, ferme les yeux,
frappe, renverse, immole tout ce qu'il
rencontre. Tel & plus vif encore,
s'enflamme le juste couroux des Portugais ; l'Artillerie s'allume, le plomb
part, la mort vole, l'air gémit, les
antres retentissent, un soudain effroi
glace le cœur des barbares éperdus ;
ceux qui se sont montrés à découvert,
trouvent dans un prompt trépas le prix
de leur témérité ; les autres qui se tenoient en embuscade, prennent hon-
teusement la fuite. *

* Luf. Trad. ibid.

Comparez, poursuivit Philomuse, l'Original avec ma Traduction,
& jugez s'il est vrai que je prête au
Camoëns ce stile *pétillant* qu'on me
reproche.

Fin de la neuviéme Conférence.

ENTRETIENS
LITTERAIRES
ET
GALANS.

DIXIE'ME ET DERNIERE CONFE'RENCE.

Sur Rien.

IL n'y eut point d'affem-
blée le jour fuivant, on en
paffa une partie à la chaffe
& l'autre à la pêche. Gé-
lafe reçut le foir une Lettre de la
Comteffe de Fleurville, qui le prioit
de venir le lendemain, & d'ame-
ner fes deux Amis.

Comme elle ignoroit que Philomufe fût arrivé, elle n'en parloit
point ; les autres ne laifferent pas de

le convier à prendre sa part du Divertissement qu'on leur préparoit ; il accepta la proposition d'autant plus volontiers, qu'il avoit l'honneur de connoître cette Dame depuis plusieurs années, & qu'il se faisoit un vrai plaisir de la revoir.

On partit le lendemain dès la pointe du jour, & l'on arriva de très-bonne heure au Château de Madame de Fleurville ; elle venoit de se lever & Mesdemoiselles ses filles aussi. Philomuse les trouva plus belles que jamais & leur en fit son compliment ; l'aînée s'appelloit Florise, & la cadette Dorimene: celle-la étoit blonde, & celle-ci brune ; l'une & l'autre avoient tant d'appas, qu'il étoit impossible de n'en aimer qu'une en les voyant toutes deux.

Florise devoit se marier dans huit jours avec le Baron de Rozange, & Dorimene avec celui de Belpierre. C'étoient deux Cavaliers qui n'avoient rien à souhaiter ni du côté de la fortune, ni du côté de la nature ; nobles, riches, agréables & spirituels, ils aimoient tendrement, & ils étoient aimés de même.

On les vit bien-tôt paroître , ils étoient voisins de Madame de Fleurville, & il ne se passoit point de jour qu'ils ne vinssent chez elle.

Après les premieres civilités , la conversation devint générale , elle roula sur differens objets au gré des caprices divers de la Compagnie ; cette varieté fait d'un long entretien un tout assez bizarre , mais dont la bizarrerie même forme l'agrément.

Comme le Ciel étoit couvert de nuages , & que les Dames pouvoient se promener sans craindre l'ardeur du soleil , on s'avisa de descendre dans le Jardin , & lorsqu'on y eut fait quelques tours à l'ombre d'un bosquet délicieux , on alla se reposer dans une grotte qui n'étoit pas moins agréable ; c'est-là que Dorimene & Florise qui avoient la voix fort belle , & qui sçavoient parfaitement l'Italien, chanterent les deux Ariettes suivantes.

FLORISE.

Ho un cuor' da vendere
Chi l'vuol' comprare ?

Me lo vuol' prendere
Un crin' leggiadro :
Un rifo ladro
Me l'vuol' rubbare :
Uno fguardo gentil' me l'vuol accendere,
Nol' poffo più falvare.
Ho un cuor' da vendere,
Chi l'vuol' comprare ?
Non vo' pretendere
Prezzo à rigore ;
Si paga un cuore
Sol con l'amore :
Hor, fe v'afpira alcun', fi lafci intendere,
Ch'io me ne vo' privare.
Ho un cuor' da vendere,
Chi l'vuol' comprare ? *

&

Mon cœur eft à vendre,
Qui veut l'acheter ?
Deux beaux yeux veulent me le prendre,
Un vifage agréable, un fouris doux & ten-
dre
Confpirent pour me l'emporter :
Lui-même il s'empreffe à fe rendre,
Et je ne puis plus l'arrêter :

* Lem. Narc. Att. I. Sc. IV.

Mon cœur est à vendre ,

Qui veut l'acheter ?

Bergers , qui sçavez l'art de plaire ,

Ne craignez rien de ma rigueur ,

Nous traiterons avec candeur ,

Je ne prétends pas vous surfaire ,

C'est en aimant qu'on paye un jeune cœur.

Bergers , faites vous donc entendre ,

L'offre est jolie , & l'on peut l'accepter ,

Mon cœur est à vendre

Qui veut l'acheter ?

DORIMENE.

Tiranna , e qual tormento

Ti recco mai se timido & modesto

Di palersati appena

Ardisco il mio Martir ? Sola à sdegnarti

Tu sei frà tante e tante

Al sospirar d'un rispettoso Amante !

Fiumicel' che , s'ode appena

Mormorar frà l'erbe e i fiori ,

Mai turbar non fa l'Arena ,

E alle ninfe , ed à i Pastori

Bell' oggetto è di piacer'.

Venticel' che appena scuote

Picciol' mirto, o baffo alloro ?
Mai non defta
La tempeftà,
Ma cagione è di riftoro
Allo ftanco pa ffagier. †

ℰ

Devant toi je fçais me contraindre,
Mon cœur te cache fes defirs :
Inhumaine beauté ! de quoi peux-tu te plain-
dre ?
Tu n'entends prefque pas mes timides foupirs;
Cruelle ! il n'eft que toi dans toute la nature,
Il n'eft que toi (j'en attefte les Cieux)
Qui puiffe prendre pont injure
Des foupirs fi refpectueux !
Un ruiffeau qu'on n'entend qu'à peine
Murmurer au milieu des fleurs,
Ne trouble pas la molle arêne, *
Et fait le plaifir des Pafteurs.
Un zéphir qui ne peut qu'ébranler les feuil-
lages

---

† Metaft. Semir Att. II. Sc IX.
* J'ai trouvé quelques perfonnes qui condam-
noient cette expreffion, mais J crois que pour la
juftifier, il fuffit de rapporter ces deux beaux Vers
de Boileau.

J'aime mieux un ruiffeau, qui fur la molle arène,
Dans un pré plein de fleurs lentement fe promene.
                                    Art. Poët. Ch. I.

D'un myrthe ou d'un laurier naissant,
N'excite jamais des orages ,
Mais il rafraîchit le passant.

On loua beaucoup la voix des aimables Chanteuses & la délicatesse
des Ariettes. Philinte remarqua que
les paroles étoient tirées de deux
Auteurs Italiens que l'on ne connoît pas bien encore en France ,
quoiqu'ils soient très-bons l'un &
l'autre. Il ajouta que le premier s'appelloit François de Lemene , qui
mourut l'an 1704. & que le second est *le Signor Métastasio* , qui
fleurit maintenant à la Cour de
l'Empereur.

Autant que je puis en juger,
continua Philinte, rien n'est plus
doux que l'expression du Lemene ,
rien de plus galant que ses idées
amoureuses. Les Demoiselles le
prierent de leur en dire quelque
chose, il leur recita les Vers suivans.

La Bella semprè Bella Capriccio.

E bello il giorno
In su l'Aurora,

Di fiori adorno

Lieto innamora :

Mà , del sol' la luce torrida

Quando volge altrove il piede ,

Mesto si vede

Con la faccia oscura ed orrida;

E la mia Pastorella ,

O sia lieta , o sia mesta , è semprè
bella

E bello il Cielo ,

Quando sereno

Senza alcun' velo

Ne scopre il seno :

Mà qualhora avvien' che fulmini

Il rigor' di giove irato ,

Il Ciel' turbato

Mi paventa con suoi fulmini ;

E la mia Pastorella

Sia serena,o turbata è sempiè bella.

E bello il mare ,

Se l'Aure han' pausa ,

E in calme care

Tranquillo posa :

Mà se l'onde al Ciel' s'avventano ,

Cui percota Euro disciolto ,

Sdegnato ha il volto ,

E'l nocchier' l'onde spaventano :

E

E là mia Paſtorella,

Sia tranquilla , o ſdegnata è ſem-
prè bella.

☙

Quand la matineuſe Aurore

Ouvre au Soleil en riant

Les portes de l'Orient ;

Le beau jour qu'on voit éclore,

Anime le teint de Flore ,

Son agréable clarté

Répand par-tout la gayeté.

Mais quand Phébus ſous des nuages ſombres

Cache triſtement ſon flambeau,

Le jour terni par l'épaiſſeur des ombres ,

Ne nous offre plus rien de beau :

Et ma Bergere Léonelle

Eſt toujours également belle.

La nuit plaît quand l'Olympe environné d'a-
zur

Montre dans ſes voutes brillantes

Les richeſſes étincellantes

Qui lui prêtent un feu ſi pur ;

Mais féconde en objets funebres

La nuit devient un tems d'horreur,

Lorſque le Ciel au milieu des ténébres

Tonne ſur nous avec fureur.

Et ma Bergere Léonelle

Eſt toujours également belle.

Tome II.   R.

Lorſque les vents audacieux
Empriſonnés dans leurs grottes profondes
Reſpectent le calme des ondes ,
L'Océan peut flater les yeux ;
Mais quand Borée appellant le nauffrage ,
Répand ſur l'empire des flots
Les bruyans effets de ſa rage ,
L'Océan eſt affreux aux yeux des Matelots.
Et ma Bergere Léonelle
Eſt toujours également belle.

Les Dames parurent contentes de cette galanterie, & Philinte jugea que leurs applaudiſſemens l'autoriſoient à leur dire encore ce Madrigal qui eſt du même Auteur.

Vedi quel ruſcello ? Il vedi, amore ,
(A Cupido dicea Pallade caſtà
Additando con l'aſta)
Che non ha di vil fango il letto impuro ?
Che ſu lucidi ſaſſi
Col' cryſtallino, ed innocente humoré
Move limpidi paſſi ?
E bello perche pato ;
'Tu pur', come il ruſcello,
Amor', quando ſei puro , al'hor' ſei bello.

Vois-tu bien ce ruisseau ? disoit Pallas un jour

Au Dieu malin , qu'on appelle l'amour,

   Son onde est un argent liquide ,

   Un miroir, un crystal fluide ,

   Qui ne devient jamais obscur :

   Clair & transparant dès sa source,

   Exempt de limon dans sa course,

   Il est beau , parce qu'il est pur :

   Amour , si tu voulois m'en croire,

Tu tâcherois d'imiter ce ruisseau ,

   C'est de-là que dépend ta gloire;

   Sois pur , & tu paroîtras beau.

Voilà , dit Madame de Fleurville, une pensée agréable , noble , juste & tournée d'une façon très-naturelle ; comme je suis la Doyenne de notre assemblée , je veux vous imposer à tous une loi , dont cependant je ne m'exempterai pas moi-même ; c'est que chacun de nous rapporte un Madrigal , ou quelqu'autre petite Piece choisie d'un Auteur Italien , & quiconque nous récitera une pensée fausse , équivoque ou triviale , sera obligé pour sa peine à nous dire une Fable de son invention.

Tous les Cavaliers accepterent le Cartel ; il n'y eut que Florife & Dorimene qui vouloient s'en défendre fous prétexte qu'elles n'avoient jamais fait de Fables , & qu'elles n'en fçavoient point faire. Je n'en fçais pas plus que vous làdeffus , leur dit la Comteffe ; mais s'il nous arrive d'être condamnées , il faudra travailler d'imagination , & nous en tirer le moins mal qu'il nous fera poffible.

Raffurez-vous , Mefdemoifelles , ajouta Philinte , les Vers du moindre Poëte Italien gagneront infiniment dans votre bouche ; qui de nous oferoit vous cenfurer ? Ne vous fiez point à ce flateur-là , interrompit Gélafe , vos yeux me traitent fans pitié , n'efperez aucune complaifance de ma part, & foyez fûres que fi je puis vous critiquer , vous ne m'échaperez pas. Ah le méchant homme , s'écria Florife ! Ah que j'aurois de joye , pourfuivit Dorimene , s'il payoit l'amende ?

Puifque j'ai fait la loi , dit Madame de Fleurville , je vais commencer pour vous donner bon

exemple. Ensuite je vous appelle-
rai tous les uns après les autres, suivant que mon caprice me l'ordon-
nera.

Feu M. de Fleurville qui aimoit
beaucoup la Litterature Italienne,
m'a fait apprendre ce Sonnet du
Zappi.

Torna mi à mente quella trista e nera
   Notte, quando partii d'al suol' natio,
   E lasciai Clori, e pianger' la vidd' jo
   Non mai più bella, e non mai meno
      altera.
Oh quante volte addio, dicemmo, adio,
   E il piè senza partir' restò dov'era!
   Quante volte partimmo, e alla primiera
   Orma tornaro il piè di Clori, e il mio.
Era già presso à discoprirne il sole,
   Quando le dissi al fin' .... ma che le dissi,
   Se il pianto confondeva le parole?
Partii. Che cieca forte, destin' cieco
   Volle cosi; mà come, ahi! mi partissi,
   Dir' non lo saprei! So che non son' più
      seco.

☙

Il me souvient encor de cette nuit fatale
Où j'ai quitté Cloris, & ma terre natale,
R iij

Cloris avoit les yeux tout baignés de ses
pleurs,

Sa pitié, son amour partageoient mes dou-
leurs,

Jamais je ne la vis plus sensible & plus belle :

Combien de fois, hélas ! notre ardeur mutuelle

Ne nous fit-elle point sans sortir d'un seul
lieu,

Repeter entre nous un éternel adieu ?

Combien de fois craignant le retour de l'Aurore,

Voulus-je m'éloigner de l'objet que j'adore ;

Je sortois, je rentrois ; enfin le jour parut,

Ma tendresse en gémit, mon desespoir s'ac-
crut,

Je partis en disant . . . Mais Ciel ! que pus-je
dire ?

Comment pus-je exprimer l'excès de mon
martyre ?

Les larmes, les sanglots enchaînerent ma voix.

Je partis. Du destin telles furent les Loix ;

Comment pus-je partir, je l'ignore moi-même !

Et tout ce que je sçais dans mon malheur extrême,

C'est que mes plus beaux jours ne sont qu'un
long trépas ;

Grands Dieux, j'aime Cloris, & je ne la vois
pas !

J'aime bien ces Vers là , dit Eudoxe , le Poëte a pris soin d'y jetter
quelques répétitions qui conviennent dans la douleur ; il a mis dans
les idées une espece de confusion
flateuse, qui n'embarrasse point l'esprit , & qui donne du jour au sentiment.

Voici , continua Florise , une fiction du même Auteur ; elle me paroît agréable.

Cento vezzosi pargoletti amori
    Stavano un dì Schersando in riso e in gio-
    co :
    Un di lor' comminciò : si voli un poco ,
    Dove? un rispose : ed egli in volto à Clori ,
Disse , e volaron' tutti al mio bel' soco ,
    Qual nuvol' d'Api al più gentil' dé fiori :
    Ch' il crin' , ch'il labbro tumidetto in
    fuori ,
    E chi questo si prese , e chi quel loco
Bel' vedere il mio ben' d'amori pieno !
    Due colle faci eran' negli occhi , e dui
    Sedean' coll'arco in sul' ciglio sereno :
Era trà questi un amorino , à cui
    Mancò la gota , e'l labbro , e cadde in
    seno :
    Disse àgl'altri : chi stà meglio di mui ?

R iiij

Dans le fond d'un riant bocage,

Où se promenoit ma Cloris,

Une troupe d'amours vrais enfans de Cypris,

Badinoit & faifoit tapage.

L'un d'entr'eux s'écria : Freres, m'en croirez-
vous ?

Fendons l'air.   J'y confens , lui repartit un
autre ,

Volons , mais où volerons-nous ?

Volons , reprit le bon Apôtre ,

Sur cet objet fi charmant & fi doux.

Il dit , & fur la Belle ils s'élancerent tous :

Tel on voit un effain d'abeilles diligentes

Se jetter fur les lys & les rofes naiffantes.

L'un fe niche dans les cheveux ,

L'autre fourit fur cette bouche ,

Qui pourroit défarmer le cœur le plus fa-
rouche ;

D'autres en tapinois s'embufquent dans les
yeux ;

Chacun fe campe à qui mieux mieux.

,   Certain cadet de la bande folâtre

Entre deux monts plus blancs que la neige &
l'albâtre

Sous le menton s'alla plonger :

Puis en faifant maintes bravades :

Lequel de nous , dit-il , ô mes chers camara-
des ,

Sçait plus joliment se loger ?

Dorimene & tous les autres rapporterent differentes Pieces qui furent approuvées malgré les critiques de Gélase. Pour lui il ne fut appellé que le dernier, & il recita ce Madrigal du Cavalier Marin.

O' vago Rossignuolo,
O del' selvaggio amorosetto choro
De gli alati cantor' mastro canoro !

Mentrè libero, e solo
Di faggio in faggio, e d'un' in altro alloro
Canti spiegando il volo

Con si dolce armonia
Le canzon' già composte à freddi giorni ;
S'egli averra che torni

Frà questi boschi mai Licinia mia,
Dille per cortesia :
Questo torbido qui fonte vicino
Uscì d'egli occhi al tuo fedel' Catino.

❧

Toi qui voles dans ce bocage
Tantôt sur le foible rozier,
Tantôt sur l'aub'épine & le tendre alizier,
Beau Rossignol, dont le brillant ramage,

R v.

Et les regrets mélodieux

Flatent si doucement les échos de ces lieux ,

Lorsque des loix de l'harmonie

Tu donnes aux oiseaux d'agréables leçons :

Si tu vois arriver ma chere Licinie ,

Suspends le cours de tes chansons ,

Tâche de lui parler , exprime-lui ma peine ;

Dis-lui : Vois-tu cette fontaine ,

Dont l'eau murmure tristement ?

Elle provient des yeux de ton fidele Amant *

Jamais idée ne fut plus fausse ni moins naturelle, s'écria le Baron de Rozange , tu diras la Fable.

Oh ! je ne m'en tiens pas à ta décision , dit Gélase. Hé bien , ajouta Belpierre , nous ferons les choses dans l'ordre ; on va te juger à la pluralité des voix. Allons , Madame la Comtesse, qu'en pensez-vous ? Mais je pense , répondit-elle , que Gélase badine , ou que la prévention que je lui connois pour le Cavalier Marin , l'aveugle entierement.

* Comme ce Madrigal donne l'exemple d'une pensée fausse , il a fallu en conserver la fausseté dans la traduction.

Une fontaine qui sort des yeux d'un Amant , interrompit Florise, ah que cela est beau !

Pour rendre la chose plus touchante & plus merveilleuse, insista Dorimene, l'Auteur devoit marquer la scene sur le bord de la mer , & le Rossignol auroit dit *que toute l'immensité des flots n'étoit composée que des pleurs du larmoyant Berger.*

C'auroit été, continua Philinte en riant , une expression à fendre des cœurs de pierre, & jamais l'Héroïne du Madrigal n'auroit pû y résister.

Mon pauvre Gélase , dit Eudoxe, il me paroît qu'on te traite assez joliment ; pourquoi t'avises-tu d'aller chercher cette Piece parmi tant d'autres bons Ouvrages du Cavalier Marin ? Ne sens-tu pas qu'une pensée qui n'est point vraïe , ne sçauroit être belle ?

Comment , repliqua Gélase, je n'aurai personne pour moi ! Fais quelques notes en ma faveur, mon cher Philomuse , tu en as tant fait pour le Camoëns.

Non , repartit Philomuse , vous

R vj

n'ébranlerez pas mon intégrité ;
j'opine comme ces Dames. Malheureux Traducteur , s'écria Gélafe , approche , & dis-moi pour
quelle raifon tu prétends condamner la penfée du Cavalier Marin ,
pendant que tu loües ton Camoëns
d'avoir métamorphofé en fontaine
les larmes que les Nymphes du
Mondégo verferent après la mort
d'Ynès ? Et de plus , ne dit-on pas
tous les jours *répandre un torrent de
larmes ?* Perfonne pourtant ne crie
contre cette expreffion-là.

Hé mon enfant , reprit Eudoxe ,
fi tu n'as rien de meilleur à nous oppofer , crois-moi , paffe condam-
nation , & dis-nous la Fable. Le
Camoëns raconte *que les Nymphes
du Mondégo pleurerent long-tems
Ynès , & que pour éternifer le fouve-
nir de fa vertu , de fa tendreffe & de
fon malheur , elles changerent leurs
larmes en une fontaine , qui s'appelle
encore aujourd'hui la fontaine des
amours.* * Ces Nymphes font des
Divinités ; leur pouvoir , fuivant le
fyftème poëtique , eft furnaturel ;
moyennant cela on n'eft point cho-

* Luf. Ch. III.

qué de la métamorphofe qu'elles font de leurs larmes ; au contraire , on la trouve gracieufe ; mais qu'un homme nous montre une fontaine, & nous dife féchement , *voilà mes pleurs*,

On le prend pour un fou , que pour bonnes raifons

L'on devroit envoyer aux Petites Maifons.

J'aimerois autant , dit Florife , un Efpagnol ou un Portugais , qui pour exprimer fa paffion , nous montreroit un grand bucher bien allumé , & nous diroit *que tout ce feu-là fort de fon cœur.*

J'avoue , continua Eudoxe , que nous difons tous les jours , *répandre un ruiffeau , un torrent de larmes.* Ce font des hyperboles autorifées par l'ufage , on ne les prend point dans un fens pofitif, on fe prête à la penfée, & l'on déméle la vérité au travers du menfonge ; mais le men-fonge pur s'offre pofitivement dans l'expreffion du Cavalier Marin ; il montre une fontaine , il veut faire croire qu'elle eft fortie des yeux d'un Berger ; c'eft ce qu'on ne croi-

ra jamais ; non plus qu'on ne me
croiroit point , si je disois que les
torrens qui tombent des Alpes ,
sont composés de mes pleurs.

Ma foi te voilà battu de tous les
les côtés , dit le Baron de Belpierre
à Gélase ; il ne te reste plus que de
payer l'amende , voyons si tu t'en
tireras bien.

Tous les Cavaliers pressèrent inutilement Gélase , jamais ils ne purent lui arracher une parole ; il
avoit ses raisons pour garder le
silence , & il en eut aussi pour
le rompre dès que les deux aimables Sœurs l'en prièrent : Que
n'obtiendriez-vous pas de moi ,
leur dit-il d'un air galant , la douceur & la beauté ont des charmes , dont les cœurs les plus durs
ne sçauroient braver l'empire ,
vous en verrez la preuve dans cette
Fable.

Pendant le Siécle d'or , Jupiter
vivoit parmi les hommes ; mais cet
heureux siécle passa rapidement ;
l'impieté , l'ambition , les crimes
les plus noirs vinrent bien-tôt prendre la place de l'innocence & de la
pureté des mœurs.

Alors Jupiter pénétré d'une juste indignation, quitta notre séjour, & se retira dans le Ciel ; la Terre ne tarda pas à s'appercevoir que l'absence de son Maître, étoit pour elle une source de maux affreux ; les Forêts perdoient leurs feuillages, & les prez leur verdure ; Flore n'accordoit plus ses richesses au Printems ; l'Eté ne produisoit point de moissons, & l'Automne refusoit au Vigneron les presens de Bacchus.

D'autres fleaux encore plus redoutables desoloient la nature, une contagion funeste souffloit la mort dans tout l'Univers ; le Berger pleuroit ses brebis, & périssoit lui-même au milieu d'elles ; les Villes auparavant les mieux peuplées, n'avoient plus de Citoyens. Tant de malheurs exciterent la pitié des Dieux subalternes ; ils résolurent d'obliger Jupiter à retourner chez les hommes pour les sauver d'une destruction générale.

Voilà donc plusieurs Habitans de l'Olympe ligués contre Jupiter ; Neptune secoue son trident ; Mars met l'épée à la main, Apollon fait

voler ses fléches , & le fier Alcide
leve sa massuë formidable.

Jupiter les confond d'un seul regard , leur rebellion ne sert de rien ,
& sa haine contre les mortels n'en
devient que plus terrible ; enfin
l'aimable Venus voulut voir si elle ne réussiroit pas dans une entreprise où tant d'autres avoient
échoué.

Elle se munit d'un ruban que les
Graces qui l'accompagnent toujours , avoient travaillé de leurs
belles mains , elle s'approche de
Jupiter , elle le caresse , & sans qu'il
y songe , elle lui attache cette merveilleuse ceinture autour du corps :
ensuite elle en prend un bout , &
descend sur la terre en tirant doucement son Souverain après elle.

Entraîné par une force d'autant
plus invincible qu'elle est flateuse
& séduisante , Jupiter abandonne
le Ciel , il vole sur les traces de la
Déesse , & bien-tôt il se trouve au
milieu de ces hommes infortunés ,
que son éloignement plongeoit
dans un état si déplorable. Sa presence dissipe leurs maux , les fleurs
& les fruits brillent de toutes parts ,

les plaisirs & la tranquillité renaif-
fent ; enfin l'âge d'or renouvelle
fon cours.

Belles , vous poffedez cette aimable ceinture ,

Parlez , commandez-nous , vous n'avez qu'à
vouloir ;

  Belles , votre charmant pouvoir

  S'étend fur toute la nature ;

  L'obéiffance la plus pure

  Eft dûë au plaifir de vous voir.

Les Dames battirent des mains,&
témoignerent qu'elles étoient fort
contentes de la Fable. On s'amufa
pendant le refte de la journée à plufieurs petits jeux innocens. Le foir
l'affemblée du Bal fut belle & nom-
breufe , & les plaifirs s'y trouverent en foule. Madame de Fleurville voulut voir le jour fuivant
l'Hiftoire de Don Palmerin ; Dorimene & fa fœur témoignerent la
même curiofité. Gélafe envoya
chercher fon Manufcrit , & leur en
fit la lecture. Voici le dernier
Livre.

LES AVANTURES

DE

DON PALMERIN

ET

DE THAMIRE.

LIVRE NEUVIE'ME ET DERNIER.

LE Général Rodrigue s'avançoit tristement vers son Quartier pour exécuter les ordres du Roi; la situation où il se trouvoit alors étoit douloureuse. Il falloit qu'il arrêtât lui-même sa Maitresse pour la livrer entre les mains d'un Prince justement irrité contr'elle. En obéissant il violoit les loix de l'amour; en désobéissant, il s'exposoit à la colere de Don Alfonse.

D'un autre côté il n'avoit que trop sujet de se plaindre de cette Maitresse qui lui étoit si chere. Auroit-elle attenté sur les jours de l'infor-

tunée Thamire, si elle n'en avoit
pas été jalouse, si elle n'avoit pas
aimé Don Palmerin ? C'étoit-là ce
qui perçoit le cœur de Rodrigue ;
d'ailleurs il détestoit une cruauté
si barbare, & se reprochoit d'a-
voir encore de l'attachement pour
une personne qui s'emportoit à de
pareils excès.

Dévoré de chagrin, & ne sçachant à quoi se résoudre, il tourna ses pas vers le pavillon de la
Duchesse. En marchant il demanda au Soldat Leonard qui le suivoit, les particularités du meurtre
dont le Roi & toute la Cour témoignoient tant d'affliction.

Seigneur, dit Léonard, je me
promenois autour de la tente de
mon Capitaine, & tous ses domestiques s'en étoient éloignés suivant ses ordres, lorsque j'ai vu venir une personne qui avoit un petit
chapeau sur la tête, & un manteau sur les épaules ; elle se couvroit le visage avec soin, ainsi je n'ai
pû discerner d'abord si c'étoit un
homme ou une femme. Elle m'a prié
de l'introduire chez Turmélic, &
quand je lui ai demandé comment

je l'annoncerois, elle m'a répondu que c'étoit de la part de la Duchesse d'Ampure. Ne doutant point que ce ne fût-là le misérable qui étoit condamné à la mort, j'ai tiré un poignard que je tenois caché sous mon habit, & je lui en ai porté un coup; mais je ne l'ai blessé qu'au bras, parce qu'en s'appercevant de mon intention, il s'est reculé jusqu'au fossé voisin ; je l'ai vû tomber dedans, & j'y ai descendu pour l'achever.

Son manteau qui s'étoit ouvert, ne lui cachoit plus le visage ni le sein ; j'ai reconnu, lorsque j'allois lui enfoncer mon poignard dans le cœur, que c'étoit une femme, & même très-belle, autant que j'en pouvois juger malgré l'obscurité de la nuit.

La compassion m'a retenu le bras ; d'ailleurs cette infortunée ne donnoit aucun signe de vie, sa tête venoit de porter sur une pierre en tombant, elle y avoit une blessure d'où le sang couloit à gros bouillons ; j'ai cru que c'en étoit assez.

J'allois la couvrir de terre suivant que l'on me l'avoit commandé ; mais j'ai entendu une troupe de

Soldats qui paſſoient auprès de moi,
j'ai eu peur qu'ils ne me ſurpriſſent,
je ſçavois qu'il falloit que cette affaire demeurât enſevelie ſous un
profond ſilence ; ainſi je me ſuis
éloigné. Vous m'avez rencontré
dans le Camp. Voilà, Seigneur,
tout ce que je puis vous dire. Tu ne
m'en dis que trop, s'écria Rodrigue, & je vois avec horreur que
l'on vouloit m'engager dans la trahiſon la plus infâme !

Peu de tems après ils arriverent
au Quartier de la Ducheſſe, & ne
la trouverent pas chez elle. D'a-
bord Rodrigue s'imagina qu'elle ſe
cachoit pour ne point paroître devant Don Alfonſe ; mais on lui aſ-
ſura qu'elle étoit ſortie toute ſeule,
& qu'on ignoroit le chemin qu'elle
avoit pris. Là-deſſus il s'en alla vers
le foſſé avec Léonard pour en retirer le corps de Thamire, & pour
le faire porter chez le Roi.

Lorſqu'ils furent auprès du foſſé,
une voix foible & plaintive leur
frappa l'oreille. C'étoit une femme
qui diſoit : Malheureuſe ! dans quel
état me trouvai-je ! Mortellement
bleſſée, baignée de mon propre

fang, abandonnée de toute la nature; ô Ciel, ô grand Dieu, ayez pitié de ma misere!

Seigneur, dit Leonard à Rodrigue, c'est sans doute la personne pour qui le Roi s'interesse; je l'aurai laissée évanouie; peut-être qu'on pourra la rechaper. Je le souhaite, répondit le Général; en même-tems il envoya chercher quelques-uns de ses domestiques, & fit apporter des flambeaux.

Cette femme sentant du monde assez près d'elle, cria d'un ton douloureux: Qui que vous soyez, donnez-moi du secours, je me meurs! Rodrigue lui dit: Thamire, prenez courage, on sera dans un moment à vous. Elle répeta le nom de Thamire, & murmura quelques autres paroles qu'on ne put pas bien entendre. On descendit dans le fossé, 'on l'enleva, & on la porta dans le pavillon du General.

Elle avoit le visage si couvert de sang, qu'on ne pouvoit la reconnoître. Rodrigue s'étant approché, l'assura que le Roi & toute la Cour faisoient des vœux pour Thamire. Hé Rodrigue, interrompit-

elle, que me parlez-vous de Thamire & du Roi ? C'eſt votre Ducheſſe, que vous avez devant les
yeux.

Juſte Ciel, s'écria Rodrigue !
quoi c'eſt vous, Madame ! dans
quel état vous trouvai-je ! C'eſt ma
faute, répondit-elle, Dieu me fait
éprouver ſa colere, parce que ſans
doute je la méritois.

Quoique la Ducheſſe fût dans
une ſituation fâcheuſe, elle rappella toute ſa preſence d'eſprit ; elle
ſongea qu'il falloit ſauver ſon honneur, & mettant en uſage la diſſi-
mulation qui lui étoit familiere,
elle affecta d'ignorer que Thamire
eût quelqu'intérêt dans cet évene-
ment. Rodrigue l'informa des allarmes & des ſoupçons du Roi, qui
étoient fondés ſur la dépoſition de
Virginio & de Chymene.

Alors l'artificieuſe Ducheſſe pro-
teſta qu'on lui faiſoit un cruel outrage, que n'ayant aucun ſentiment d'amour pour Don Palmerin, elle n'avoit aucune jalouſie
contre Thamire, & que quand
même elle auroit une Rivale, jamais elle ne s'imagineroit qu'on pût

s'en délivrer par des moyens si honteux. Elle ajouta que voulant revoquer les ordres qu'elle avoit donnés au Capitaine Turmélic, elle s'étoit déguisée pour aller le trouver toute seule, & que sans songer au complot qu'ils avoient fait ensemble, elle s'étoit précipitée dans la disgrace dont elle se voyoit la victime : elle conclut, en soutenant toujours qu'elle n'avoit eu d'autre dessein que de se venger d'un de ses serviteurs qu'elle croyoit coupable de trahison ; mais qu'enfin elle jugeoit qu'il étoit innocent, puisque la sentence qu'elle avoit prononcée contre lui, venoit d'être exécutée sur elle-même ; qu'elle regardoit cette avanture comme un arrêt de Dieu qui protegeoit l'accusé : qu'elle se reprochoit de l'avoir condamné sur de simples rapports, & qu'en pareille occasion elle inclineroit désormais vers la clemence, plutôt que de hazarder des punitions injustes.

Rodrigue approuva les sentimens de la Duchesse ; on fit venir les plus habiles Chirurgiens de l'Armée ; ils examinerent les deux blessures
qu'elle

qu'elle avoit, l'une au bras, l'autre à la tête, & les trouvant peu dangereuses, ils confolerent le Général, en l'affurant qu'elle feroit bien-tôt guérie.

Sur ces entrefaites le bruit des armes redoubloit dans Grenade, on eût dit que toute cette malheureufe Ville alloit s'abîmer ; Rodrigue avoit des ordres à donner aux Troupes ; il quitta la Ducheffe, & chargea Léonard d'aller raconter au Roi que Thamire n'étoit point morte, qu'elle n'en avoit pas même couru le rifque, & que c'étoit Madame d'Ampure qui avoit été poignardée.

Cette nouvelle ne tranquillifa pas entierement Don Alfonfe ; il auroit voulu voir Thamire, il demandoit à Leonard dans quel endroit elle pouvoit être cachée, & Léonard n'en fçavoit rien.

La Reine qui étoit préfente, & qui n'avoit pas moins d'inquiétude que fon époux, lui confeilla d'envoyer du monde dans tous les Quartiers du Camp, & furtout dans celui de la Ducheffe pour y chercher Thamire. Les ordres furent donnés à l'inftant même. Un vieux Officier Catalan nommé Pinabel, entra quelque tems après dans l'appartement du Roi avec plufieurs de fes Compagnons. Quoiqu'ils euffent beaucoup de valeur, on ne les avoit point mis du nombre des Troupes qui devoient feconder Don Palmerin : cette négligence les chagrinoit, ils venoient demander la permiffion d'aller dans Grenade, pour y partager la gloire que tant d'autres Guerriers y devoient acquerir.

Pinabel entendit que le Roi & la Reine parloient de Thamire, & qu'ils ne fçavoient où la trouver ; il les pria d'agréer qu'il eût l'honneur de les entretenir un moment fans témoins.

On renvoya tout le monde. Pour lors Pinabel dit au Roi : Seigneur, je puis donner des nouvelles de Thamire à Votre Majefté ; mais je la fupplie très-humblement de ne me pas citer devant Madame la Duchefse d'Ampure ; mes biens font fitués dans fes Etats, mes parens y jouiffent d'une fortune honorable, elle nous perdroit, elle nous immoleroit à sa colere, si jamais elle apprenoit que je vous eusse révélé les sentimens qu'elle cache dans son cœur.

Le Roi & l'illustre Ormizinde, dont ce discours excitoit la curiosité, assurerent Pinabel d'un secret inviolable. Seigneur, ajouta-t-il, j'ai rencontré cette après-dinée Thamire dans le Camp, & quoiqu'elle fût déguisée sous un habillement de Page à la Maurisque, je l'ai d'abord reconnuë; j'ai été long-tems esclave dans le Palais de Maroc, & je l'ai fréquentée dès sa premiere jeunesse; elle adoucissoit souvent ma servitude; elle m'a paru charmée de me revoir, je l'ai menée dans ma tente, & comme j'ai mon épouse avec moi, nous avons passé tous trois ensemble le reste de la journée. Thamire nous a raconté ses avantures, & je lui ai conseillé de ne se point fier à la Duchesse, parce que je sçavois qu'elle aimoit Don Palmerin, & que dans les transports de sa jalousie, elle étoit capable des plus violentes résolutions.

Mais enfin, interrompit le Roi,

qu'eſt devenue Thamire ? où eſt-
elle préſentement ? Seigneur, repliqua Pinabel, nous l'avons arrê-
tée à ſouper ; elle s'eſt retirée fort
tard : je voulois l'accompagner juſqu'au Quartier de la Ducheſſe ;
mais elle s'eſt obſtinée à s'en aller
toute ſeule, & maintenant j'en ai
bien du regret ; c'eſt une perſonne
dont l'extrême beauté fait le moindre mérite ; ſa vertu long-tems ad-
mirée d'un Peuple barbare, formeroit, Seigneur, l'un des principaux
ornemens de votre Cour.

Tout cela ne diſſipoit pas les
frayeurs de Don Alfonſe, on ne
trouvoit point Thamire, ceux qu'il
avoit envoyés dans le Camp pour la
chercher, revenoient les uns après
les autres ſans en rapporter aucune nouvelle, & l'on ne pouvoit
s'imaginer quel endroit lui ſervoit
d'azile dans une nuit ſi tumultueu-
ſe. Pinabel & ſes Compagnons ob-
tinrent la permiſſion qu'ils deman-
doient, & coururent prendre part
aux lauriers que Don Palmerin
moiſſonnoit dans Grenade avec le
ſecours des François, des Caſtillans
& des Zégris.

Pendant que le Roi se donnoit tant de mouvemens & d'inquiétudes pour Thamire; elle trembloit pour Don Palmerin; elle avoit sçu par les bruits qui se répandoient dans le Camp, qu'il devoit cette nuit même faire tomber Grenade sous la domination Espagnole : comme elle prévoyoit qu'il en couteroit du sang pour y réussir, elle fremissoit des dangers qui menaçoient l'objet de sa tendresse.

En quittant Pinabel & son épouse, elle avoit rencontré un Corps d'Infanterie qui étoit sous les armes & qui marchoit; elle s'en approcha, & liant conversation avec quelques domestiques qui suivoient l'arriere-garde, elle les pria de lui dire où alloit cette Troupe. On devient curieux, & l'on croit que tout interesse, lorsqu'on appréhende pour ce qu'on aime.

L'un de ceux que Thamire interrogeoit, ne la prenant que pour un Page, * lui dit : Mon cher, nous

* Dans ces anciens tems les Princes & les grands Seigneurs Espagnols habilloient souvent leurs Pages à la Grenadine, parce que cette mode étoit leste & fort galante; ainsi l'homme qui parle présentement avec Thamire, & tous ceux qui l'ont vûe

allons dans la Ville ; déja les Bandes Françoises & quelques Castillans y font entrés ; mais on a jugé
qu'il leur falloit du renfort ; plusieurs autres Troupes nous prece-
dent , & peut-être en viendra-t-il
d'autres après nous.

Thamire fit encore diverses ques-
tions à cet homme sur les particularités du combat qui se passoit dans
Grenade ; mais il n'en étoit pas instruit ; tout l'éclaircissement qu'elle
en put tirer, c'est que les Abencerrages & les Maures d'Affrique défendoient le Palais & les Quartiers
d'Antéquérula & d'Albaysin avec
une fureur inconcevable.

Il n'en falloit pas davantage pour
jetter une inquiétude affreuse dans
le cœur de Thamire ; elle suivit
long-tems la Troupe en s'entretenant avec le même homme , qui
cependant ne lui disoit que des choses capables de l'effrayer. Tel est
chez nous l'instinct de la nature,
nous fixons nos yeux sur un tableau
qui ne nous offre que des images funestes , nous écoutons avidement

dans le Camp, n'ont pas dû s'étonner de son équipage.

des nouvelles qui nous affligent.

Enfin Thamire s'apperçut qu'elle étoit hors des lignes & fur la route de Grenade, elle n'ofa paffer plus loin, elle eut peur de s'engager dans quelque mauvaife avanture qui lui ôteroit pour jamais l'efpoir de rejoindre fon Amant ; mais fa curiofité l'empêcha de retourner au Quartier de la Ducheffe ; elle s'affit fous un des arbres qui bordoient le chemin, perfuadée qu'elle apprendroit bien-tôt des nouvelles par la bouche de ceux qui venoient en porter au Camp.

Dans cette fituation, tout ce qu'elle voyoit, tout ce qu'elle entendoit lui faifoit horreur ; la folitude & les ténebres augmentoient fes allarmes ; les cris qui retentiffoient dans la Ville, & que les montagnes d'alentour renvoyoient plus affreux, venoient lui frapper l'oreille, & fomenter le trouble de fon imagination ; alors elle difoit : Peut-être, hélas, que les derniers foupirs de mon cher Palmerin font confondus dans ces clameurs épouvantables ! Enfuite contemplant le feu qui réduifoit quelques maifons

en cendres : Peut-être, pourfuivoit-
elle, qu'il fe trouve enveloppé dans
ces tourbillons de flamme! Mon
Dieu, préfervez-moi d'un fi grand
malheur, appefantiffez plutôt votre colere fur ma tête, je ne mourrai qu'à demi, pourvû que Don Palmerin vive !

Déja deux heures s'étoient écou-
lées fans qu'elle fût inftruite du fort
de fon Amant ; cette incertitude la
mettoit au défefpoir : enfin elle vit
un homme qui venoit de Grenade, & qui s'avançoit à grands pas
vers les lignes. Elle lui demanda
quelles nouvelles il apportoit: Affez
bonnes, répondit-il, Grenade eft
à nous. Que le Ciel en foit loué,
reprit Thamire toute joyeufe ; mais
où courez-vous fi précipitamment?
Je vais, repliqua l'autre, annoncer au Roi que fa préfence eft néceffaire dans la Place depuis la
mort du brave Don Palmerin.

Quoi, s'écria Thamire, Don
Palmerin ne vit plus! Non, dit le
Meffager, nous l'avons vû tomber
couvert de fang & de bleffures en-
tre les bras de fes Amis ; il a tué
Orcan, & fait des exploits incroya-

bles ; enfin il est mort dans le sein de la victoire.

Le Messager continua son chemin, & Thamire demeura évanouie au pied d'un arbre. Quoiqu'il passât beaucoup de monde assez près d'elle, on ne l'appercevoit point, parce qu'elle étoit cachée derriere un petit buisson ; ainsi sa foiblesse dura long-tems faute de secours.

Enfin elle reprit connoissance: sa tendresse étoit extrême, son desespoir le fut aussi, elle pleuroit, elle se meurtrissoit le sein & le visage : Ensuite prenant la parole : Hé quoi, disoit-elle, ne donnerai-je à Don Palmerin que des larmes inutiles ? N'ai-je pas du sang à verser pour lui ? O mon cher Palmerin, tu ne vivois que pour Thamire, Thamire ne vivra point sans toi, il y auroit trop d'infidélité ! Courons à Grenade, cherchons son corps, & mourons en l'embrassant !

Furieuse, elle se leve, elle marche à grands pas vers la Ville, sa douleur lui donne des forces ; mais bien-tôt ses réflexions l'arrêtent au milieu du chemin. Où vais-je, dit-

S v

elle ! peut-être que la fortune m'attend dans Grenade pour me jetter une troisiéme fois entre les mains des Mahométans ; ils ne font pas tous exterminés, j'entends encore le bruit du combat.

Que m'importe, ajouta-t-elle, quand on a tout perdu, l'on ne doit rien craindre ; il faut que je voye mon Amant, que je l'arrose de mon sang & de mes larmes, que j'expire sur lui ; il le faut, & j'y cours ! Cruelle destinée, tu n'as pas voulu nous unir pendant que nous vivions, notre mort nous unira malgré toi !

Elle se remet en marche, elle avance,&parvient auprès d'une superbe fontaine, qu'un des premiers Rois de Grenade avoit fait construire sur cette route pour la commodité des voyageurs.

, Dans cet endroit Thamire rencontra un homme qui avoit la visiere baissée, & qui couroit à toute bride vers le Camp : son cheval s'abbatit à trois ou quatre pas d'elle.

Le Guerrier se releva promptement de sa chute, & voyant que le cheval ne pouvoit plus aller,

parce qu'il avoit le flanc percé d'u-
ne large blessure: Tout m'abandonne, s'écria-t-il d'un ton douloureux, tout me manque, mais je ne
me manquerai pas à moi-même; ah
barbare Duchesse, plus ma vengeance est tardive, plus les coups
que je te porterai seront cruels !

Au son de cette voix Thamire
poussa un cri de frayeur, & se laif-
sa tomber sur l'herbe, en disant :
Juste Ciel, est-ce l'ame de mon cher
Palmerin qui vient me chercher ?

Don Palmerin [car c'étoit en
effet lui-même] Don Palmerin,
dis-je, reconnut à son tour la voix
de sa Maitresse, il s'approche, il
voit que c'est elle, & charmé de
la trouver vivante dans le tems qu'il
la croyoit morte : O moment fortuné, s'écria-t-il en la prenant dans
ses bras, ô ma chere Thamire !
quel Dieu favorable vous a sauvée
des embuches de la Duchesse ?

Thamire voit Don Palmerin,
elle l'entend parler, elle sent qu'il
l'embrasse, & cependant elle doute encore de son bonheur, il lui
paroît trop grand pour être véritable ; mais enfin convaincuë que

S vj

ce n'eſt pas une illuſion : Cher Palmerin , lui dit-elle, on vient de
m'annoncer que vous aviez été tué
dans le combat ; Dieu vous rend à
ma tendreſſe , mon cœur ne peut
ſoutenir tant de joye après tant de
douleur ; toutes mes forces m'aban-
donnent , & mon ame eſt préte à
me quitter.

Cette foibleſſe dont Thamire ſe
plaignoit , ne dura que peu de tems;
ſon Amant qui ſe ſentoit fatigué,
la pria d'aller ſe repoſer avec lui
dans un bocage que l'on voyoit
à quelques pas du grand chemin.
En marchant , elle lui demanda
quelle étoit la trahiſon dont il
ſoupçonnoit la Ducheſſe , & dans
quel état il avoit laiſſé les affaires
de Grenade. Il lui raconta d'abord
comment il avoit paſſé le reſte de
la journée chez Férondal ; la conf-
piration & les meſures des Zégris
pour livrer la Ville aux Eſpagnols.

En s'entretenant de la ſorte , ils
arriverent dans le bocage. Nous
n'avons qu'à demeurer tranquillement ici juſqu'au jour , continua
Don Palmerin ; l'ardeur du combat
& le deſeſpoir où l'on m'a jetté en

m'annonçant que je vous avois perdue pour jamais, ont épuisé mes forces; je crois qu'il ne me seroit pas possible de regagner le Camp.

N'êtes-vous point blessé, lui dit Thamire? Il me paroît que vos armes sont toutes couvertes de sang. N'en ayez aucune inquiétude, repliqua Don Palmerin, c'est du sang des Maures; je me suis offert aux dangers les plus affreux, l'honneur & l'amour me le commandoient; il s'agissoit de vaincre pour vous revoir, & pour servir ma Patrie.

Nos mesures, ajouta-t-il, ont eu tout le succès que nous pouvions désirer; pendant qu'on s'emparoit des deux portes de l'Alhambra, & qu'on ouvroit la prison de Férondal, j'ai attaqué le Palais d'Albazar; c'est-là que les Abencerrages ont fait leurs plus grands efforts, leur Faction étoit nombreuse & composée de vaillans hommes; d'ailleurs ils avoient le secours des Troupes Affricaines. Férondal est venu me joindre avec ses libérateurs; d'un autre côté, l'élite des Espagnols & nos braves François se sont répandus comme un tor-

rent dans la Place ; on se battoit
dans tous les Quartiers, on trouvoit par-tout de nouveaux ennemis ; le fer & la flamme, la fureur
& le desespoir se signaloient de
mille & mille façons affreuses; l'in-
cendie éclairoit le carnage, & les
maisons abîmées enseveliſſoient
ſous leurs ruines les vaincus & les
vainqueurs. J'avouerai que juſqu'a-
lors la guerre ne m'avoit jamais
montré un spectacle si cruel.

Orcan défendoit l'entrée du Palais avec une valeur prodigieuſe ;
tout ce qui paroiſſoit devant lui,
tomboit à l'inſtant même ; mais enfin voyant que le nombre des Abencerrages diminuoit, que le reſte des
Affricains prenoit la fuite, & qu'il
nous venoit continuellement des
Troupes nouvelles, il s'eſt déterminé à ne plus garder aucune me-
ſure ; on l'a vû ſe jetter dans nos
rangs, & ſe faire un rempart de
morts aux dépens de nos plus vaillans Guerriers ; il m'appelloit à
grands cris, il me cherchoit, je ne
l'évitois pas.

Nous nous ſommes bien-tôt rencontrés: Don Palmerin m'a-t-il dit,

tant que je refpirerai, Grenade ne
peut être à toi, approche, & voyons
fi tu fçauras mériter la conquéte
que l'infâme trahifon des Zégris te
procure.

J'ai défendu aux Troupes qui
m'environnoient de lui faire aucun
mal ; il s'eft précipité fur moi, il
m'a porté plufieurs coups terribles ;
après un long combat, la fortune
s'eft déclarée en ma faveur : J'ai
vû tomber à mes pieds cet homme
redoutable, qui fans doute auroit
été digne d'un fort plus heureux ,
fi fa férocité n'avoit pas terni la
gloire de fes grandes actions. La
perte d'Orcan a découragé tous les
fiens ; ils fe font retirés dans d'autres Quartiers de la Ville, & nous
ont abandonné le Palais. Quand
nous y fommes entrés, j'ai recom-
mandé aux Troupes d'épargner la
perfonne d'Albazar : Ses Gardes &
quelques - uns de fes Courtifans
nous ont fait tête, & font morts en
nous vendant cherement leur vie.

Les femmes éperduës , les efcla-
ves timides pouffoient des hurle-
mens qui s'élevoient jufqu'au Ciel ;
les uns fe poignardoient eux-mê-

mes, les autres se précipitoient par les fenétres; j'avois beau leur crier qu'on les traiteroit avec douceur, mes promesses ne les rassuroient point, l'esprit de desespoir s'étoit emparé de tout le Palais, & chaque instant nous amenoit quelque nouveauté digne de compassion.

Pendant que je combattois encore, on est venu me dire que le Roi s'étoit refugié dans une tour, qui donnoit sur le jardin, & qu'il demandoit à me parler.

J'ai tout quitté, j'ai couru vers la tour; elle étoit basse, mais forte & si bien fermée, que pour y pénetrer, il falloit du tems & de la peine.

Albazar étoit sur la plate-forme avec la Reine Ferétime son épouse. Dès que je me suis fait connoître, il m'a tenu ce discours : Don Palmerin, je ne te reproche pas d'avoir subjugué Grenade par la trahison de mes sujets; les loix de la Guerre t'ont permis de profiter des faveurs de la fortune; mais on dit que tu prétends m'épargner; ta générosité m'outrage, & c'est un crime que je ne te pardonne point;

crois-tu que j'aurai la foibleſſe de
te rendre l'arbitre de mon ſort ?
L'air que je reſpirerois, me couteroit trop, ſi je t'en étois redevable ; tu me vois, tu m'entends,
c'en eſt aſſez pour me conſoler de
mon malheur ; puiſque juſqu'au
dernier ſoupir je demeure maître
de moi-même dans une Ville con-
quiſe & devant un ennemi victorieux.

Comme je prévoyois les ſuites de
ſon deſeſpoir, j'ai tâché d'appai-
ſer ſa fureur ; je lui ai proteſté qu'on
le traiteroit en Roi dans la Cour de
Caſtille : au lieu de me répondre,
il s'eſt tourné vers la Reine qui fon-
doit en larmes, & l'ayant embraſ-
ſée avec tendreſſe : Chere Ferétime, lui a-t-il dit, nous avons vécu
enſemble long-tems l'un & l'autre
dans la gloire & dans la proſpéri-
té ; mourons enſemble, je ne te
verrai point captive, tu ne me verras point deshonoré par un indigne
eſclavage ; ma main n'oſe te frapper, mais voici l'exemple qu'elle te
donne.

En même-tems il s'eſt percé le
cœur d'un coup de poignard. Juſte

Ciel, interrompit Thamire! Et la
Reine, qu'a-t-elle fait ? La Reine,
continua Don Palmerin, s'eſt jettée auſſi-tôt ſur le poignard : Illuſtre & cher époux, diſoit-elle, ouvre les yeux, vois que je m'empreſ-
ſe à te ſuivre ! Nos cris n'ont pû
l'arrêter ; elle s'eſt bleſſée mortellement, & nous avons vû tomber ſon
corps ſur celui du Roi.

Que je les plains l'un & l'autre,
dit Thamire ; hélas ! ils s'aimoient
tendrement ! Un vieux ſerviteur,
ajouta Don Palmerin, s'eſt montré ſur la platte-forme ; il venoit
de mettre le feu à la tour qui étoit
remplie de matieres combuſtibles ;
cet homme a vomi pluſieurs im-
précations contre nous : enſuite il
s'eſt tué ; nous étions tous péné-
trés d'étonnement & d'horreur.

N'ayant plus rien à faire dans le
Palais, je me ſuis tranſporté au
Quartier de l'Albayſin, où l'on
m'annonçoit que quelques Troupes d'Affrique & de Grenade s'é-
toient cantonnées : C'eſt-là qu'un
Officier qui venoit du Camp, m'a
dit que vous étiez morte.

Don Palmerin raconta pour lors

à Thamire tout ce qu'il sçavoit du complot de la Duchesse, & du meurtre exécuté par Léonard ; mais il ne lui dit pas que la Duchesse elle-même se fût jettée dans le piége qu'elle avoit tendu pour sa Rivale ; c'étoit une particularité qu'il ignoroit.

Thamire frémissoit en songeant au danger qu'elle avoit couru cette nuit ; elle reconnoissoit que les allarmes qu'on lui avoit données chez Pinabel, n'étoient pas fausses ; elle remercioit Dieu dont le secours venoit de la sauver d'une mort presqu'inévitable.

Jugez, chere Thamire, poursuivit Don Palmerin, jugez de l'impression que cette horrible nouvelle a faite sur mon cœur ; les forces m'ont manqué, je tombois, quelques amis m'ont retenu dans leurs bras ; on m'a porté chez Férondal, mes armes étoient teintes de sang, ceux qui m'environnoient, ont cru que j'étois mort, & le bruit s'en est répandu dans toute la Ville.

Enfin j'ai repris l'usage de mes sens ; je me suis débarrassé d'entre les mains des personnes qui me se-

couroient ; j'ai monté fur le pré-
mier cheval qui s'eft offert à mes
yeux, & fans faire attention qu'il
étoit bleffé, j'ai volé vers le Camp
dans l'idée de maffacrer Léonard,
Turmélic , & la Ducheffe elle-
même : c'étoient trois victimes que
je voulois immoler à ma fureur ;
& c'en étoit trop peu au gré de
mon amour & de mon defefpoir.
Mais le Ciel s'apprêtoit à verfer
fur moi fes faveurs les plus douces dans le tems que je croyois
qu'il m'avoit abandonné. Je vous
rejoins, belle Thamire , nous ne
nous quitterons plus, voici la guerre terminée par la Conquête de
Grenade; nous irons à la Cour de
Caftille , vous en ferez l'ornement,
vous ferez ma félicité, ma joïe &
mon tréfor ; je ne vivrai que pour
vous renouveller fans ceffe les preuves de mon ardeur , & vous me
charmerez jufqu'à mon dernier fou-
pir.

Qu'il eft doux d'entendre parler
fur ce ton un Amant qu'on aime !
Thamire oublioit toutes fes difgraces dans un entretien fi flateur. Don
Palmerin qui étoit accablé de laf.

situde, ceda insensiblement au sommeil, & s'endormit la tête appuyée sur les genoux de sa Maitresse ; tel autrefois le redoutable Dieu de la Guerre se reposoit sur ceux de Vénus à l'ombre des jasmins, des rosiers & des myrthes.

Thamire veilloit, & son amour aussi ; elle attachoit ses beaux yeux sur Don Palmerin, elle lui donnoit legerement quelques baisers, où la contrainte modéroit le transport sans exiler le plaisir ; elle sentoit son cœur pénétré d'une agréable émotion ; elle soupiroit, & ses soupirs étoient tout de flammes : Grand Dieu, disoit-elle d'une voix timide, conservez-moi ce Héros, je ne vous demande rien de plus: Avec lui les humbles retraites des Bergers me tiendront lieu d'une brillante Cour ; un simple bocage sera pour moi un Palais de délices; mais sans lui, tous les Palais du monde me paroîtroient autant de déserts affreux.

Tout étoit tranquille, on n'entendoit plus aucun bruit dans Grenade ; une paix soudaine avoit succedé aux fureurs de la guerre ; le

jour parut, & Don Palmerin se réveilla au chant des petits oiseaux
qui faisoient retentir le bocage ; il
tint conseil avec sa Maitresse pour
sçavoir s'ils iroient droit au Camp
ou bien à la Ville. Le parti qu'ils
prirent, fut de s'avancer d'abord
vers le grand chemin pour demander aux passans où étoit Don Alfonse, & pour se rendre ensuite auprès de lui.

On leur dit que le Roi & la Reine étoient dans la Place, & que les
Maures étoient entierement soumis. Don Palmerin & Thamire
furent charmés d'apprendre de si
bonnes nouvelles ; ils continue-
rent joyeusement leur route vers
la Ville ; mais à peine eurent-ils
fait quelques pas, qu'ils virent arriver du Camp trois carrosses magnifiques escortés d'un grand nombre de Pages qui portoient tous la
même livrée.

Dans le premier de ces carrosses, Thamire & Don Palmerin
apperçurent une Dame & un Cavalier qui étoient tous deux habil-
lés superbement ; la Dame avoit sa
coëffe baissée pour se garantir du

soleil ; le Cavalier paroissoit d'un âge mûr, mais formé pour plaire & pour inspirer du respect : Il jetta les yeux sur Don Palmerin, qui pour lors n'avoit point son casque, & l'ayant examiné quelques instans, il s'écria : Chere Elise, le voilà, c'est lui-même, nous en parlions, Dieu nous le fait rencontrer !

Aussi-tôt il met pied à terre, il court vers Don Palmerin, il l'embrasse en lui disant : Seigneur, reconnoissez le plus fidéle de vos amis ; vous pensiez que nous nous reverrions dans ma solitude, je l'ai quittée, parce que Dieu m'a rendu Elise ; j'espere aussi qu'il vous rendra Thamire, & que vous n'abandonnerez point la Cour.

Cher ami, s'écria Don Palmerin, en reconnoissant à son tour le Duc Erneste, rien ne manquera désormais à ma félicité, puisque le Ciel y joint la vôtre ! Quoi ! la vertueuse Elise est vivante ! Ah que je m'en rejoüis avec vous ! Rejoüissez-vous avec moi, j'ai retrouvé Thamire !

Elise avoit levé sa coëffe, elle descendit de carrosse pour saluer Don Palmerin. Thamire qui vit

que c'étoit Cléone, la reçut dans
ses bras : Quoi, ma chere Cléone,
vous êtes dans ces lieux ! Que mon
bonheur est grand ! Ah que j'ai eu
de regret de vous laisser en Affrique ! Elise la serroit contre son sein,
& ne lui répondoit qu'en versant
des larmes ; son étonnement & sa
joïe l'empêchoient de parler.

Erneste s'approcha de son épouse, & lui dit en souriant : Souffrez, Madame, que je prenne ma
part de votre joye, & qu'en mé-
me-tems j'aye l'honneur de présenter mes respects à l'Infante Isabelle. Thamire n'entendoit rien aux
complimens que le Duc lui faisoit,
c'étoit pour elle autant d'énigmes
impénétrables ; Don Palmerin n'y
voyoit pas plus clair, on leur découvrit la vérité.

Alors Thamire, ou plutôt la
Princesse Isabelle jetta un regard
tendre sur Don Palmerin, & lui dit
qu'elle se félicitoit d'être née d'un
sang illustre : J'aime tout ce qui
peut me rendre digne de vous, ajouta-t-elle, vous êtes le but de toutes mes idées ; c'est à vous que je
rapporte mes plaisirs & ma joïe ;
croyez

croyez que fans vous je ferois bien
moins flatée d'être la fille de Don
Alfonfe.

Madame, répondit Don Palmerin, le Ciel vous rend juftice, j'y
prends part autant que je le dois;
tant de vertus & tant de beautés
méritoient fans doute un Trône,
& le Trône vous fera moins d'honneur que vous ne lui en ferez; mais
hélas, pourfuivit-il en foupirant! fi
je ne confultois que ma tendreffe,
les grandeurs où vous êtes appellée
me glaceroient d'effroi; Don Alfonfe voudra-t-il vous attacher au
fort d'un malheureux, qui n'a pour
lui que le nom de fes Ancêtres, &
que la fortune a profcrit dès le ber-
ceau? Les plus puiffans Monarques
vont briguer votre main, & j'aurai
la douleur.... N'achevez pas, interrompit la Princeffe, vous outra-
geriez mes fentimens; foyez affuré qu'Ifabelle fera toujours Thamire pour vous; le Roi mon Pere vous
eftime, votre valeur eft le plus ferme appui de fa Couronne; efpe-
rons qu'il daignera confentir à notre félicité.

Sur ces entrefaites on apperçut

deux Cavaliers qui venoient de la Ville ; c'étoient Férondal & Virginio ; ils approcherent, & voyant Don Palmerin avec Thamire, ils leur témoignerent la joïe qu'ils sentoient l'un & l'autre de les trouver réunis après tant de dangers. Férondal leur dit que le Roi avoit déclaré publiquement qu'il vouloit mettre la Couronne de Grenade sur la tête de Don Palmerin : Je vous cherchois, Seigneur, continua-t-il, pour vous annoncer cette heureuse nouvelle : Agréez que j'aye l'honneur de vous présenter les hommages de tous nos Zégris, & les miens en particulier ; j'ose me flater que vous les croirez sinceres.

Don Palmerin releva son ami qui s'étoit jetté à ses genoux, & l'embrassant avec tendresse : Cher Férondal, lui dit-il, que ne dois-je pas à votre empressement ! Vous ne pouviez m'apporter une meilleure nouvelle, non que je sois ambitieux ; mais Thamire étoit née pour le Diadème, & je n'en avois point à lui donner : Sçachez que cette illustre Thamire est la fille de Don Alfonse & d'Ormizinde; c'est l'Infante Isabelle qu'on croyoit noyée pendant qu'elle vivoit à la Cour de Maroc : Voilà Elise, voilà le Duc Ernette son époux, qui auront bien-tôt l'honneur d'en assurer le Roi & la Reine.

Férondal ayant rendu ses respects à la Princesse, prit congé de la compagnie, & s'en retourna promptement pour être le premier qui annonceroit au Roi cette merveilleuse avanture. Isabelle & Don Palmerin monterent en carrosse, & peu de tems après ils entrerent dans Grenade aux acclamations du Peuple & des Soldats. On ne pourroit exprimer l'accueil qu'ils recurent de Don Alfonse & de la Reine ; ce n'étoient que larmes de joïe, transports d'amour, embrassemens continuels ; tout le Palais, toute la Ville retentissoient de cris d'allegresse, & sans les traces de la guerre que l'on y voyoit d'un & d'autre côté, on auroit cru qu'une longue paix y nourrissoit les plaisirs les plus doux.

En peu de jours le calme & le bon ordre se rétablirent, les images sanglantes s'effacerent, le Peuple oublia sesmalheurs. La Duchesse d'Ampure étoit guérie, elle revint à la Cour, & lorsqu'on lui parla de la trahison dont on l'avoit accusée, elle soutint fermement qu'elle n'avoit eu d'autre dessein que de punir un de ses sujets : on la crut, ou du moins on feignit de la croire ; elle fut mariée avec Rodrigue le même jour que Don Palmerin épousa l'Infante.

Grenade vit long-tems régner la justice & la paix dans son sein sous la domination de ses nouveaux Maîtres. Don Palmerin aima toujours Isabelle, l'auguste Isabelle brûla toujours pour Don Palmerin ; leur vieillesse fut aussi respectable que leur jeunesse avoit été brillante;ils ignorerent l'amertume du veuvage, parce qu'ils cesserent de vivre presqu'à la même heure : On mit cette Epitaphe sur leur mausolée.

Passant, arrête-toi, répands ici des pleurs !
Ce marbre environné de lauriers & de fleurs,
Couvre Don Palmerin & la Reine Isabelle ;
  Ils s'aimerent jusqu'au tombeau.

L'amour peut allumer une flamme éternelle,
Quand la vertu lui prête son flambeau.

∽

Fin du neuvième & dernier Livre.

Eudoxe & ses trois Amis passerent plusieurs jours dans le Château ; Florise épousa le Baron de
Rozange, & Dorimene celui de
Belpierre ; ensuite comme la belle
saison étoit sur son déclin, Madame la Comtesse prit avec toute son
aimable famille le chemin de Paris ; les Académiciens l'accompa-
gnerent.

*Fin des Entretiens Litteraires
& Galans.*

T iij

TABLE
ALPHABETIQUE
DES MATIERES

Contenues dans le second Tome.

A

ADAMASTOR. Fiction merveilleuse dans le Camoëns, *Page* 28. *& suiv.*

Aristarque. Ses Ouvrages & son caractere, 3

Aristarque [faux] Ouvrage critique contre l'Auteur des Observations, 275

Avantures de Don Palmerin & de Thamire, Livre V. 37 *jusqu'à* 95. Livre VI. 148. *jusqu'à* 180. Livre VII. 219. *jusqu'à* 268. Livre VIII. 325 *jusqu'à* 360. Livre IX. & dernier, 402. *jusqu'à la fin du Volume.*

B

BACCHUS, differentes manieres dont il intervient dans la Lusiade, 22. *& suiv.*

C

CAMOENS alla aux Indes sur le Vaisseau d'Alvarès Cabral, 5. Son âge, 6.

D

V

Fin de la Table des Matieres.

ROMANCE ESPAGNOL

Dont il est fait mention dans la neuvième Conférence.

Ya se parte Don Rodrigo
Que de Bivar se appellida
Para llegarse à Lugo ;
Alli Torneos huviera ,
Donde Cavalleros Moros
Y tambien Christianos luego
El Campeador venciera.
Puès han fecho Correr Toros :

El

El buen de Bivar tenia
Dos Perros muy alentados,
Fuertes, fieros, Eftremados,
Y de frente atrevida,
Quienes pelear fazía
Con los Toros arreziados
El Toro enfureciera,
Y los dos Perros Matara.
Ayrado el Campeador
Sus barbas fe arrancara,
Con que fañudo dixera
Por dies y Doña Ximena
El Toro me echa rancor !
Defvaynando fu Tizona
En Babieça Cavalgara.
Maguer el Toro fuera
Flaca y debil Carnera,
Mejor no le aporreara,
Affi fus Perros vengara.

Suppl. al. Hift. Rom. de D. Rod. de Biv.

ERRATA.

Page 23. ligne 1. Ruiniront. lisez Ruineront. Page 30. lig 10. ils arrivent, lis. l'on arrive. Page 189. lig. 18. sous la fougere, lis. sur la fougere. Page 240. lig. 5. ses Juges, lis. les Juges. Page 275. lig. 6. il a quelque, lis il y a quelque. Page 122. lig. 14. l'interrompis, lis. je l'interrompis. Page 316. lig. 2. saire, lis. faire.

APPROBATION.

J'AI lû par l'ordre de Monseigneur le Chancelier , un Manuscrit qui a pour titre : *Entretiens Litteraires & Galans* ; & je n'y ai rien trouvé qui puisse en empêcher l'impression. Fait à Paris ce 8. Août 1737.

DANCHET.

PRIVILEGE DU ROI.

LOUIS, par la grace de Dieu, Roi de France & de Navarre : A nos amez & feaux Conseillers les Gens tenans nos Cours de Parlemens , Maîtres des Requêtes ordinaires de notre Hôtel , Grand - Conseil , Prévôt de Paris , Baillifs , Sénéchaux , leurs Lieutenans Civils , & autres nos Justiciers qu'il appartiendra : Salut. Notre bien amée la Veuve PISSOT , Libraire à Paris , Nous ayant fait remontrer qu'elle souhaiteroit faire imprimer & donner au Public *Les Entretiens Litteraires & Galans* , contenant des *Réflexions sur les Langues*, *sur l'art d'écrire l'Histoire* , *la maniere de traduire* , s'il Nous plaisoit lui accorder nos Lettres de Privilege sur ce nécessaires ; offrant pour cet effet de les faire imprimer en bon papier , & beaux caractères , suivant la feüille imprimée , & attachée pour modèle sous le contre-scel des Présentes A CES CAUSES , voulant traiter favorablement ledit Exposant . Nous lui avons permis & permettons par ces Présentes , de faire imprimer lesdits Ouvrages ci-dessus spécifiés , en un ou plusieurs volumes , conjointement ou séparément , & autant de fois que bon lui semblera , & de les vendre , faire vendre , & débiter par tout notre Royaume , pendant le tems de six années consécutives , à compter du jour de la datte desdites Présentes Faisons défenses à toutes sortes de personnes de quelque qualité & condition qu'elles soient , d'en introduire d'impression étrangere dans aucun lieu de notre obéïssance ; comme aussi à tous Libraires , Imprimeurs , & autres , d'imprimer , ou faire imprimer lesdits Ouvrages ci dessus exposé . en tout ni en partie , ni d'en faire aucuns Extraits , sous quelque prétexte que ce soit , d'augmentation , correction , changement de titre , ou autrement , sans la permission expresse & par écrit de ladite Exposante , ou de ceux qui auront droit d'elle ; à peine de confiscation des

Exemplaires contrefaits, de quinze cens livres d'amende contre chacun des contrevenans, dont un tiers à Nous, un tiers à l'Hôtel-Dieu de Paris, l'autre tiers à ladite Exposante, & de tous dépens, dommages & interêts; à la charge que ces Présentes seront enregistrées tout au long sur le Registre de la Communauté des Libraires & Imprimeurs de Paris, dans trois mois de la datte d'icelles; que l'impression desdits Ouvrages sera faite dans notre Royaume, & non ailleurs; & que l'Imperante se conformera en tout aux Réglemens de la Librairie, & notamment à celui du dixième Avril 1725 : & qu'avant que de les exposer en vente, les Manuscrits ou imprimés qui auront servi de copie à l'impression desdits Ouvrages, seront remis dans le même état où les Approbations y auront été données, ès mains de notre très cher & féal Chevalier le Sieur Daguesseau, Chancelier de France, Commandeur de nos Ordres; & qu'il en sera ensuite remis deux Exemplaires dans notre Bibliothèque publique, un dans celle de notre Château du Louvre, & un dans celle de notre très-cher & féal Chevalier le Sieur Daguesseau, Chancelier de France, Commandeur de nos Ordres; le tout à peine de nullité des Présentes. Du contenu desquelles vous mandons & enjoignons de faire jouir l'Exposante, ou ses ayans causes, pleinement & paisiblement, sans souffrir qu'il leur soit fait aucun trouble ou empêchement. Voulons que la Copie desdites Présentes, qui sera imprimée tout au long au commencement desdits Ouvrages, soit tenue pour duement signifiée; & qu'aux Copies collationnées par l'un de nos amez & feaux Conseillers & Secretaires, foi soit ajoutée comme à l'Original. Commandons au premier notre Huissier ou Sergent, de faire pour l'éxécution d'icelles, tous Actes requis & nécessaires, sans demander autre permission, & nonobstant Clameur de Haro, Charte Normande, & Lettres à ce contraires : Car tel est notre plaisir. DONNE' à Fontainebleau le dixième jour d'Octobre, l'an de grace mil sept cent trente-sept; & de notre Regne le vingt-troisième. Par le Roi en son Conseil,

SAINSON.

Registré sur le Registre IX. de la Chambre Royale des Libraires & Imprimeurs de Paris, Num 543. Fol. 507. conformément aux anciens Réglemens, confirmés par celui du 28. Février 1723. A Paris, le 12. Octobre 1737.

Signé, LANGLOIS, Syndic.

De l'Imprimerie de la Veuve PAULUS-DU-MESNIL.

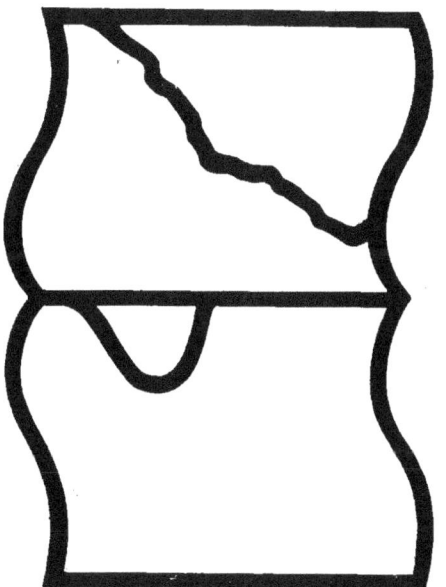

Texte détérioré — reliure défectueuse

NF Z 43-120-11

Contraste insuffisant

NF Z 43-120-14

www.ingramcontent.com/pod-product-compliance
Lightning Source LLC
Chambersburg PA
CBHW070752030726
47504CB00003B/530